凪良ゆう

# 滅びの前のシャングリラ

*Shangri-La before the destruction*

*Yuu Nagira*

中央公論新社

*Contents*

# 滅びの前のシャングリラ

# シャングリラ

江那友樹《えなゆうき》、十七歳、クラスメイトを殺した。

死んでもまったく悲しくないやつだったが、自分の手で殺すことになるとは思わなかった。

額《ひたい》や鼻の頭に汗が噴き出てくる。なんて未来だ。すごい世の中だ。もうなんでもありだ。

＊＊＊

ホームルームが終わって担任が出ていくと、糸がほどけるように教室の空気がゆるむ。帰宅組はマックだカラオケだと放課後の予定を話し、隣の席の長田《おさだ》くんはウホッホーとバナナをもぎりに行くゴリラさながらの雄叫《おたけ》びを上げて教室を走り出ていく。長田くんは野球部のキャプテンで、甲子園出場に高校生活のすべてを捧げている。

青春の輝きを撒《ま》き散らすクラスメイトを横目で見送り、帰宅組のぼくはいそいそと教科書を鞄《かばん》にしまっていく。ぼくと運動部は縁がない。昔から運動全般が苦手だった。いや、小学校低学年くらいまではそうでもなかったっけ。走りもまあ速かったのに、そのあたりから体重が増えはじめ、同時に運動も苦手になっていったのだ。

痩せたら運動神経も復活するだろうか。ぽっちゃり体型がほっそりになるだけでも、ぼくの日々は三割マシになるはずだ。仮想の明るい未来を想像しながら帰ろうとしたとき、

「江那ちゃーん、待って待って。掃除代わってー」

背後から、井上《いのうえ》がべったりと肩にもたれかかってきた。へらへら笑いながら、なあ頼むよと脇腹を拳《こぶし》で抉《えぐ》ってくる。痛い痛い痛い痛い。

「終わったら連絡して」

返事を待たずに井上は友人と連れ立って帰っていき、ぼくはうつむきがちに息を吐いた。肩にかけた鞄を机に戻し、教室の隅のロッカーから掃除用具を取り出す。

真面目に掃除をしているのはぼくを含めて三人、だるそうにだが一応やっているのが五人、完全にサボっているのが二人。その比率をいつも不思議に思う。

掃除当番は一クラスを男女混合四つに分けて回していく。適当に分けられたグループのはずなのに、しばらく経つとごく自然に、よくがんばる生徒、普通にこなす生徒、全力でサボる生徒という上・中・下の階層に分断されていくのだ。ちなみにサボる生徒が（上）である。

奇妙なことに、どれだけ適当に分けられても、ぼくはいつの間にか下の階層に組み込まれている。ぽっちゃり体型で、勉強と運動は中の下、もしくは下の上。ひとつひとつは致命的ではないはずが、複数が合わさり『江那友樹』になった途端、なんらかの法則が発動し、異世界に飛ばされるライトノベルの主人公みたいに、ぼくは下の階層へ飛ばされる。けれど飛ばされた異世界でも勇者や魔法使いになったりしない。ぼくは、どこまでもぼくだ。

もがこうがあがこうが、神の摂理のように、ぼくは下の階層から抜け出せない。さらに恐ろしいのは、おそらくこの法則は社会に出ても継続されるだろうこと。

――ぼくは一生、搾取される羊として生きていくんだろうな。乳を搾《しぼ》られ、じっとおとなしく毛刈りをされ続けるだけの弱い生き物。けれど、と思う。ある日ふと、稲妻のような強く輝かしい天啓がぼくを貫いたりしないだろうか。

――ぼくはもしや、羊の皮をかぶった別の獣なのでは？

――このもこもこしたダサいウールを脱いで、変身するときがくるのでは？

そのときがくれば、ぼくを幼く見せる八重歯《やえば》は鋭い牙となり、短く切りそろえられた爪は凶暴な鉤形《かぎがた》に曲がり、世界をうっすらと包む不条理という名のベールを引き裂くのではないか。唸《うな》りながら荒野を駆け抜ける、獣となったぼくを想像してみる。

箒《ほうき》を使うたび、埃《ほこり》がきらきらと舞い上がる。窓から差し込む西日に浮かび上がる埃にまみれながら、激しく輝かしく燃える獣のぼくの冒険譚《ぼうけんたん》を繰《く》っているうちに掃除は終わった。現実から切り離された物語に没頭することで屈辱から逃れるのが、ぼくのいつものやり方だ。

［掃除が終わりました］

井上にＬＩＮＥを送ると、すぐに返事がきた。

［駅前のカラオケにいるから買い物してきて］

続いて飲み物やスナック菓子などが羅列《られつ》される。ありがとうとか、おつかれさまというねぎらいの言葉は一切ない。連中は奉仕されることを当然と思っている。

［三階のいちばん奥の部屋。ダッシュ］

言いたいことはたくさんあるが、ぼくはひとまずコンビニエンスストアへ走る。ふざけるな、馬鹿野郎と内心で罵《ののし》ることもしない。投げつけた罵倒はいつでもブーメランで返ってきて、ぼくの胸にざっくり突き刺さる。その馬鹿野郎にへこへこしているぼく、という形で。

「失礼します」

従業員かと自分にツッコみながら指定された奥の部屋に入った。流行《はや》りのＪ－ＰＯＰが襲いかかってくる。暗い室内には井上たちのグループと、他のクラスの女子も合わせて八人がいた。スクールカーストの中でも上位のグループだ。同じ制服なのに垢抜《あかぬ》けていて、妙にだるそうで、笑い声が大きく、先生にもタメ口で話しかけ、教室後方の窓際の席を占有している。

――あ、藤森《ふじもり》さん。

つややかな長い黒髪、大きな目とふっくら薄桃の唇。スカートから伸びた細い足は膝《ひざ》から下がうんと長い。他の女子とはランクがちがうとひとめでわかる。上の中でも最上の女子だ。

我が校一の美少女は、ぼくをちらっと一瞥《いちべつ》しただけで、すぐに飲みかけのアイスティーのグラスに視線を戻した。ぼくは一秒でも早くここから逃げ出したくなる。

「頼まれたやつです」

井上に買い物袋を渡すと、ごくろうごくろうと千円札を二枚渡された。お釣りを渡して帰ろうとすると、「江那くーん」と呼ばれた。おそるおそる振り返ると、笑顔の女子たちと目が合う。

「せっかくだし、なんか歌ってけば？」

「雪絵《ゆきえ》、なんかリクエストしなよ。Ｌｏｃｏとか好きでしょ？」

問われた藤森さんは、いいい、とそっけなく答えた。

「じゃあ江那くんに似合うかっこいいの、あたしたちが選んであげるね」

藤森さん以外の女子たちがはしゃいでリモコンを操作する。彼女たちはぼくを仲間だと認定しているわけではなく、ただ嗤《わら》いたいのだ。井上たちはにやにやしている。

「ほら、江那」

井上がマイクを渡してくるが、流れだした音楽は聞き覚えがある程度で歌えない。おしゃれっぽいメロディに立ち尽くすぼくを、みんなが笑いをかみ殺して見ている。

「歌えないなら踊れば？」

井上が王さまのようにソファにもたれる。それは提案ではなく命令だった。

うつむいて自分のスニーカーの先を見た。これくらいのことはよくある。慣れている。けれど今日はつらい。なぜよりにもよって、これが藤森さんの目の前で行われるのだ。

今までもスクールカースト内では下に組み込まれてきたが、地味は地味なりに平和な日々を送っていた。それが井上に目をつけられたあたりから、ゆるやかに下降していった。

原因は特にない。井上の『イ』と江那の『エ』、ひとめで上位グループと下位グループだとわかるぼくたちの席が名簿順で前後したという、ただそれだけの運命のいたずらだ。

ぼくにとっての不運は、井上にとってはパシリがすぐ後ろに控えているという幸運だった。毎日なにか頼まれて使われているうちに、他のクラスメイトにも軽んじられるようになり、二ヶ月ごとの席替えを待つまでもなく、江那くんイコール井上くんの下僕《げぼく》、として定着してしまった。

「江那」

井上が尊大に顎《あご》をしゃくる。ここは上級民が集う国。下級民に刃向かう術《すべ》はない。

とりあえず手を上げた。みんながおっという顔をする。音楽に合わせて身体をぐにゃっとさせると、一斉に笑いが起きる。それ以上どうしていいのかわからず、とにかく海中のワカメのように揺らめき続けるぼくを、みんなが大笑いしながらスマートフォンで撮っている。屈辱に心をへし折られる前に、ぼくは心に蓋《ふた》をして、いつものやり方に逃げ込む。

まず、こいつら全員に呪いをかける。飲食店に入ったら必ず注文を忘れられる呪い、結婚式の日にものもらいができる呪い。カレーの日に炊飯器のスイッチを押し忘れる呪い。ぐにゃぐにゃくねりながら呪いに励んでいるうちに、曲は二番へ突入していく。

この呪いにはコツがある。こいつらが馬鹿話をして歩いているときに車が突っ込んできて、身体がばらばらに飛び散って死にますようにとか、親が破産して借金取りに追われて一家離散しますように、なんてのはナシだ。どこかに一抹のユーモアを残さなければならない。

本気の呪いは我に返ったときつらい。それをぼくは経験で学んでいる。人の死を願うほど自分はみじめな思いをしているという現実と、勧善懲悪《かんぜんちょうあく》なんて今どき物語の中にも滅多にないという現実と、呪いなんてこの世にないという当然の現実。現実三連発だ。

そうしてぼくは今日も、絶望という名の嵐の海を、ユーモアという小舟に乗ってなんとか航海し続けている。遥か遠くに見える岸目指して懸命にオールを漕ぐ中、迂闊《うかつ》にも藤森さんと目が合ってしまった。彼女だけが笑っておらず、かすかに眉根を寄せている。

笑ってもらえないピエロは、笑われるピエロの一万倍つらい。

ユーモアの小舟が危うく転覆しかけ、とっさにワカメダンスの動きを大きくした瞬間、藤森さんが立ち上がった。びくっと動きを止めたぼくに目もくれず、藤森さんは不機嫌そうに部屋を出ていく。その藤森さんを追うように、井上もそそくさと出ていく。残されたみんなが意味深に目配せを交わし合い、ぼくはダンスを再開する。

学校一の美少女である藤森さんは当然もてる。そして片っ端からふっていく。女子に人気のサッカー部イケメンエース先輩が告白にもたついたとき、「用事があるんで急いでください」と言い放ち、エース先輩をあっさり撃破。藤森さんの格上感は揺るぎないものとなった。

今では藤森さんに告白しようという勇者は激減したが、井上はそれでも粘っているうちのひとりだ。それを知っているみんなの反応はそれぞれで、さりげなく廊下を気にしている男子は藤森さんに片想いをしていて、向かいの暗い表情の女子は井上に片想いをしているのだろう。その子の友人の女子は小声で励ましの言葉をかけていて、残りはにやにやしている野次馬。

世界は序列で分断されているが、それぞれの階層内に渦巻く愛憎に変わりはない。ぼくはやる気のない海藻のようにゆらゆら揺れながら、それらをただ眺めている。真っ向から立ち向かわないと決意すれば、日々はやや楽に過ぎていく。

曲が終わったあと、帰ろうとするぼくを引き止める者は誰もいなかった。

だるい足取りで廊下を歩いていくと、階段の手前にいるふたりに出くわした。壁際に藤森さんを追い込む形で、井上が熱心に話しかけている。

「なあ、いいじゃん。雪絵の都合に合わせるからどっか行こ」

呼び捨てなのが癪《しゃく》に障《さわ》った。藤森さんは迷惑そうに目を逸らしている。完全脈なしの光景にぼくは心を強くした。ふたりに近づき、ごくりと唾《つば》を飲んで態勢を整える。

「井上くん」

声をかけると、井上が振り返った。

「ああ、もう帰っていいよ。おつかれ」

遊び飽きた野良犬を追い払うような口ぶりで、井上はすぐに藤森さんに向き合うが、ぼくは立ち去らなかった。鞄から財布を取り出し、百円玉を差し出した。

「さっきの買い物のお釣り、計算ちがいしてたから返すよ」

井上は舌打ちをし、めんどくさそうにぼくの手のひらから硬貨をもぎ取った。

その隙に藤森さんが井上の横をすり抜け、女子トイレへ逃げていく。あっと井上がそちらを見たがもう遅い。井上は間抜け面をさらし、そのあとじろりとぼくをにらみつけた。いきなり脛《すね》を強く蹴られ、ぼくは痛みにしゃがみ込んだ。

「空気読めよ」

短く吐き捨て、井上は部屋に戻っていく。ふん、馬鹿め。人に空気を読ませる前に、おまえは女心を読め。どう見ても嫌がられていたじゃないか。藤森さんはぼくを見るときと同じ目でおまえを見ていたぞ。藤森さんにとって、おまえはぼくと同レベルなのだ。

——全然嬉しくないけど。

ねじれて何回転もしている卑下が混ざり合い、ふっと笑みを浮かべたときだ。

「なにがおかしいの？」

びくっと顔を上げると、女子トイレのドアが半端に開いていて、藤森さんが顔を少しだけ出していた。ぼくは笑いを引っ込めた。自分ですら回収が難しい笑みの理由など説明できない。ぼくは立ち上がり、なんでもないです、とへこへこ頭を下げて階段に向かった。

「さっきは」

小さなつぶやきに振り返ると、藤森さんが素早く顔を引っ込めた。

「ありがとう」

早口のお礼と共に、バタンとドアが閉まる。

あちこちの部屋から洩れてくるヘタクソな歌をBGMに、ぼくは立ち尽くした。

礼を言われたくて助けたわけじゃない。けれど言われるとすごく嬉しい。

帰りの電車に揺られながら、何度も記憶をリプレイした。思いがけず藤森さんと話ができた上にお礼まで言われた歓《よろこ》びと（あれを話と呼べるくらいには、ぼくと女子は断絶している）、いじめられている現場を藤森さんに目撃された羞恥《しゅうち》がキメラ状に入り組んで胸が激しく軋《きし》んでいる。

——あんな近くで見たの、いつぶりだろう。

家の最寄り駅で電車を降り、階段とは逆方向にホームを歩いていく。

ホームの端にあるベンチに腰を下ろすと、途切れた屋根から差し込む西日に目を射られる。眩しさに目を閉じ、ここで藤森さんと話をしたときのことを思い出した。

＊＊＊

小学五年生の冬休み、ぼくは母親と街へ買い物に出かけた。たった一年で縦にも横にも大きくなったので、新しいコートを買ってもらう予定だった。

「おまえ、どこまででかくなるつもりだ」

母親はダウンジャケットのポケットに手を突っ込み、ぼくを見下ろして舌打ちをした。母親はガラも言葉遣いも悪い。けれどぼくを見る目元は笑っている。

「お父さんも大きかったんだよね？」

「そう、布袋寅泰《ほていともやす》と同じ百八十七センチもあったんだ。だからおまえもどんどんでっかくなるし、コートや靴もすぐに買い換えだ。まったく、あたしは休む間もないよ」

母親は嬉しそうに灰色の冬空を見上げる。

「高校生になったら、ぼくもアルバイトするね」

「駄目だ」

きっぱりとした声が降ってきた。

「バイトなんかする暇があったら勉強しろ。そんでいい大学に行け」

「お母さんだって中学しか行ってないくせに」

「だからこそだ。大人になってから散々苦労したから、学歴はあったほうがいい」

「勉強好きじゃない。やってもできないし」

得意な理科のテストですら、七十点がいいところだ。

「大丈夫。おまえは背が高くて頭もよくて品もよかったお父さんに似てる」

母親はいつもそう言うが、ぼくは疑っている。不良で高校を中退した母親が、そんな完璧な父親とどこで出会って恋に落ちたのか。父親はぼくが生まれる前に病気で死んでしまい、写真の一枚もないので顔もわからない。お父さんは写真が嫌いだったと母親は言う。

「おまえもがんばったら成績が上がる。いい大学に入って、いいとこに就職できる」

「一応がんばってみるよ」

電車がやってきて母親と乗り込んだ。一度大きく揺れて、ゆっくりと流れ出す窓の景色を眺めていると、向かいのホームの一番端のベンチに座っている女の子に目が留まった。

──藤森さん？

長い黒髪をポニーテールに結っていて、首にふわふわしたファーがついた白いコートを着ている。スカートから伸びたハイソックスの足は行儀よくそろえられている。

ぼくと藤森さんは同じ小学校のクラスメイトだったが、大きな総合病院の娘である藤森さんは、当時からすでにお嬢さまの誉《ほま》れ高い美少女だった。対するぼくは地味なぽっちゃりくんで、人生のある時期、便宜上同じ箱に放り込まれているというだけで、特に親しくはなかった。

お嬢さまでも電車に乗るんだなあと馬鹿な感想でその場は終わったのだが、買い物を終えて夕方に帰ってきたときも、同じベンチに藤森さんの姿を見つけて首をかしげた。

行きも帰りも一緒になるなんてすごい偶然だ、とそのまま通り過ぎることができなかったのは、今日は午後から雪が降り出し、ホームの端にあるベンチには雪が吹き込んでいたからだ。

「お母さん、ちょっと本屋さん寄るから先に帰ってて」

あんまり遅くなるんじゃないよと母親は階段を上がっていき、人もまばらなホームでぼくは藤森さんを盗み見た。うつむきがちに座り、次の電車が入ってくると顔を上げ、けれど乗ろうとはせず、ただ見送る。吹き込む雪がポニーテールにまとわりついていて、すごく寒そうだ。風邪をひくんじゃないかな。ぼくはそろそろとベンチに近づいていった。

「藤森さん」

思い切って声をかけると、藤森さんがびくりとこちらを向いた。

声をかけたもののなにを話していいかわからないでいると、藤森さんも気まずそうに目を逸《そ》らした。特に親しくもないクラスの男子への態度を決めかねている。ぼくは焦った。

「藤森さん、お昼もここにいたね」

「え?」

「行きの電車でも見た。あれから、ずっといるんじゃないよね」

凍えちゃうもんねと空気を和ませるよう笑ったが、藤森さんはうつむいたままだ。

「別に平気だし」

「え、本当にずっといたの?」

「江那くんに関係ないでしょう」

遮《さえぎ》るような言い方だった。いつでも誰にでも優しい優等生の藤森さんが、今はむっと眉根を寄せている。ぼくはずうずうしく話しかけたことを後悔した。

「そうだね。あの、ごめん」

じゃあと行きかけたぼくの目の端に、真っ白なコートとの対比で鮮やかな赤に染まっている細い指先が見えた。ぼくはポケットを探ってカイロを取り出した。

「これ、あげる」

かさかさと音を立てるカイロを、乱暴に藤森さんのスカートの上に落とした。じゃあねと今度こそ行こうとしたが、「あ」と藤森さんがなにか言いかけ、おそるおそる振り向いた。

「ありがとう、カイロ」

ぼくはぶるぶると首を横に振った。使いさしだから気にしないで、そんな簡単な言葉が出てこない。ぐずぐずしているうちに藤森さんの様子が変わってきた。

指先どころではなく、藤森さんの目元や鼻の頭まで真《ま》っ赤《か》に染まっていく。目の縁に涙が盛り上がっていく。それを食い止めるように唇をきつく嚙みしめている。怒りをこらえているようにも見えて、いつもお嬢さま然と微笑《ほほえ》んでいる藤森さんとは別人のように見えた。

ひときわ強い風が吹いて、ぼくたちの間を雪が斜めに突っ切っていく。白くけぶる世界の向こう。目も鼻も赤く染めている藤森さんから目が離せない。自分が根こそぎ引っこ抜かれる植物になった気がした。引っこ抜かれて、どこともしれない場所へ連れ去られていく。

「八つ当たりしただけなの。ごめんなさい」

藤森さんは鼻をすすり、盛り上がった涙はぎりぎりで零《こぼ》れ落ちなかった。

出てこない言葉の代わりに、ぼくはポケットからアポロチョコを取り出した。デブのポケットには、いつでもなにかしらのおやつが入っているのだ。

「食べる?」

唐突に差し出されたアポロチョコを見つめ、藤森さんがこくりとうなずく。ぼくは間合いを計る猫のように慎重に近づき、ひとりぶんの間を空けて藤森さんの隣に腰を下ろした。

はいと箱の口を開けると、藤森さんはありがとうと手を出してきた。赤く染まった華奢《きゃしゃ》な手のひらに、ころころとアポロチョコを三粒ほど転がした。ピンクと茶色の三角。

「わたし、これ好き。かわいいよね」

「うん、ぼくはいつも口の中でイチゴのとこと普通のとこを分けて食べる」

「わかる」

藤森さんはカイロを頰に当て、口の中でアポロチョコを転がしている。口元をもごもごさせている藤森さんの横顔をぼくは盗み見ている。ふたりぶんの白い息が冷えた空気に放たれる。

「それ、切符?」

藤森さんがカイロと一緒ににぎりしめているものの端がちらっと見えている。藤森さんは黙って口の中でアポロチョコを転がしたあと、観念したようにうなずいた。

「東京に行くの」

「ひとりで?」

小学五年生なのでバスも電車もひとりで乗れるけれど、東京へは広島駅から新幹線に乗らないといけないし、広島駅はここから何駅も先だ。ぼくは新幹線の切符の買い方もわからない。

「遊びに行くの?」

少し考えたあと、藤森さんはこくりとうなずいた。

「でも、やっぱりいざとなると怖くて」

「それでお昼からずっとここにいたの?」

藤森さんはまたうなずいた。

「行かなくてよかったよ。小学生がひとりで東京なんて危ないし」

藤森さんは答える代わりに、カイロをそっと鼻と口元に当てた。首元の真っ白なファーが、寒さや他のなにかの作用で赤く染まった藤森さんの頰や目元を際立たせている。

「お父さんやお母さんと一緒じゃ駄目なの?」

「駄目」

「友達は?」

「誘ったけど無理って言われた」

そりゃあそうだろう。子供だけで東京なんて――。

「ぼ、ぼくが一緒に行こうか?」

すぐ後悔した。こんなデブとじゃ嫌に決まってる。

「いいの?」

縋《すが》るような目を向けられ、ぼくのほうが驚いた。

「ぼくでいいなら」

「嬉しい。ありがとう」

間髪をいれない返事にぼくは勇気を得た。そして浮かれた。

「東京のどこに行きたいの？」

「わからない」

「わからない？」

「でも東京なの」

藤森さんはゴミみたいな雪が降ってくる薄灰色の空を見上げた。普通は興味のあるなにかがあるから行くんじゃないだろうか。とりあえず行くなら行くで計画を立てるものじゃないだろうか。そういう問いは、空を見上げる藤森さんの横顔があまりに真剣なので飲み込んだ。長い睫《まつげ》が際立つ横顔に、ぼくは馬鹿みたいに見とれることしかできない。

胸が締めつけられるように苦しく、恥ずかしく、ごまかすようにアポロチョコを食べた。藤森さんにもあげて、ふたりでおいしいねとか、寒いねとか、意味のないことをぽつぽつ話す。ずっとそうしていたかったけれど、藤森さんはふいに立ち上がった。

「もう帰らなくちゃ」

唐突だったので、ぼくはまばたきをした。

「カイロとアポロチョコ、ありがとう」

バイバイと階段へと走っていく藤森さんにぼくは声をかけた。

「藤森さん、東京、一緒に行こうね」

藤森さんは振り向き、うん、と小さく手を振ってくれた。

ぼくは雪が吹き込むホームにぼんやりと立ち、ずっと余韻《よいん》に浸っていた。帰るころにはすっかり身体は冷え、翌日には風邪をひいて熱を出し、馬鹿だねと母親に叱られたが幸福だった。

＊＊＊

あんな奇跡のような一場面が、ぼくと藤森さんの間にあったなんて夢のようだ。いや、本当に夢かもしれない。レベルちがいの片想いをこじらせたあげく、妄想が得意なぼくが勝手に記憶を捏造《ねつぞう》した可能性——はさすがにない。なぜなら、あのあと正しく夢から醒《さ》めたからだ。

うちには年末年始に帰省するような祖父母宅はなく、いつもと同じく母親とふたりで代わり映えなく過ごした冬休みの間中、ぼくは藤森さんと行く東京のことばかり考えていた。

新幹線の切符の買い方を調べたはいいけれど、びっくりするぐらい高く、もっと安い高速バスというものを見つけた。それなら今までためた小遣いでぎりぎり足りそうだと何度も計算し、泊まりになるけど大丈夫かなと心配し、好きな女の子との旅行に胸を高鳴らせ、観光地や店を調べ、会話のネタまで練り、妄想まじりのシミュレーションを繰り返した。

三学期の初日は期待と歓びに満ちて登校した。教室のドアを開けると、一番に藤森さんの姿が目に飛び込んでくる。自分の席に向かう途中、高鳴る胸を抑えつけて声をかけた。

「藤森さん、おはよう」

つややかな黒髪のポニーテールが振り向き、ぼくのテンションは最高潮に達した。

「藤森さん、あの、あのさ、あれから東京のこと」

たくさん調べたよと言う前に、藤森さんは怪訝《けげん》そうに首をかしげた。

——わたしに話しかけてるの？

とアテレコがつきそうな表情だった。固まっているぼくを困ったように見たあと、藤森さんはくるりと仲良しの友人たちのほうへ向き直った。藤森さんの肩越し、どうしたの？ なに？ という顔をしている女の子たち。女の子たちは、ぼくと藤森さんを見比べている。

「雪絵ちゃん、江那くんと仲良かったっけ」

「さあ、わからない」

藤森さんは小さな声で答えた。女の子たちは不思議そうにぼくを見たあと、どこか残酷な視線を交わし合う。ぼくはその場を通り過ぎ、自分の席に着いた。藤森さんたちのほうを見ないよう、何事もなかった顔で鞄から教科書を出して机にしまいながら、これ以上ない羞恥に耐えていた。

——SOS地球、SOS地球、こちらぼく。緊急事態発生。

——今すぐ爆発して、人類を滅亡させてください。

好きな女の子に無視された。小学生男子が地球爆破を願うには充分な理由だろう。

あのとき、ぼくは身の程というものを知ったのだ。世界は格差に満ちていて、下のぼくと特上の藤森さんを結ぶものなどなにもない。あれはあの雪の日だけのことで、あの日あの一瞬だけで終わらせなくてはいけなかったのだ。はしゃいでいた自分が死ぬほど恥ずかしく、砕け散ったのは地球ではなく、ぼくの初恋だったというオチがついた。

それでもぼくはいじましく藤森さんに片想いをしていたのだが、中学に上がったころから藤森さんは雰囲気が変わっていった。お嬢さまっぽい友人と距離を置き、派手に遊ぶグループとよくいるようになった。見た目は変わらず清楚《せいそ》な感じだが、あまり笑わなくなり、やや顎を上げてつまらなそうに廊下を歩いて行く姿は、庶民を寄せつけない王女さまのように見えた。

昔も今も藤森さんは綺麗だ。けれどぼくはもう、あの雪の日のホームで感じた、今いる場所から根こそぎ引っこ抜かれて別の場所に連れ去られるような衝動を感じない。

それでも彼女を意識してしまうのは、ぼくがまだ、あの雪の日の藤森さんに恋をしているからだろう。もういない幻想の彼女が、いつまでもぼくの心にインパクトを残し続ける。とはいえ、今の彼女から「つきあって」と言われたら即ありがとうございますと跪《ひざまず》くだろう。それくらいには今の彼女も好きでいる。手の届かないアイドルに憧れるように。

ベンチに座って記憶を辿《たど》っていると、ポケットの中でスマートフォンが鳴った。

［米十キロ、ニーキュッパ限定］

母親からのいつものお使いLINEで、ぼくはふっと息を吐いて立ち上がった。

学校でも家でもパシらされる。ぼくの人生とはなんぞや。

今日は比較的平和に終わった。弁当の時間に購買にパシらされた以外は、特に妄想に逃げ込むほどの事案は起きなかった。良き一日であった、と帰り支度をしていたときだ。えーっと井上の大声が聞こえた。ちらっと見ると、井上はスマートフォンの画面を見て顔を歪《ゆが》めていた。

「雪絵、用事あるから今日は無理だって」

「藤森にふられるのなんて慣れてるだろ」

からかう友人に、うっせーと井上は蹴りを入れる真似をする。

それを見て、ぼくのアンテナがぴんと立つ。いい予感は滅多に当たらないが、嫌な予感はよく当たる。というか、いいことがありそうなんていうポジティブな予感自体、ほとんどない。ぼくにとって予感とは九割が不吉なものである。速やかに教室を脱出しようとしたのだが、

「えーなーくーん」

井上に呼び止められた。ああ、やはり予感が当たったか。

ぼくは井上たちに拉致され、他の生徒が下校するまで待たされた。

「それでは第一回、動くバスケットゴール大会かいさーい」

放課後の教室に井上の宣言が響く。黒板を背に教卓にあぐらをかき、体育館から持ってきたバスケットボールを人差し指でくるくる回転させている。いつもの上級民グループは前の席に陣取って、井上には構わず好きにおしゃべりをしている。哀れな羊のぼくはといえば、教室の後方で脱げと命じられた制服のシャツを両手で広げて持っている。

「フリースロー、一本目」

井上がボールを掲げ、教室右側に投げた。ぼくは走っていき、広げたシャツでそのボールを受け止める。つまりゴール役というわけだ。けれどボールをゴールに入れるのではなく、ゴールがボールを追いかける。「一本目、成功」とはしゃぐ井上の元へボールを運んでいく。

「ボール戻すときは駆け足な」

すぐ二本目と言われ、急いで教室の後方に戻る。二本目もなんとかキャッチして、井上の元へと走って届ける。三本目は遠くに投げるふりで手前に落とされ、受け損ねてしまった。駆け寄る際に椅子の脚に引っかかり、机を巻き込んで無様に転んだ。すごい音に重なって、きゃっと女子の短い声が響く。床に倒れているぼくの目には、女子の上履きが映っている。

「ちょっと、危ないじゃん」

「ご、ごめん」

顔を上げると、女子がぱっとスカートの裾を押さえた。床に転がっているぼくは、椅子に座っている女子のスカートの中を覗き込む恰好になっていた。

「うわあ、どさくさに紛れて覗かれた」

「の、覗いてない」

慌てて立ち上がろうとしたとき、あ、と女子から顔を指さされた。なんだと顔に触れると、ぬるりと手のひらが滑った。触れた部分が赤く染まっている。鼻血だ。

「生足ごときで昂《たか》ぶってんじゃねえよ」

「江那くん、ラッキースケベじゃん」

どこがだ。ぼくにとってはアンラッキースケベでしかない。というか、スカートの中なんて見ていない。痛む鼻を押さえているぼくを、残酷な笑い声が包み込んでいく。

ああ、これはやばい。早くいつものやり方に逃げ込もう。ぼくは羊の皮をかぶった獣。嘲り笑《あざけ》うこいつらの目の前で八重歯は牙に、深爪は凶器の鉤爪に、伸びろ、切り裂け。獣となったぼくは搾取の柵を跳び越え、どこまでも自由に山野を疾走していく。

けれど今、ぼくの脳は悔しさと羞恥と痛みに萎縮《いしゅく》し、自分だけの妄想の世界に逃げ込む余力すらない。じりじりと追い詰められ、こいつら全員死んじまえ、とつい本気の呪いの言葉を吐きそうになる。いけない。こんなときこそユーモアを忘れるな。ユーモアを——。

なぜだ。なぜこんなときでも、ぼくはぼくを戒《いまし》めているのだ。

戒められるべきは、こいつらのほうじゃないか。

神さまなんてこの世にいない。ユーモアでは世界もぼくも救われない。

こいつら全員死んでしまえ。

それが叶わないなら、ぼくがもう死んでしまいたい。

脳天から爪先まで暗黒に塗り込められそうになったとき、教室のドアが開いた。ぴたりと井上たちの笑い声がやむ。伏せたぼくの視界に、すらりと膝から下が長い足が入ってくる。どくんと心臓が鳴る。おそるおそる上げた視線の先には、藤森さんの姿があった。

「なに、これ」

ぼくを見て、藤森さんは眉をひそめた。顔は鼻血でべちゃべちゃ、制服のシャツを脱いだTシャツ姿で床に這《は》いつくばっている姿を、よりにもよって藤森さんに見られるなんて。

「あれえ、雪絵どしたの」

井上は焦ったようにまばたきを繰り返した。

「友達と買い物行くんじゃねえの？」

「なくなったの。井上くんたちはなにしてるの？」

不快さが前面に出ている問いに、井上はわざとらしく首を左右に振った。

「フリースローごっこしてたら江那が勝手にコケたんだ。そんで早苗《さなえ》のスカートの中覗いて、興奮して鼻血噴いちゃってさあ。ラッキースケベ炸裂《さくれつ》の瞬間だよ」

さすがに流血現場はバツが悪いのか、ごまかすように井上が大袈裟に笑い、みんなも追随してうなずく。藤森さんはみんなとぼくに等分に視線を注いだ。その目の冷たさに、みんなの笑い声が小さくなっていく。王女の裁定を待つかのように、みんな黙って藤森さんを見ている。

「引くわ」

一言だった。ぼくか、井上たちか、おそらく両方に言ったのだろう。ぼくはますます死にたくなり、井上たちは曖昧な笑みを浮かべる。気まずい空気の中、井上のスマートフォンが鳴った。

「おーい、なんか地球滅亡するんだって」

井上が画面を見て言った。友人からＬＩＮＥで回ってきたらしいそれに、ぼくと藤森さんを除くみんなが飛びついた。興味ではなく、今の気まずさを払うようにはしゃぎだす。

「なになに、地球滅亡って」

「『もうすぐでかい隕石《いんせき》がぶつかって地球やばい』」

井上がＬＩＮＥを読み上げる。

「そのネタ何回目だよ。もう全世界が飽きてると思うんだけど」

「大昔にもなんかあったよな。ノストラダムスとかいうの」

「それ知ってる。親が言ってた。恐怖の大王が降ってくるってやつ。昭和だっけ」

「さすがに平成だろ」

なにもおもしろくないのに、大きな笑い声が響く。笑いは一番簡単な団結であり、団結することで自分たちを正当化しようと必死だ。ぼくと藤森さんだけがその輪から外れている。

輪から排除されながらも、藤森さんはいっこうに怯《ひる》まない。最上位に座し、それゆえどの輪にも入れない孤高の王女のように、そんな孤独にも慣れているように、たった一粒だけ遠くに弾《はじ》かれた宝石のように、いつもと変わらず、やや顎を上げた姿勢で立っている。

床に膝をついたまま、ぼくは見当ちがいの共感を藤森さんに覚えた。厚い中間層に隔《へだ》てられた上と下の世界のたった一粒同士として、ぼくたちは今とても近い場所にいる。

「あーあ、笑ったら喉渇いた。なんか飲み行こ」

井上が言い、みんなが動き出した。

「雪絵も行こ」

しかし藤森さんは井上を無視し、なぜかぼくのほうにやってきた。

——えなくん。

彼女の口がぼくの名前の形に動いた。藤森さんはポケットからハンカチを出し、それをぼくに与えると、呆然としている全員を置き去りに教室を出ていった。

「えー……、なに今の。どういうこと」

女子のひとりが不満そうにつぶやいた。

「いじめてたって思われたのかな」

「先生に告げ口されたらどうする」

「あの子冷めてるし、告げ口するタイプじゃなさそう」

「っていうか、俺ら普通に遊んでただけだろ。なあ江那？」

井上がぼくを見下ろす。圧のある笑顔とは裏腹に、安心の保証を求めるせこさが透けている。こいつらは自分たちの行いがいじめだと理解している。ぼくは今こそ獣の姿になって、こいつらの喉笛にかみつくべきなのだ。けれど羊のぼくは、うん、とうなずいただけだった。

「顔、洗ってから帰れよな」

井上は藤森さんから与えられたハンカチをちらりと見て、おもしろくなさそうに踵《きびす》を返した。他の連中も「おまえが勝手にコケたんだからな」、「ちょっとダイエットして運動神経鍛えろよ」と言いながら教室を出ていき、ぼくだけが残された。

鼻血はもう止まっていて、唇を舐《な》めたら鉄っぽい味が舌に広がった。手のひらについた血は乾いているけれど、迂闊に汚してしまわないよう、指先だけで藤森さんのハンカチをつまみ、大事にポケットにしまった。汚れたシャツを拾い、埃をはたいていると視界が歪んでくる。

馬鹿め。泣くな。これくらいなんでもない。乱暴に目元を拭《ぬぐ》い、トイレに行って顔を洗った。

鏡に顔を近づけて点検する。痣《あざ》などはない。よかった。母親にはばれないだろう。

廊下に出ると、放課後の静けさだけがぼくを待っていた。遠くから運動部のかけ声が聞こえてくる。世界は人であふれているはずなのに、西日の差す朱昏《あかぐら》い廊下にはぼくしかいない。ぼくは藤森さんのハンカチを取り出し、鼻にそっと当ててみた。かすかに花の香りがする。

藤森さんはぼくを助けたわけではなく、自分の矜持《きょうじ》を守っただけだろう。わたしは卑怯《ひきょう》な行いには加担しない、という意志を表明しただけだ。

ぼくはそれでも救われたし、藤森さんはますます美しい高嶺《たかね》の花となった。

白いハンカチには、踊るバレリーナが薄い桃色の糸で刺繍《ししゅう》してあり、レースで縁取りがされている。目を閉じ、上品で高級そうなハンカチをくんくんと匂《にお》いだ。

——藤森さん、東京、一緒に行こうね。

根こそぎ引っこ抜かれて、今までとはちがう場所へと連れていかれる感覚がよみがえり、少し戸惑った。どうしよう。ぼくは同じ女の子に二度目の恋をしかけている。

「またいじめられたのか」

その日の夕飯中、母親からずばりと問われた。

なんのことですか、という顔でとぼけたが無駄だった。

「制服のシャツに血が飛んでたぞ」

母親は忌々《いまいま》しそうに舌打ちをし、晩酌のビールをぐびりと音を立てて飲んだ。

「ちゃんと洗うよ。うちの洗濯当番はぼくだし」

けろっとしたふうを装った。いじめられている事実は隠せないまでも、それで傷ついているとか落ち込んでいるとは思われたくない。子供だって親に対して見栄《みえ》がある。

「洗濯当番云々《うんぬん》より前に、シャツを買う金を稼いだのは誰だ」

「お母さんです。汚してごめんなさい」

素直に謝ると、よし、と母親はうなずいた。

「で、一発くらい殴り返したか」

ぼくは無言で立ち上がり、ご飯のおかわりをよそいにいった。一緒に玉子も取ってきて大盛り玉子かけご飯にしてずるずるかき込むぼくを、母親はビールグラス片手にまじまじと見ている。

「おまえはなんでそんな腰抜けなんだ。ほんとにあたしの息子か」

「ぼくもほんと不思議だよ」

シャツに血がつくようないじめを息子が受けていると知ったら、よその母親はとりあえず心配するんじゃないだろうか。なのに、まずやり返したかどうか訊《き》いてくるのがうちの母親だ。

うちには父親の写真はないが、母親の昔のアルバムならある。そこには井上なんぞ蹴りの一発で吹き飛ばしそうな、やばさ全開ドヤンキーな母親の青春が写っている。今はパサついた髪を後ろでひとつにくくった普通のおばさんだが、ひとりで仕事も家事も育児もこなしてぼくを育ててくれた根性者で、口は悪いし性格もきついけれど、ぼくは母親が嫌いじゃない。

「一寸の虫にも五分の魂っていうだろう。多勢に無勢でも、死ぬ気で刃向かったらひとりくらいはやれるんだ。その根性に周りがビビって引く。喧嘩《けんか》は気合いだ」

「ぼくは上品だったお父さんに似たんだと思うよ」

「馬鹿言うな。おまえのお父さんは喧嘩だってめちゃくちゃ強かったぞ。殴り合いで負けたとこなんて見たことないね。布袋寅泰と同じくらい背が高くて強くて賢くて真面目で誠実で――」

母親のいつもの理想のお父さん語りがはじまった。

「上品で誠実なのに殴り合いの喧嘩するの？」

「必要なときには」

設定が破綻《はたん》しまくっているが指摘はしなかった。母親の夢を壊してはいけない。けれど布袋寅泰と身長が同じというのだけが妙にリアルなので、高身長なのは本当なのだろう。

「お父さんの欠点は早死にしたことだけなんだね」

まあ、そうだと母親はあっさり肯定した。これまで何人か父親候補になりたそうな男が出入りしたこともあったが、どれも長続きしなかった。ぼくのことなら気にしないで、好きな人ができたらいつでも再婚していいよと言い続けてきたが、母親はそのたび言った。

――おまえのお父さんに比べるとインパクトがないんだよ。

そこまで惚《ほ》れられるぼくの父親とは、どんな人だったのだろう。

『今夜は予定を変更して、アメリカCNNテレビからの一報についてお送りいたします』

ぼくはつけっぱなしだったニュース番組に目をやった。

『アメリカのＣＮＮテレビが地球への小惑星衝突を速報で流し、現在アメリカ各地で小規模な暴動が起きています。ＣＮＮテレビが独自に入手した情報であり、真偽は定かではなく、この件に関して明日にもアメリカ政府の公式会見が予定されているということです』

地球滅亡と笑っていた井上たちの馬鹿面《ばかづら》を思い出した。しかしこんなネットにあふれるフェイクニュースで暴動まで起きるなんて、アメリカという国はアグレッシブすぎる。

「友樹、これまじなのか？」

「デマだよ。アメリカは隕石や滅亡ネタが異様に好きなんだ」

「けどアメリカ政府が公式会見するって言ってるぞ」

「暴動が起きてるから、ちゃんと否定するんだと思うよ。ほんとにやばいんだとしても、ＮＡＳＡとかの賢い人たちがなんとかするよ。映画でもそう決まってるし」

ふうんと母親がうなずく間にニュースは次へと移っていく。

『今日午後、東京都内で波光教《はこうきょう》の幹部と思われる男が身柄を確保されました』

ふたたびテレビに見入った。今年の夏、以前からきな臭い噂が絶えなかった宗教団体、波光教についに強制捜査が入り、テロにも使われる危険な薬物が押収された。

最初はよくある新興宗教団体だと思われていたが、数年前から徐々に奇妙さが浮かび上がってきた。おかしな器具をつけての修行、出家信者と家族との断絶、波光教を調べていたフリーライターの失踪などが続き、駄目押しが教団本部近くで起きた異臭騒ぎだ。

死者まで出てしまい、ついに警察が動いた。数日に及ぶ教団内部の捜索の末に教祖は逮捕されたが、幹部数名が薬物を持ち出して逃走した。警察は総力を挙げて行方を追っているが、全国にいる在家信者が匿《かくま》っているらしく、成果は上がっていなかった。

「三ヶ月もかかってやっとひとりか。一般市民から高い税金むしり取ってんだから、だらだらしてないで早く全員とっ捕まえろよ。これじゃ安心して遠出もできやしない」

いつどこで危険な薬を撒き散らされるかわからないので、都会の繁華街や電車は厳戒態勢が続いている。小惑星で人類が滅亡なんて馬鹿らしいデマよりも、こちらのニュースのほうがよっぽど重大だ。とはいえ、事件発生から三ヶ月も経つと緊張もゆるんでくる。

「だらだらテレビ見てないで、おまえは早く勉強しな。もうすぐ中間テストだろ」

「やっても一緒だよ。どうせ馬鹿だし」

「どうせとか言うな。流血沙汰のいじめなんて高校までだ。エリートになれなんて言わないから、せめていじめなんてする馬鹿がいない場所に行けるようがんばれ」

そう言うと、母親は二本目の缶ビールを取りに台所へ行った。

母親は学歴がないせいで就職に苦労した。その反動で、ぼくには勉強しろとうるさい。期待に応えたいのはやまやまだが、今の成績ではたいした大学には行けないだろう。そんなぼくの進学費を用意するために、母親は毎月かなりの残業をしている。

漫画や小説や音楽など、人生一発逆転の才能も今のところ見当たらず、井上の機嫌ひとつに翻弄される日々。おそらく、ぼくは無装備で未来に立ち向かうことになる。

それらの憂鬱《ゆううつ》をすべてリセットしてくれるなら、小惑星でもなんでも落ちてくればいい。出口のない未来ごと、もうどかんと一発ですべてチャラになればいい。そんなふうに、たまにやけになってしまうのはぼくだけなんだろうか。ぼく以外のみんなは煌《きら》めく毎日を送っているんだろうか。世界のどこかに、ぼくと同じ気持ちのやつはいないんだろうか。

ごく平穏を装いながら、まったりと絶望しているぼくのような誰かは。

翌日の教室は、いつもより活気があった。

「昨日のニュース見たか。隕石が衝突して人類滅亡するってほんとかよ」

「隕石じゃなくて小惑星だろ」

「地球の前に、月にもぶち当たるかもってネットで見た」

「それ俺も見た。月が割れて落ちてくるって」

「ぶつかるのは一年後とか一ヶ月後とか、ネットじゃいろいろ言われてるね」

「もうすぐ東京ドームでＬｏｃｏのライブがあるんだよ。大丈夫かな」

小惑星が落ちてくるというのにライブどころじゃないだろう、というツッコミは無用だ。誰も信じていないし、単に大きなお祭りみたいに楽しんでいるだけだ。

朝のチャイムが鳴り、担任が入ってきた。

「おはよう。みんな席着けー」

滅亡の予兆などまったく感じさせず、普段どおり平和にホームルームがはじまった。まあそうだよなあと、ぼくは頬杖をついて担任の話を聞く。小惑星衝突なんて大事件がそうそう起きるはずがない。衝突したとしても、きっとたいしたことにはならずに終わる。

そうしてこの先も、ぼくの平穏で絶望な人生は続いていくのだ。

溜息が洩れてしまい、ぼくは小さく頭を振った。昨日がなかなかハードだったので、気持ちが落ちたまま戻りきらないでいる。こういうときこそユーモアと妄想を忘れるな。

ぼくは羊の皮をかぶった獣。

いつかもこもこのウールを脱いで、荒野を駆ける獣になる。ははは。

今日は珍しく平和に終わった。いじめの現場を藤森さんに目撃され、さすがに井上たちもバツが悪いのだろう。テンションも復活した放課後、ドラッグストアに寄ってスナック菓子と薔薇《ばら》の香りの柔軟剤を買った。これで藤森さんのハンカチを洗おう。悲惨な経緯でぼくの元にやってきたハンカチだが、返すときのことを妄想すると心が落ち着かなくなる。

——わざわざ洗ってくれてありがとう。いい匂いね。

——藤森さんには薔薇が似合うと思って。ぼくのほうこそありがとう。

——ううん、わたしも前に江那くんに助けてもらったし。

見つめ合うぼくたちの間には、今までにない甘い空気が漂う、という互いの性格まで改変された藤森さんとぼくのセカンドラブストーリー第一話に没頭していると、

「わたしたち、死ぬのかな」

という女の子の甘い声が聞こえた。電車の向かいの席に座っている大学生らしきカップルが、

周りに見せつけるように身体をくっつけている。死という言葉を口にしながら、ふたりの頬は生を謳歌《おうか》しているかのように紅潮し、活き活きと小惑星衝突について話している。

「最期のときも一緒にいようね」

「当たり前だろう。死んでも離さないよ」

今にも唇が触れ合いそうな至近距離でふたりは囁《ささや》き合う。ふたりの隣に座っているサラリーマンも、反対隣の子供連れのお母さんもしょっぱい顔で明後日《あさって》の方向を見ている。

──最期の瞬間まで、幸せでいいですね。

こういうとき、ぼくはできるだけ柔和な表情を心がける。脳内お花畑なカップルに余裕を見せることで、なにひとつ煌めかない自らの青春を客観視できているクールなぼく、という内部複雑骨折的な方法で自身のプライドを救っているのだ。こじらせている、とも言う。

けれどその夜、お花畑な恋人同士、クール気取りでこじらせているぼく、一日の労働を終えて恒例の晩酌を楽しむ母親、薔薇の香りを漂わせて干されているハンカチ、それらをまとめて嘲笑《あざわら》うかのような、この世の灯火《ともしび》をすべて吹き消す重大ニュースが全世界を駆け巡った。


一ヶ月後、小惑星が地球に衝突します。


「まじか」

ぼくと母親はテレビの向こうにいる首相に問いかけた。

夜の九時、予定されていた番組が中止になり、すべてのチャンネルで首相の記者会見が放送された。ぼくはスマートフォンゲームをして、母親はビールを飲んでいた。

なんとか衝突を回避できないか何年も前から各国協力態勢で挑んできたが、ついに軌道を変えることはできず、小惑星は一ヶ月後の日本時間十五時に地球にぶつかるということだった。

「午後の休憩中か」

母親が言う。もはやどこからツッコんでいいかわからず、一番どうでもいいことをつぶやいたという感じだった。首相の会見自体は短くわかりやすかったが、そのあと続いた識者を集めた小惑星対策チームの日本支部長というおじさんの説明がわかりにくかった。

小惑星は木星と同軌道上にあるトロヤ群からきたもので、直径は推定十キロメートル、特定条件が重なり軌道計算にズレが生じ——このあたりから専門用語が飛び交いはじめた。

「友樹、こいつらなに言ってんだ」

母親が眉間に皺《しわ》を寄せてぼくを見る。

「だから、小惑星が地球に衝突するんだよ」

「それはわかってんだよ。おまえ現役の学生だろ。もっとわかりやすく説明しろ」

「今、現役の学者が説明してるんだけど」

「こいつらは賢すぎて、逆になに言ってんのかわからない」

同感だ。とりあえず小惑星は地球に衝突する。落下地点は南太平洋。ここまでは決定事項だというのはわかった。しかし衝突の仕方で地球の被害状況は変わるそうだ。コンピューター画面で衝突時のシミュレーションが繰り返されるが、変化する曲線がなにを表しているのかわからない。

「で、あたしたちはどうなるんだ」

母親はテレビの中の滑舌の悪い学者に尋ねた。地球は壊滅的被害を受けるが、壊滅具合にも何段階かレベルがあり、もしかしたら人類の二割は生き残れるかもしれない、らしい。

「『かもしれない』って、それでもおまえら学者か。もっとちゃんと話せ」

母親はテレビに向かって野次を飛ばす。

「逃げたほうがいいのかな」

ぼくが問うと、

「どこへ」

と真顔で問い返された。小惑星が海に落下する衝撃で、とんでもない高波が起きる。海に囲まれた日本のどこにも逃げ場などない。黙り込んでいると、まあ、と母親がつぶやいた。

「賢いやつが、なんとかしてくれるだろ」

「そうだね」

賢い学者たちがしどろもどろになっているのを横目に、母親が食卓をかたづけはじめた。ぼくは腕まくりでシンクに立ち、皿を洗っていく。ぼくたちはいつもと変わりなく動く。いきなり現れた『人類滅亡』という名前のフォルダはまだ空っぽだ。

——ＳＯＳ地球、ＳＯＳ地球、こちらぼく。緊急事態発生。

――今すぐ爆発して、人類を滅亡させてください。

古いSOS信号を思い出す。たかが失恋で地球爆発を願った小学生のぼく。高校生になった今も灰色の現在と未来を憂えて、小惑星でも落ちてすべてチャラにしてくれと願ったぼく。いろんなぼくが現れては消える。冷気を感じて隣を見ると、残り物をしまおうと冷蔵庫のドアを開けたまま、母親がぼうっとしゃがみ込んでいた。

おかしな夢ばかり見て、目覚めてもあまり眠れた気がしない。

あくびをしながら台所を覗くと、母親がこちらに背を向けて朝食を作っていた。居間のテレビがついていて、すごい勢いでコメンテーターが小惑星衝突について怒鳴っている。

「突然、人類すべてが余命宣告されたんですよ。ぎりぎりまで対策を練っていたと首相は言いましたが、あんなのは言い訳ですよ。直径十キロなんて、六千六百万年前に恐竜を絶滅させた天体とほぼ同じサイズですよ。恐竜が絶滅したんですよ。大繁栄していた、あの巨大な恐竜が」

恐竜が絶滅するくらいなら、人類は一体。

「それを二割は生き残るかもしれないなんて、そんな発表してる国はどこにもありませんよ。日本の対策室はどうやって算出したんですか。アメリカやロシアは生存率については一言もない。ただ神のご加護をって締めたんです。それが本当の答えなんじゃないんですか」

コメンテーターは唾を飛ばしてまくしたてている。ぼうっと突っ立っているぼくに気づき、「さっさと顔洗ってご飯食べな」と母親が声をかけてきた。

目玉焼きと納豆と味噌汁の朝食を食べながら、テレビ中継されているアメリカの暴動の様子を見た。あちこちで火の手が上がり、ショーウィンドウが割られて商品が略奪されている。

『すでに放送を休止している局も多く、情報不足にアメリカ国民の怒りが高まっています』

日本の支局員が興奮気味に報告するが、あと一ヶ月で人類滅亡という状況で他人に情報を提供するため働くより、愛する家族や恋人と過ごしたいだろう。なのに日本のマスコミは海外の様子を放送するためにせっせと働いている。日本人の勤勉さはミラクルレベルだ。

「友樹、ぐずぐずしてると遅刻するよ」

「学校あるのかな」

「休校の知らせは出てないんだから、行くしかないだろ」

母親はすっかりいつもの調子だ。ぼくは安心した。いつも気丈な母親が呆然としゃがみ込んでいる姿を見てしまったので、今朝は顔を合わせるのが少し怖かったのだ。

「お母さんはどうするの」

「どうするって」

「会社」

「行くに決まってるだろう。休んだら給料が下がるんだよ」

本当にいつもどおりすぎて、安堵を超えてやや引いた。しかし次の給料は出ないんじゃないか、という問いは飲み込んだ。なんにせよ、生活自体にまだ変化はないのだから。

制服に着替え、ぼくはおそるおそる家を出た。海外みたいな暴動が起きていたら迷わずUターンしようと思っていたが、驚くべきことに街はいつもと変わりなかった。

なんとなく不安そうな顔で、けれどサラリーマン、ＯＬ、学生、みんな羊飼いの鳴らすラッパに導かれるように駅へ向かっている。コンビニエンスストアも普通に営業している。なのに乗り込んだ電車の中で、乗客が見ているスマートフォンの画面はひとつ残らず小惑星関連だった。

学校も同様で、ほんとにみんな死ぬのかなと不安そうにしているものの、ほとんどが出席している。担任も時間どおりにくる。ホームルームのあと一時間目は数学。先生はなんだかぼうっとしていて板書をいくつも間違えている。生徒は誰も指摘しない。みんなが上の空で、混沌とした五十分が経過し、時間どおりチャイムは鳴る。それを四回繰り返す。

午後の授業は中止になった。これから職員会議を行い、明日から休校にするかどうかを他校とも連携して話し合うそうだ。人類滅亡を控えて、まだ休校の相談をするなんて。現実感と非現実感が混ざり合い、まるでドラマや映画といった虚構の世界にいるように感じる。

「休校にならなかったら、明日もくる？」

「おまえらは？」

教室の後方で、井上たちが固まって相談し合っている。今まで自分を馬鹿にして踏みつけてきたやつらが、ぼくと同じく過酷な未来を前にうろたえている。

――ざまあみろ。

空だった人類滅亡フォルダに初めて入ったのは、意外にも『愉快』というファイルだった。空っぽで暗い未来に怯えるぼくと、日々を謳歌していた井上たちの未来が、今や同じ運命の秤《はかり》にのせられている。なにも嬉しくなく、救いもなく、暗い喜びだけが仄《ほの》かに生まれる。

帰り道、スーパーで騒ぎが起きていた。店先に客が押し寄せていて、店員が「水とお米は売り切れました」と大声で繰り返している。残された時間はあと一ヶ月。されど一ヶ月。その間の食料確保に必死な人たちを見た瞬間、じゅっと音を立てて愉快な気持ちは蒸発した。

——やっぱり、みんな死ぬんだろうか。

——井上たちだけじゃなく、お母さんも、藤森さんも。

ぼくは立ち尽くした。昨日も今朝もニュースはそれ一色で、電車でも学校でもその話題で持ちきりで、ぼくは不安がる井上たちを心の中で嗤いさえしたのに。

鈍いぼくの足下から、ようやっと現実が這い上がってくる。人類滅亡フォルダに『理不尽』や『恐怖』という重いファイルが追加されていき、低スペックのぼくをフリーズさせた。


小惑星衝突の会見から二日、徐々に世界は揺らぎはじめた。

東京などの大都会では、スーパーやコンビニエンスストアなどで商品の略奪行為がはじまったという報告がSNSで相次いでいる。ぼくが暮らす広島では、まだ米や水の争奪戦程度だけれど、この調子では数日のうちにこのあたりも危なくなっていくのだろう。

昨日は全局やっていたテレビ番組が、今朝は三分の一が試験放送の映像を延々流している。放送している番組では、当たり前だが小惑星衝突の話ばかりしている。人類が体験したことのない規模の災害が起きるだろうこと。とんでもない高波、建物をなぎ倒す衝撃波、舞い上がった粉塵《ふんじん》で空が覆われ、太陽の光が遮られ、作物は枯れ、空気も水も汚染される。

「これでどうやって二割も生き残れるんだ」

母親が朝食の納豆を混ぜながら訊いてくる。

「わからないけど、学者が言うからそうなんだよ。きっと」

向かいで目玉焼きご飯を食べながら、ぼくは答える。国民に一縷《いちる》の希望を残してやろうという政府の配慮なのか、もしくは次の選挙を見越しての人気取りなのか。そんな馬鹿な、と笑い飛ばせないことをするのがこの国の政治家なので油断できない。

どちらにせよ、万が一生き残っても食べるものも水もなく、じわじわ苦しんで死ぬくらいならいっそ即死のほうが楽だ。法律など消滅した強さのみが正義の世界で、羊のぼくなど登場して三コマで殺されるモブにしかなり得ない。『北斗の拳』という古い漫画を思い出す。核戦争が起き、暴力しか取り柄のない野獣のようなモヒカン部隊が弱い市民を殺しまくっていた。

「あーあ、なんかスッキリしないけど今日も稼いでくるか」

母親が立ち上がった。

「まだ七時半だよ」

「昨日ひとり欠勤したから伝票がたまってんだ」

「今日はもっと欠勤すると思う」

「だろうな」

「なのにまだ会社に行くの？　給料出るかどうかもわからないのに？」

「小惑星の気が変わって、ぶつかんないかもしれないだろ。そしたら、こんなときでも毎日出勤してたってことで給料を上げてくれるかもしれない。いや、必ず上げさせる」

母親は弁当を鞄に詰め、皿洗っといてと言い置いて出勤していった。

常々そこらのおじさんより男らしいと思っていたが、あの母親なら無法の世界でも逞《たくま》しく活路を見いだしていく気がする。恐竜も絶滅するほどの天変地異の下、人間が生き残れるわけないという常識的思考と、それでも自分の母親だけは大丈夫だという願望がせめぎ合う。

無理だとわかりつつ、なぜ人は馬鹿な希望を抱くんだろう。

捨てたほうが楽になれることも多いはずなのに。

教室に入ると、昨日よりも人が少なかった。昨日「ずっと友達だよ」と手をつないでいたふたり組の女子のひとりは欠席で、出席している女子は別の女子と「ずっと友達だよ」と泣いている。いつも野球部の朝練でホームルームぎりぎりに教室に駆け込んでくる長田くんが、群れを追放されたゴリラのような、焦点の定まらない目でぽつんとひとりで座っている。

チャイムが鳴り、担任が入ってきた。「おはよう」も「席に着け」もなく、担任は教卓の前に立つと、明日から学校が休校になることを告げた。今日も帰宅したい生徒はそうしてもいいことを話しているとき、窓際の女子が絶叫した。全員がびくりとする。

「今、なんか落ちてった」

教室中が静まりかえった。生徒数人が立ち上がり、窓から身を乗り出す。

「花壇の上で女子が倒れてるぞ」

みんなが窓際に集まり、蜂《はち》の巣をつついたような騒ぎになった。上の階から三年の女生徒が飛び降りたようだ。「席に戻れ、見るな」と担任が大声でカーテンを引いていく。

「みんな、落ち着きなさい。こういうときはまず、まず」

教卓に手をつき、担任が口を開く。けれど続きが出てこない。

「みんな、下校しなさい」

なんとかそれだけ言うと、担任は逃げるように教室を出ていった。教室には限界を突破したざわめきが広がっている。何人かがカーテンをめくって外を覗いているが、大多数は怯えたように数人ずつで固まっている。ぼくの後ろの女子が、もう嫌だとすすり泣いている。

どうしていいかわからないまま、みな帰り支度をはじめる。教室を出ると、廊下は同じように下校しようとする生徒でいっぱいだった。不穏な空気が校内の隅々にまで充満している。

ぼくは階段を通りこして四組へと向かった。行き交う生徒の波の向こう、友達と並んで歩いてくる藤森さんを見つけた。窓から差し込む光が反射し、素直な黒髪に天使の輪ができている。こんなときでも藤森さんは綺麗だ。

「雪絵、それはさすがにまずいんじゃない？」

「もうチケット取ってるし」

「こんなときにライブなんてしないよ」

「そんなのわからないよ」

一度すれちがったあと、ぼくはUターンをして藤森さんたちの後ろについた。

藤森さんは東京ドームで予定されているＬｏｃｏのライブに行くらしい。人気絶頂の女性歌手で、華奢な身体に反したパワフルな歌い方で実力派と言われているが、単にハイトーンで声がでかいだけではないかとぼくは思っている。若い女の子たちのファッションアイコンでもあり、髪型、メイク、服装、街にはＬｏｃｏの劣化版みたいな女の子があふれている。

そういえば以前、藤森さんはＬｏｃｏのファンだと言われていたっけ。藤森さんは孤高のイメージがあったので、あんなわかりやすい歌手が好きなのは意外だった。

それよりも、この状況で東京に行くなんて無茶だろう。そう思いながらも、あの雪の日の約束を思い出してしまう。斜めに吹雪《ふぶ》く視界の向こうで、目も鼻の頭も真っ赤に染めていた藤森さんのこと。東京なの、と薄灰色の雪空を見上げていた真剣な横顔。

「こんなときに親が許してくれないよ」

「内緒で行く」

「東京じゃ、もう店とか襲われてるらしいよ」

「気をつける」

誰になにを言われても、東京行きは確定しているようだ。

「いつ行くの？」

「今夜」

「あの、藤森さん」

思わず声をかけていた。天使の輪が振り返り、藤森さんがわずかに目を見開いた。目が合った瞬間、なぜ声をかけたのかわからなくなった。じわりと顔に熱が集まってくる。

「あの、えっと」

パニックになる寸前、そうだと鞄からハンカチを取り出した。

「これ、ありがとう。ちゃんと洗ったから」

隣の女子が、なにこのデブ、という顔をしている。スクールカースト制度では、ぼくは藤森さんに声をかけることは許されない。藤森さんがハンカチに手を伸ばす。

「わざわざいいのに」

薔薇の香りに気づくことなく、藤森さんはハンカチを鞄にしまう。

「あ、あの、東京に」

ふいに後ろから肩をつかまれた。強引に脇にどかされ、入れ替わるように前に出てきたのは井上だった。いつにない真顔で藤森さんに対峙する。

「おまえ、こんなときに東京行くのか」

「聞いてたの？」

藤森さんは眉根を寄せた。

「もう少し状況が落ち着くまで待ったら？」

「待ってたら落ち着くの？」

「わかんないけどさ、でもほら、いくらなんでも小惑星とかさあ、こんな急に人類終了なんてあり得ないだろ。絶対にアメリカとか他のおっきい国がなんとかするって」

井上が軽く笑う。こいつは本当に馬鹿なんじゃないだろうか。とはいえ井上の言うとおり、どこかの偉い人たちがなんとかしてくれないだろうかとぼくも願っている。

「とりあえず、しばらく会えないんだし一緒に帰ろ。話あるし」

「わたしは友達と帰るから」

藤森さんは友人をうながし、あっさりと背中を向けた。

井上が舌打ちをして振り返った。「邪魔、デブ」とぼくの脛を蹴っ飛ばす。

小惑星よ、どうせなら井上の脳天めがけて落ちてこい。


家に帰ると母親がいた。小惑星が衝突しない未来に昇給の夢を描いて出社したのに、正面玄関に『誠に勝手ながら休業させていただきます』という張り紙がしてあったそうだ。

「ほんと勝手な連中だ。このぶんだと、今月の給料すら払われないだろうな」

「張り紙しただけでも、がんばったほうなんじゃないかな」

一ヶ月後の人類滅亡を前にして、『誠に勝手ながら』もクソもない。

「腹立つから倉庫ぶち破ってやった」

母親が勤めているのは運送会社で、倉庫に積まれている配送待ちの荷物から缶詰などをいただいてきたのだという。まんま『北斗の拳』に出てくるパンキッシュな野盗の所業だ。

「で、おまえは？」

「飛び降り自殺があって、もう帰れって言われた。明日から休校だって」

親不孝だな、と母親は珍しく溜息をついた。

「お母さん、ぼく、お願いがあるんだけど」

略奪したサバ缶やインスタントラーメンを押し入れに隠している母親に話しかけた。

「おまえも死にたいとか言うんじゃないだろうな」

「東京に行きたいんだ」

母親がサバ缶を手に振り返った。

「こんなときに、なにしに」

「友達がどうしても東京に行くって言ってて」

「女か」

断定され、ぼくは顔を熱くした。

「ふうん、おまえ、彼女いたんだ」

「彼女じゃないよ」

「片想いか」

やはり断定で、もう耳まで熱くなった。

「本当に好きならその子を止めろ。こんなときに東京なんてなに考えてんだ」

「絶対に行くって決めてるみたいなんだ」

「一体なにしに行くんだ」

「Ｌｏｃｏのライブ」

「Ｌｏｃｏ？　ああ、あのお人形さんみたいな女の子か」

「お母さんは音楽とか興味ないと思うけど」

「若いときはよく聴いたけどね」

「へえ、どんなの？」

「モトリーとかポイズンとかハノイとか」

「なにそれ」

「それより、その子と一緒にライブに行くのか」

「行かない。東京なんて危ないから、ぼくは、その子を……」

守りたい、なんて言葉をどうして親の前で言えるだろう。イケてないデブで、喧嘩など一度もしたことがなく、逆にずっといじめられてきたぼくが。赤い顔でうつむくぼくを母親が覗き込んでくる。いきなり耳たぶを引っ張られ、うわっと声が出た。

「テレビでアメリカの暴動見ただろ。東京もすぐああなる。わかってるのか」

容赦なく耳たぶを引っ張られて悲鳴が上がる。

「わかってる。ちょ、ちょ、痛い、耳たぶちぎれる」

「殺されるかもしれないんだぞ」

「だから、わかってるって」

「それでもその子を守りたいのか」

「そうだよ！」

藤森さんは忘れているだろうけれど、ぼくはずっと覚えていた。子供のころの他愛ない約束をついに果たすときがきたのだ。愚かだが、そう思ってしまったのだからしかたない。

「よし、わかった」

引きちぎる勢いで耳を放され、ぼくは畳に転がった。めちゃくちゃ痛い。耳を押さえてうめいていると、母親は立ち上がって台所へ向かった。流しの下の扉を開けて包丁を持ってくる。

――え、ちょっと待って。

――殺してでもおまえを止める、とか？

転がったまま硬直していると、母親はテーブルに置いてある雑誌をめくり、破り取ったページを重ねて包丁を包みだした。

「友樹、よく聞け。おまえははっきり言って激弱《げきよわ》だ。襲撃されたら迷わず逃げろ。やばくなっても素手でやり合うな。凶器を出せ。殺されるくらいなら、殺してでも生き延びろ」

転がっているぼくのすぐ横に紙で包まれた包丁を置くと、母親は鞄から財布を取り出し、しかめっ面で万札を五枚抜き取って包丁の上に置いた。

「ラッキーだったな。帰りに下ろしてきたとこだ」

五万は我が家にはすごい大金で、ぼくは慌てて身体を起こした。

「いいよ。自分の貯金あるから」

「ばーか。それもあたしが稼いだ金なんだよ」

返す言葉もなく、ありがとうございますと正座をして頭を下げた。

「お母さんは家にひとりで大丈夫?」

ぼくがそばにいるほうが足手まといかもしれないが、一応訊いてみた。

「大丈夫じゃない。寂しいし心配だ」

「え」

「でもおまえが決めたんだからしかたない。惚れた女は命がけで守れ。そんで絶対にあたしんとこに戻ってこい。十七年も育ててきたんだから、それくらいの親孝行はしてもいいだろう」

母親は背中を向け、略奪してきたサバ缶をふたたび押し入れにしまいだした。馬鹿なことはやめろと怒りもせず、泣き落としもせず、金と武器と必要な言葉だけをぼくに伝えた。ぼくの母親は、思っていたよりもずっとすごい人かもしれない。ぼくは母親の隣に並んだ。

「手伝う」

サバ缶を取って母親に渡した。

「手伝うほどないよ」

「じゃあ、もっと略奪しにいく?」

「人聞きの悪いこと言うんじゃない。これは詫び料としてもらってきたんだ」

「似たようなこと、ヤクザ映画で言ってたよ」

母親はあははと大口を開けて笑った。

食料をかたづけたあと、せっかく作ったのに持ち帰りを余儀なくされた弁当を母親と向かい合って食べた。母親のだし巻きは世界一おいしい。他の人が作っただし巻きを食べたことがないけれど、比べるまでもなく、ぼくにとっての世界一はこれだ。
最後の晩餐《ばんさん》という言葉が浮かんだが、不吉なので口にはしなかった。

弁当を食べたあと、リュックひとつに着替えや身の回りのものを詰め込んで家を出た。

藤森さんの家は川をはさんだ向こう側、坂の上の高級住宅街にある。二十分ほどで着き、手前の路地に隠れひそんだ。藤森さんの家は小学生のときから知っている。白い小さな花が垂れ下がるように咲いている茶色のレンガ塀と黒い鉄製の門扉《もんぴ》の向こうに、お屋敷と形容するしかない立派な家が見える。さすが総合病院を経営しているだけある。

少しでも様子がわからないものか、ぐるぐるあたりを歩いたり、背伸びをしてレンガ塀の向こうを覗いたりした。行動だけならただのストーカーだが、守らせてくださいと堂々とお願いしにいっても断られるのが目に見えている。だから陰から見守ろうと思う。

——もう出かけたあとじゃないよね。

夕方近くになり、だんだん心配になってきた。やはり家を訪ねようか迷っていると、アーチ状の優美な門扉が開き、藤森さんが姿を現した。どくりと心臓が大きく鳴ったそのとき、

「雪絵」

前の通りの反対側から井上が現れ、ぼくの目は点になった。井上といつもつるんでいる男子ふたりもいる。まさか東京には井上たちと行くのか。テンションが地底レベルに下がる。

「井上くんたち、なんでこんなところにいるの」

藤森さんの反応で、井上が勝手にきたのだとわかって急浮上した。

「東京なんて危ないから、俺たちが付き添ってやろうと思って」

上がったテンションがふたたび落ちた。自分と井上が同じ思考回路だなんて。

「いい。ひとりで行く」

藤森さんは毅然と拒絶した。

「女ひとりじゃ無理だって。今から広島駅に行くんだろ。ここらはまだのんびりしてるけど、飲み屋が集中してる流川《ながれかわ》はもうやばいことになってるって先輩からＬＩＮＥきた。東京じゃ半グレが店襲ったり女狩りしてるらしいし、つうか電車がまともに動くかわからない」

藤森さんは黙り込んだ。意志は固いが、不安も伝わってくる。

「井上くんたちの親は許してくれたの？」

「言ってない。パッと行ってパッと帰ってくりゃあいいと思って」

楽観的すぎる言葉に、藤森さんのほうがあきれた顔をした。

「電車がまともに動くかどうかわからないって、さっき自分で言ったんじゃない」

「だからそうなったとき、ひとりじゃ心細いだろ」

井上が偉そうに言う。男が三人もいれば大丈夫と高をくくっているのだろうが、見通しが甘すぎる、この馬鹿め――という糾弾はそのままぼくに返ってくる。なにしろぼくと井上は行動だけ見れば同じことをしているのだから。しかもぼくは井上よりも弱いときている。

「だから俺らのことボディガード代わりに使えよ」

「……ありがとう」

井上を通して自分の甘さと無謀さを垣間見たのだろう、藤森さんは消極的にだが井上たちと並んで歩き出し、ぼくもこっそりあとをついていった。

ばれないよう距離を空けて歩きながら、ぼくは悔しさと後悔にまみれていた。井上は馬鹿だけれど、藤森さんを守りたいと堂々と口にしてナイト役を勝ち取った。ぼくにだって、そのチャンスはあったはずだ。なのに、ぼくはこそこそと陰から覗いていただけだった。

明日死ぬとわかっていたら勇気が出せるのに、と思ったことがある。けれど小惑星が衝突しようと、人類が滅亡しようと、ぼくはどこまでもぼくなのだった。


このあたりはまだのんびりしている、という井上の言葉は本当だった。

最寄り駅はそうでもなかったが、広島駅はごった返していた。みな大荷物で、子供をつれた家族が多い。イベントでもあるのかと思ったが、すぐに避難しようとしている人たちだと気づいた。電車はどの方面行きも満員で、新幹線の窓口も長蛇の列だ。藤森さんたちにばれないよう距離を空けてぼくも列に並ぶ。新幹線はすべて自由席として解放されている。

なんとか東京行き最終の切符が取れ、ぼくの初めての長距離ひとり旅がはじまった。ぼくは藤森さんたちの隣の車両に乗った。座れないので立ったままだ。満員の中でしゃがみ込んでゲームをしている迷惑な子供を叱りもせず、両親が小声でぼそぼそ話をしている。

「やっぱり気が重い。わたしはお義母《かあ》さんに嫌われてるし」

「状況が落ち着くまでだ。子供がいるんだからひとまず田舎にでも避難しないと」

「あなたがもう少し、お義母さんとわたしの間に立ってくれればね」

世界の終焉からかけ離れた、日常の煩雑《はんざつ》さに満ちた会話に、もしや本当にまだ望みがあるのかという期待がよぎる。井上が楽観的なのではなく、ぼくが悲観的すぎるのか。後ろで紙包みを開ける音がして、ハンバーガーやポテトの匂いが漂ってきた。慣れたファストフードの匂いに、なんとなく切羽詰まった気持ちがゆるんでくる。

――藤森さん、大丈夫かな。

混みすぎていて様子を窺《うかが》いに行くこともできず、同じ車両に乗ればよかったと後悔していると、

「パパ、きれーい、あかーい」

父親に抱き上げられている女の子が、無邪気に窓を指さした。釣られてみんなが視線を向ける。窓の外に広がる夜の街に、紅《あか》いルビーのネックレスが連なっている。新神戸を過ぎると新大阪、都市部に近づくたび光の量が増えるのは当たり前だけれど――。

「ブレーキランプ?」

「どこまで続いてるんだよ」

あらゆる方向から逃げ出す人で、主要道路が大渋滞している。悲観と楽観、どちらも混ざり合ってざわついていた車内の空気がしんと張り詰める。さっきまで姑《しゅうとめ》の愚痴《ぐち》を言っていた奥さんはぽかんと口を開け、どこまでも延びる不気味な赤い光の列を見つめている。

立ちっぱなしで数時間を過ごし、もうすぐ新横浜という地点で新幹線が停車した。ざわめきが

広がる中、新横浜と品川の間で停電が発生した、復旧までしばらくお待ちくださいというアナウンスが入る。そのまま二時間が経過し、乗客の疲労が限界に達したころ、運転再開の見通しが立たないというアナウンスが再度入り、車内に落胆の溜息があふれた。

係員の指示に従って降車する。夜の闇の中、係員が持つライトを頼りに線路を歩いて行く。藤森さんはどこだろう。ぞろぞろと続く列を探すが、暗いのでよくわからない。

ぼくは井上のスマートフォンに電話をかけた。混み合っているのか、なかなかつながらない。五回目でやっとつながった。前方で聞き覚えのある声が響く。

『もしもーし』

スマートフォンからの声に重なって、前方からも「もしもーし」と聞こえてくる。ぼくはなにも話さない。井上が『江那?』と問う。声を頼りにあたりを見回すと、縦にひょろりと長い井上のシルエットを見つけた。藤森さんもいるのを確認してから通話を切った。

「うわ、無言で切られた」

「なんの用だったんだ。江那の分際で」

「心細くなって井上の声が聞きたくなったんじゃねえ?」

「友達じゃねえし」

小馬鹿にした笑いが広がる。こっちもおまえらを友達だなんて思ってない。ぼくは藤森さんを守るためにここにいるのだ。しかし彼女のボストンバッグを井上が持っていることに気づき、言行不一致な自分が情けなくなった。闇の中、ぼくはとぼとぼとみんなのあとを追う。

線路脇に腰を下ろしている人たちに、復旧したとき危ないからと係員が声をかけている。もう動けないと訴える老夫婦がいる。みんなちらりと見るだけで通り過ぎていく。あの人たちはどうするんだろう。そう考えながら、ぼくも通り過ぎていく。もういろいろ最低な気持ちだ。

一時間ほどで着いた新横浜駅の構内でも、たくさんの人が座り込んでいた。ローカル線でも事故があり、今のところ動いている電車はないそうだ。どこでもいいから寝転がりたいくらいへとへとだったが、藤森さんたちを見失うわけにはいかない。気力だけでついていく。

日付も変わった真夜中、ホテルやインターネットカフェはどこも満室の張り紙が出ている。藤森さんたちは徐々に駅から離れはじめ、しばらく歩いたところにあった公園へと入っていく。距離を取って様子を窺っていると、植え込みの向こうにレジャーシートを敷きはじめた。今夜は野宿をすると決めたようだ。

――やっと休める。

藤森さんたちの様子がわかるくらいの場所に腰を下ろした途端、どっと疲れに襲われた。藤森さんを守ると意気込んでいたくせに、リアルのぼくの非力さときたらどうだ。

つつじの植え込みの後ろにシートを敷いて寝転がると、湿った土の匂いが鼻をついた。見上げる夜空に月や星が浮かんでいる。生まれてから今まで、幾度となく見てきた夜空。

一ヶ月後、あそこから死神が降ってくる。

荒唐無稽な、夢物語のような現実。まだ信じ切れない、奇妙な浮遊感にさらわれる。どこかで急を知らせるサイレンが鳴っている。それもゆっくり遠ざかっていく。

鋭い音がして目覚めた。とっさにどこにいるかわからなかった。自分の遥か上に位置を変えた月が浮かんでいる。ああ、と思い出す。新横浜で新幹線が止まったのだ。順に記憶を辿っていると、ふたたび空気を震わせる音がした。声にならない悲鳴のような。

——藤森さん？

がばっと起き上がった。植え込みから顔を出し、藤森さんたちがいるあたりを注視した。植え込みの向こう側は静かだ。変わった様子はない。なのに肌がピリピリする。

足音を立てないようにそちらへと向かう。近づくと、布がこすれるような音がした。押し殺した息遣いがかすかに聞こえる。どくりと心臓が底から揺り起こされる。

「ちゃんと押さえろよ」

「わかってるよ。暴れんなって」

獣じみた興奮がにじんだ声音に、ぼくはそこでなにが行われているのかを悟った。

助けに行こうとして、寸前で思いとどまる。寝ていた場所に戻り、鞄から紙で巻かれた包丁を取り出した。月明かりに冷たく光る刃を確認して、今度こそ井上たちへと駆け出した。

植え込みの上から覗き込んだ瞬間、藤森さんにのしかかっている井上の背中と、手足を押さえつけている連中の姿が目に入った。井上の肩越し、口を塞《ふさ》がれている藤森さんと目が合った。恐怖に見開かれた大きな瞳に、ぼくの頭は真っ白になった。

「うあああああああっ」

ぼくは持っていた包丁を井上の背中に突き立てようと振りかぶった。いきなり響いた雄叫びに井上がうわっと飛び退《との》いた。包丁の先にいるのは藤森さんだ。

ぼくは身体ごとひねって地面に転がった。もうパニックを起こしていて、今度こそ井上を殺すのだと体勢を整えたが、転がった拍子に包丁を地面に突き立ててしまっていた。

――殺されるくらいなら、殺してでも生き延びろ。

そこらへんにあった石をつかんで振り回す。ごつりと鈍い衝撃が伝わり、井上が地面に崩れ落ちた。シャツの襟にじわじわと染みが広がっていく。暗いので色の判別がつかないが、おそらく血の色をしている。井上はぴくりとも動かない。ぼくの手から石が落ちる。

「……人殺し」

誰かがつぶやいた。藤森さんが立ち上がり、ぼくの手をつかんだ。そのまますごい勢いで夜へと駆け出す。どこへ向かっているのかわからない。けれど逃げなければいけない。なぜだ。ずっといじめられてきて、死にたいのを我慢して、いざ殺したらあっちが被害者になるなんて。

この世界は理不尽だ。

この世界はおかしい。

この世界から、ぼくは逃げ出さなければいけない。

――SOS地球、SOS地球、こちらぼく。緊急事態発生。

――今すぐ爆発して人類を滅亡させてください。

ぼくのSOSは今ごろになって届き、一ヶ月後、世界は終わる。

その一ヶ月を待たずして、ぼくは死にそうだ。息が切れる。もう走れない。

「藤森さん、待って、もう無理」

切れ切れに訴えると、なんの指示もなく藤森さんはビルとビルの間に入った。急角度の進路変更に、つないでいた手が離れる。藤森さんは華麗にカーブを曲がり、ぼくはビルの壁面に衝突し、跳ね返って反対の壁にも衝突し、最後にビルの間の細い路地に倒れ込んだ。

真夏の犬のようにぱかりと口を開け、激しく息を吸い込む。こんなに真剣に走ったのは人生初だった。路地に這いつくばるぼくのすぐ横に、藤森さんも力尽きたように座り込んだ。

「なんなのもう、最低」

藤森さんがつぶやく。美しい黒髪がぐしゃぐしゃで、服も泥まみれだ。

「ご、ごめん、藤森さん、助けるのが遅くなって」

「大丈夫。間一髪だった」

全然大丈夫ではない様子だが、なんとかぼくは間に合ったようだ。

ほっとした途端、身体が震えていることに気づいた。硬い石を井上に叩きつけたときの衝撃が手に残っている。首筋を伝い、井上のシャツを染めていった黒い液体が目に焼きついている。震えはどんどん大きくなる。ぐらぐらする身体をなんとか支えていると、藤森さんが覗き込んでくる。

「大丈夫?」

ぼくはうなずきながら首を横に振るという高度な動きをした。

「井上を殺しちゃった」

幼稚園児みたいな言い方になってしまった。

「江那くんがやらなかったら、わたしがやってた」

藤森さんの目は怒りに燃えている。

「レイプなんて殺されて当然だよ。それにどうせあと一ヶ月でみんな死ぬんだし、いまさら捕まらないし安心しなよ。そう思ってるから、あいつらもあんなことしたんだろうし」

きっとそうだろう。けれど。でも。ぼくは——。

「でも江那くん、なんでこんなところにいるの？」

「え、ああ、藤森さんが東京に行くって聞いて、危ないから守ろうと思って」

いろんなショックが絡まり合って、ぺろんと白状してしまった。

「守る？」

藤森さんは顔を歪めた。ぼくは本心からそう思っていたが、今となっては強姦魔《ごうかんま》と同じ言い分に成り下がってしまった。もしくは気持ち悪いストーカーか。ぼくはうつむいた。

——昔、東京に一緒に行こうって約束したろう。

言いかけて、やめた。数年越しなぶん、ストーカー感がアップしている。

通りから足音がした。藤森さんがびくりとする。ぼくは藤森さんの前に這いずって、彼女をぼくの後ろに隠した。息を殺していると、ふたり連れの男が通りを歩いて行った。充分に足音が遠ざかるのを待ち、振り返ると、藤森さんは三角座りの膝に顔を伏せていた。薄い肩が細かく震えていて、時折ひきつった細い声が洩れる。

「大丈夫だよ。藤森さんはぼくが守る。絶対に絶対に守るから」

「だったら、もっと早くきてよ」

怒りと涙のにじんだ声に、ぼくは肩を落とした。

「ごめん。怖かったよね。本当にごめん」

「ほんとにやられるかと思った」

ごめんばかりを繰り返していると、藤森さんがゆっくりと顔を上げた。

「江那くんは悪くない。ごめん。助けてくれてありがとう」

わずかに差し込む月明かりで、藤森さんの表情が見える。今にも崩れそうな、必死に踏ん張っている表情。ぼくはこの藤森さんを知っている。冬のホームで、雪で白くけぶる視界の向こうにいた幼い藤森さんと、目の前の高校生の藤森さんが重なって、あの感覚にふたたびたぐり寄せられる。自分を根こそぎ引っこ抜かれ、どこかに連れ去られてしまう、あの――。

ぼくは同じ女の子に、本当に本当の二度目の恋をしてしまった。


目覚めると、三角座りのぼくの肩に藤森さんの頭が乗っていて飛び上がりそうになった。かすかな寝息が聞こえる。とんでもない状況に、じっとりと汗がにじんでくる。

ぼくたちがひそんでいる路地から、縦に細く切り取られた通りが見える。右から人が現れ、左に通り過ぎていく。または左から現れて右へ。誰もこんな路地を覗いたりしない。

世界から切り取られた薄暗い路地裏で、ぼくにもたれて藤森さんは眠っている。肩の上でたわんでいるつややかな黒髪。さわってみたいけど我慢した。ぼくは井上たちのような卑劣なことはしない。そう思った瞬間、昨夜の出来事が生々しくよみがえった。

右手をじっと見つめた。ぼくは殺人者で、警察に捕まって刑務所に入れられる。いじめとリンクした少年犯罪として大きく報道され、一躍ネットスターとなり、母親にぶっ飛ばされ、泣かれ、一生後ろ指をさされる人生を歩んでいく。けれど、それはもう遠い夢だ。

あと一ヶ月で地球はめちゃくちゃになり、みんな死に絶える。

なのに今、ぼくの隣には藤森さんが眠っていて、ぼくは二度目の恋をしている。恐怖、絶望、悲観、諦観、ときめき、歓び、すべてが混ざり合い、死を目前にしたぼくの中で活火山のように滾《たぎ》っている。そのせいで、逆にいろいろなものが麻痺《まひ》していく。

「……江那くん」

びくりと震えた。

「あ、おは、おはよう」

「おはよう。座りっぱなしでお尻痛い。今何時?」

スマートフォンで確認すると、昼を過ぎたところだった。

「これからどうする?」

問うと、藤森さんはやや表情を強《こわ》ばらせた。

「東京に行く」

「そう。じゃあ、ぼくは藤森さんを東京まで送る」

「反対しないの？」

驚いた顔をされ、ぼくは首をかしげた。

「自分が行くって言ったんじゃないか」

「そうだけど」

「ぼくは藤森さんを守るためにきたんだ」

そう言うと、藤森さんの表情がほろりと崩れた。安堵が伝わってくる。そりゃあ本音を言えば危険な場所に行かせたくない。でもぼくたちには、もうやりたいことをする時間がない。だったらせめて、今、藤森さんがやりたいことを手伝いたい。それがぼくのしたいことだ。

「江那くん、ありがとう」

頼りない口調で礼を言われた瞬間、ぼくは意気地のないストーカーではなくなった。ちゃんと自分の意志を伝え、藤森さんから許しを与えられた騎士になったのだ。

「じゃあ、服を買ってきて」

姫からの初の命令に、騎士のぼくはまばたきをした。

「服？」

「そう、わたしが着られる服」

「女の子の服なんてわからないよ」

「でも、これじゃ出歩けない」

藤森さんが軽く手を広げる。泥だらけなのはともかく、シャツの左肩が縫い目に沿って破れていて、ボタンもいくつか弾け飛んでいる。下にタンクトップを着ているけれど、この恰好で半グレが女狩りをしている東京に行くなんて、狩ってくださいと言ってるも同然だ。

「着替えの入った荷物は公園に置いてきたし、取りに戻るのは嫌」

わかる。レイプ未遂現場になんて戻りたくないだろう。ぼくも殺人現場に戻るのはごめんだ。お互いスマートフォンだけはポケットに入れておいたので助かった。

「わかった。行ってくるよ。ぼくの服も要るし」

「ありがとう。でも財布も鞄の中なの。江那くんもでしょう。お金どうしよう」

「ぼくが持ってる。金は分けておくよう親に教えてもらったから」

スニーカーを脱ぎ、中敷きの下から折りたたまれた万札を取り出した。

「江那くんの親って何者？」

「若いころカツアゲとかしてた人」

平時には役立たない母親の知識が、この非常時に煌めきを放っている。

「じゃあ行ってくる。藤森さん、ひとりで大丈夫？」

「うん、でも早く帰ってきてね」

好きな女の子から言われたい言葉として、今のはベストスリーに入るだろう。

赤い顔でこくこくうなずき、ぼくは意気揚々と路地から出た。初めての街なので勝手がわからない。とりあえず駅のほうへと向かい、人の多さに驚いた。広島駅でも驚いたが比ではない。やっぱり都会はすごいなあというのどかな感想は、荒らされたコンビニエンスストアやガラスを割られたビルのショーウィンドウを見た瞬間、焦りに変わった。
——新横浜でこれじゃ、東京はどうなってるんだ。
一刻も早く戻って藤森さんを守らなくてはいけない。さっさと服を選んで戻ろう。しかし女の子の洋服を買うなんて初めてな上に、駅構内のテナントはすべて閉まっている。どうすればいいのか考えた結果、ぼくが唯一相談できる女性である母親にLINEを送った。
一度目の送信は失敗した。電波が不安定なようだ。あたりをうろついて、電波の強そうな場所から送信するがエラーになる。インターネットも駄目なのかとリアルな寒気を覚えたが、しつこくリトライして、やっと送ることができた。
[服を買いたいんだけど、店がどこも閉まってる。どうしたらいい？]
しばらくすると返事がきた。
[開いてないなら、適当にとってくればいい]
この場合の『とる』は『盗る』と書くのだろうか。ぼくは相談相手を間違えたかもしれない。略奪行為を躊躇《ちゅうちょ》していると、続いて返信が届いた。
[持っていった服はどうした]
[いろいろあって失《な》くした]
すると今度は着信が入った。
『いろいろってなんだ』

開口一番、問われた。

「えっと、新幹線が止まったり野宿したり同級生を——」

そこで詰まった。

『同級生を、なんだ』

さすがに言えないし、言いたくない。

『なにがあった。同級生をどうした』

「……殺した」

沈黙が漂った。

『東京まで送るって言ってた女の子か？』

「藤森さんは守った。藤森さんを襲おうとした同級生の男を殺した」

言葉にすると、改めて自分のしたことが恐ろしくなる。けれどもう一度あのときに戻っても、ぼくは同じことをするだろう。ぼくの最優先事項は藤森さんを守ることだ。

『おい、友樹、聞いてるのか。なにか言え』

母親の声が切れ切れに聞こえる。

「お母さん、女の子の服ってどんなのがいいのかな」

『は？　それより殺したって——』

「いいから教えて。急いでるんだ。女の子の服」

『そんなもん「しまむら」でいいだろ』

ぼくでも知っている名前が出たことに光明が見えた。

「それがあったか。じゃあ行ってくる」

『待った。今どこにいる』

「新横浜」

『東京じゃないのか』

「新幹線も電車も動かないんだ。ごめん、もう切るね」

通話を切ってスマートフォンで検索すると、『しまむら』は駅近くのビルに入っていた。さっきのショーウィンドウを割られたビルだ。少し迷ったあと、いまさらだと開き直って無法者の仲間入りを果たした。割れたガラスで怪我をしないよう潜り込んだビル内は真っ暗で、スマートフォンのバックライトを頼りに、停止しているエスカレーターを自力で上った。

静まりかえった暗い空間にマネキンが浮かび上がる。ぼくはホラーは苦手だ。あまりそちらを見ないよう、棚に置いてある服をレジから取ってきた袋に適当に詰めていく。

次に三階の家電売り場に向かった。電池やバッテリーや懐中電灯を漁《あさ》っていると、暗闇の中に人が現れたので心臓が止まるかと思った。同じく盗みを働いている人たちで、どうもどうもと会釈し合った。怖い人たちや幽霊じゃなくてよかった。

ここまでやったのだから、もうついでだと地下フロアで食料も盗んだ。パンを袋に詰めていきながら、ぼくはやっぱりあの母親の息子だと納得した。性格も腹の据わり具合も自分とはちがいすぎて、実はもらわれっ子なのではないかと疑ったこともあったが、今しみじみと血のつながりを感じる。戦利品を両手に持って帰ると、藤森さんは目を見開いた。

「バッテリー切れそうだったの。お腹も空いてたし」

感謝と尊敬の目で見つめられ、ぼくは瞬く間に高揚した。命を懸けて獲物を狩り、女が待つ家に肉を持ち帰った古代の男の気持ちがリアルに迫ってくる。

「でも、ダサい」

アイ・ラブ・ラビットと不細工なウサギがプリントされている長袖Tシャツを見て、藤森さんは肩を落とした。暗かった上に焦っていたのでデザイン性を見落としていた。

「でも贅沢《ぜいたく》言えないね。ありがとう。着替えるから見張ってて」

「え？」

「着替えるの。あっち向いて」

ぼくは焦って背を向け、路地の入口に立った。大荷物の若い男ふたり組が向こうからやってくる。ぼくはできるだけ怖い顔を作り、腕組みで仁王のように足を開く。今、ぼくの後ろでは藤森さんが着替えをしているのだ。ちらりとも覗ける隙を作ってはならない。

背後でかすかに布同士がこすれ合う音がする。危うく想像の翼が広がりそうになるのを押しとどめた。理性と煩悩《ぼんのう》の狭間《はざま》で耐えていると、ポケットの中でスマートフォンが鳴った。

画面には『お母さん』と出ていて、消火剤を撒かれたように一瞬で煩悩が鎮火した。性的妄想と母親はこれ以上なく相性が悪い。救われた気分で無視していると、「鳴ってるよ」と藤森さんが声をかけてくる。それでも無視した。好きな子の前で母親と話すのは恥ずかしい。

――お母さん。ごめん。ぼくは今、息子ではなく騎士なのです。


盗んだパンで食事をすませ、駅周辺の状況を説明した。そっかあと藤森さんは少し考える顔をしたあと、うん、わかった、ありがとう、とぼくに頭を下げた。

「江那くんはもう帰って。いろいろ本当にありがとう」

藤森さんは立ち上がり、荷物を持って路地から出ていこうとする。

「ぼくも行くよ」

「ううん、やっぱりいい。ここからは本当に危ない。迷惑かけたくない」

「危ないからこそ、一緒に行くんだよ」

「大丈夫。江那くんを見習って、わたしも包丁振り回してみる」

冗談ぽく笑われ、思いがけず怒りが湧いた。

「人を傷つけるって怖いことだよ」

ぼくは真顔で藤森さんの前に立ちはだかった。あと一ヶ月でぼくたちは死ぬ。その最期の瞬間まで、人を殺した感覚はべったりとぼくの手に絡まり続けるだろう。藤森さんはむっとし、ぼくを強くにらみつけたあと、黙ってぼくの横を通り過ぎた。ああ、怒らせてしまった。

「待って」

急いで前に回り込むと、藤森さんは涙ぐんでいた。

「……あ」

ああ、ああ、ぼくの馬鹿野郎。こんなときにひとりで東京に行くなんて、心細いに決まっている。それでも、ぼくのために彼女は強がってくれたのだ。こぼれそうな涙を手の甲で乱暴にぬぐい、藤森さんは大股で駅へ向かっていく。ぼくは彼女の少し後ろをついて歩く。

気まずい雰囲気で着いた新横浜駅は、とんでもなく混雑していた。昨夜の停電からは復旧したが、新たな事故が起きてふたたびローカル線も新幹線も止まった。

「もう動かないの？」

状況を訊いて戻ると、藤森さんは絶望的な顔をした。

「わからない。でも復旧がんばってる人たちがいるそうだから」

教えてくれた駅員さんも、こんな状況なのに他人のために働いている。

「ごめん。わたし、自分のことばっかりで」

藤森さんは恥じるようにうつむいた。ここまでくると、鈍いぼくにもＬｏｃｏのライブなんて口実なのだとわかる。藤森さんが東京に行きたがるのは、なにか他の理由があるのだ。危険を冒してでも行くべきなにかが――。

「しばらく待とう。動くかもしれないし」

とりあえず休めるところを探して構内を移動した。疲れ切った人たちがずらりと壁にもたれている。端のほうに、ひとりぶんだけスペースが空いていた。

「藤森さん、ここ座りなよ」

「いいよ。ずっと江那くんばかり動いてくれてるのに」

「ぼくはまだ体力あるし、気にしないで」

恰好をつけたが、実際のぼくは非力なぽっちゃりくんだ。それでも自分より藤森さんを座らせたいと思う。そんなやり取りをしていると、みんなが少しずつ詰めてくれて、ぼくも座らせてもらえた。昨日から殺伐とした出来事の連続だったので、優しさが身に沁《し》みる。

「電車、動くかな」

三角座りの膝を抱え、藤森さんがぽつんとつぶやく。

「動くよ。きっと」

本音では駄目かもしれないと思っている。でも口には出さない。小惑星が地球にぶつかってみんな死ぬなんて、そんな夢みたいなことが起きるのだ。だったらこんな状況でも電車が動く、なんていうささやかな夢を見たっていいじゃないか。

座ってじっとしていると眠くなってくる。ずっと気を張っていたので、自分に危害を加えないとわかっている人たちに囲まれていると安心する。やはり人間は群れで行動する生き物なのだ。たったひとりで荒野を駆け抜ける獣のようには作られていないのだ。

——ぼくは、もこもこのウールな羊のまま生き、死ぬ。

余命一ヶ月、認めざるを得ない事実に観念して、ぼくは瞼《まぶた》を閉じた。

夕方まで待ったが電車は動かず、今夜中の復旧もないというアナウンスが流れた。座り込んだ人たちが一斉に吐息する。重苦しいそれは、天井の高い駅構内いっぱいに充満した。

「東京に行くって意志は変わらない？」

藤森さんはうなずく。ぼくは深く息を吸った。

「うん、じゃあ一緒に行こうね」

藤森さんの大きな黒目がかすかに揺れた。

「だって約束しただろう」

小学生のときの約束なんて藤森さんは覚えていないだろう。いいのだ。これはぼくにとってだけの大事な約束で、ぼくはそれを遂行する。しかし意外な言葉が返ってきた。

「わたし、ひどい態度取ったのに」

ぼくはまばたきをした。

「覚えてるの？」

驚くぼくに、藤森さんは目を伏せた。

「覚えてるよ。あの日わたしすごく心細くて、ホームで声をかけられてほっとした。一緒に東京行こうって言ってくれたのも嬉しかった。なのに新学期になったら無視した」

自分が大事にしていた約束を、藤森さんも覚えてくれていた。そのあとの仕打ちを申し訳ないと思ってくれていた。それだけで、ぼくはもう胸がいっぱいになった。

「いいよ、そんなの。全然いいんだ」

「ちがうの、あのね、わたし」

藤森さんが顔を上げる。最近の王女さま然とした藤森さんのイメージに慣れていたので、小さな女の子のような口ぶりに胸を衝《つ》かれた。泣きそうな顔で、あのね、あのねと繰り返す。けれど先が続かない。懸命に言い訳をしようとしてくれている。ぼくにとってはそれ自体が嬉しいことで、言い淀《よど》む藤森さんに、「それよりも」と強引に話題を変えた。

「このまま電車が動かないなら、東京へは歩いていくしかないけど、歩ける？」

「それは大丈夫」

「もう暗くなってきてるし、夜の移動は危ないと思う。だから今夜は駅に泊まって、移動は明日の朝からがいいと思うんだけど、藤森さんはどうしたい？」

「わたしもそれがいいと思う」

駅員さんが備蓄の毛布を配りにくる。数が足りず、ふたりで一枚を支給される。

「藤森さんが使って」

「え、ふたりで使おうよ」

藤森さんは毛布を広げて、自分とぼくの肩にかけた。密着感が高まり、心臓が激しく動き出す。額の生え際に汗がにじんでくる。汗臭いと思われたらどうしよう。

「あ、あの、ぼくはいいよ。デブだから寒くないし」

「夜になると冷えるよ」

「二日もお風呂入ってないし」

「わたしも。臭かったらごめんね」

お互いさまと藤森さんは言う。本当にそう思ってくれているならありがたいし、気を遣わせているなら申し訳ないし、どちらにせよ、ぼくの心臓はうるさいままだ。

「……あれから、やっぱり東京には行ってないの」

藤森さんがつぶやいた。

「小学校のころから？」

「うん。だからＬｏｃｏのライブチケットが当選したとき、いよいよ時がきたんだって思った。Ｌｏｃｏのドームツアーファイナルなんて、ファンクラブ入ってても普通に落選だし」

「ファンクラブ入ってるの？」

恥ずかしそうに藤森さんはうなずいた。

「家族でハワイに行ったとき、ホテルの水槽の前でＬｏｃｏに会ったことがあるんだ」

「すごいね」

Ｌｏｃｏに会ったこともすごいが、家族でハワイに行くということに驚いた。さすが医者のお嬢さまだ。ぼくは海外旅行なんてしたことがなく、しないまま死ぬことが決定している。

「ホテルの中庭が見える壁に大きな水槽がはめ込んであって、たくさん熱帯魚が泳いでた。夜も遅くて、わたしとＬｏｃｏだけだったの。すごく痩せてて、顔が林檎《りんご》くらいしかなくて、目が大きくて、白目のところがうっすら青いの。人魚みたいだった」

「なにか話したの？」

「話したっていうか、並んで水槽見てたら『すぐそこに広い海があるのに、こんな箱に閉じ込められてかわいそうだね』ってＬｏｃｏが急に言うから、わたしびっくりして、ほんとだねってついタメ口で答えたら、Ｌｏｃｏはちょっと笑って、すぐ行っちゃった」

びっくりしたり焦ったりする藤森さんはレアだと思った。

「綺麗で、才能があって、人気者で、でも悲しそうだった。なんか、そういうのわかるっていうか、わたしと似てるなあと思って、それから曲とか聴くようになったの」

なるほど。しかし歌姫と称されるビッグアーティストと自分に共通点を見いだし、ころっとファンになってしまうところが藤森さんも正しく十代の女子だ。なんだか今までになく親近感が湧いてくる。ニコニコしていると、藤森さんがこちらを見た。

「痛いって思ったでしょ」

「思ってないよ」

「嘘。絶対に思った。Ｌｏｃｏと自分が似てるって、この女痛いって」

痛いのではなく、かわいいと思ったのだ。

藤森さんはぷいと顔を背けた。

「わたし、養女なの」

「え？」

「うちの親はずっと子供ができなくて、わたしは赤ちゃんのころ藤森の家にもらわれたの」

唐突すぎてどう答えていいかわからないぼくに、誤解しないでねと藤森さんは続けた。

「シンデレラとか小公女みたいな悲惨な目には遭ってないから」

まさしく今、意地悪な義理の家族にいじめられ、ぼろぼろの服を着て掃除をしている藤森さんを想像していた。これまで長らくユーモアをモットーとした妄想でつらい現実をやり過ごしてきたのに、他人のことになると画一的に物事を捉えてしまう自分を反省した。

「そうだろうね。藤森さんの髪つやつやしてるし、ハンカチも綺麗だった」

藤森さんは首をかしげた。

「悲惨な目に遭ってたら、身の回りがそんなに行き届かないと思う」

小学生のころ、少ない服を着回していることをクラスメイトにからかわれたことがある。そのとき、うちは貧乏なのだと知った。不幸はいつも他人の目や口によって露《あら》わにされる。

「髪は大事にしてる。わたしの本当の親譲りだから」

「そうなの？」

「妹の髪は、お母さんとお父さんに似た茶色の猫っ毛だもん」

今度はぼくが首をかしげた。『子供ができない両親』に似た妹とは？

「小学二年生のとき、お母さんが妊娠《にんしん》したの。わたしは真実告知されてたし、あ、真実告知って養子にもらった子に自分たちは血がつながってないって打ち明けること。子供には自分のルーツを知る権利があって、わたしも小さいころからほんとの親は別にいるって教えられてた」

その上で、わたしたちはあなたを愛している、ここはあなたの家である、と子供に伝えることが大事なのだという。その真実告知の中で、わたしたちには子供ができなかったけど、どうしても子を持つことをあきらめきれなかった、という気持ちも教えてもらっていたそうだ。

「妹ができたときの両親の喜びようはすごかったし、雪絵はお姉ちゃんになるのよってお母さんに言われて、もちろんわたしも嬉しくなった。生まれたのはお父さんに目元が似た女の子で、お父さんは泣き出すし、わたしも釣られて一緒に泣いちゃった」

あんな嬉しそうな両親を見たのは初めてだったと藤森さんは笑う。

「妹はマミコって名前をつけられて、わたしとマミコは平等に育てられた。お母さんはどっちの誕生日にもケーキを焼いてくれるし、お父さんは出張に行くと必ずわたしとマミコにひとつずつお土産を買ってきてくれる。でもね、それでも、なんとなく、あるんだよね」

楽しいことがあったとき、お母さんはまずマミコを見る。危ないことが起きたとき、お父さんもまずマミコを見る。ほんの一瞬だ。ふたりは自覚もしていないだろう。

「だからわたし、本当の親に会いに行きたくなったの」

「あ、それで東京……」

あの雪の日の藤森さんを思い出した。本当のお父さんとお母さんに会いに行くのだと心に決めて、けれどどうしても電車に乗れず、寒い吹きさらしのベンチに何時間も座って、鼻の頭も指先も真っ赤に染めて、ただ過ぎていく電車を見送っていた横顔。

「でも、行けなかった。当たり前だよね。小学生がひとりで東京なんて。それからは、これはしかたないことなんだって思うようにした。お父さんとお母さんは精一杯わたしとマミコを平等に愛そうと努力してくれてる。それで充分なんだって。わたしは恵まれてるんだって」

けれど心からそう思えないから、彼女は笑わなくなっていったのだろう。頭と心。ぼくたちはそれを両輪で回すことがまだ下手で、制御できず、たびたびおかしな方向に向かってしまう。

「小惑星の記者会見、家族みんなでテレビで見てたの」

「うん」

「そしたらマミコがいきなりパニック起こして泣き出して、お父さんとお母さんが大丈夫、大丈夫って必死でマミコを抱きしめた。マミコは昔からあわてんぼうで、ちょっとしたことでもすぐ大騒ぎするの。わたしは逆にしっかり者だって褒められることが多かった。わたしのほうがいい子だって思ってもらいたかったし、たくさん点数を稼がなくちゃって思ってた」

だからあのニュースのときですら、藤森さんは騒がなかったそうだ。藤森さんのお父さんとお母さんはマミコちゃんを落ち着かせるのに手一杯で、藤森さんはそれを黙って見ていた。

「マミコってね、真実の子って書くんだよ」

ぼくはもう、なにも言えなくなった。

――綺麗で、才能があって、人気者で、でも悲しそうだった。

藤森さんがLocoに抱いた共感。お金持ちのお嬢さまで、美人で、スクールカーストの頂点にいる女の子が、日々孤独を舐めているなんて想像もしなかった。

でも大丈夫だよ、とぼくは思う。楽しいときも危ないときも、藤森さんを一番に見つめる誰かがきっと現れる。少なくとも、ぼくは一番に藤森さんを見ている。

しかし藤森さんに似合うのは、藤森総合病院を継ぐべく医学部に進学できるくらい賢く、藤森さんの孤独を癒やせる包容力を持ち、かつイケメンだろう。ぼくとは月とスッポン。現実はシビアだけれど、それでもぼくは祈ろう。そんな王子さまみたいな男がいつか現れる。藤森さんは必ず幸せになれる。そこまで考えて、思考が唐突に折れた。

ぼくたちは、一ヶ月後に死ぬのだった。

必ずと言える未来など、もうないのだった。

同じ毛布にくるまって、ぼくと藤森さんは膝を抱えて雑踏を見ている。


翌朝、十時まで粘ったが電車は動かなかった。あきらめて立ち上がる人たちに混じって、ぼくと藤森さんも駅を出た。昨日毛布を配っていた駅員さんが散っていく人たちを見送っている。途中で帽子を脱ぎ、だらりと腕を下げ、疲れ切った顔で天井を見上げていた。

きっとこれからの一ヶ月、時間をかけて、ぼくたちは少しずつ、いろんなものを削られていくのだろう。死ぬってどれくらい苦しいんだろう。ぼくは耐えられるだろうか。

「じゃあ、行こうか」

東京方面に向かう人の列に加わって、ぼくたちも歩き出す。

「藤森さんのほんとのお父さんとお母さんって、東京のどこに住んでるの」

「わからない」

えっと隣を見た。実の親については事情があって赤ちゃんを育てることができなかったと聞いただけらしい。じゃあ会えないじゃないか、とは言えなかった。

「とりあえず、東京ドームに行こうと思ってる」

藤森さんは自分の足下を見つめて歩く。

「うん。わかった。行こう」

最初から藤森さんはＬｏｃｏのライブに行くと言っていたのだ。実の両親に会えないことなんてわかっていて、こんな状況でライブなんて行われないこともわかっていて、けれど行く。藤森さんは、長く抱えていた実体のない夢のようなものに会いに行こうとしている。

「江那くんは、おうちのほうはいいの？」

「うちのお母さんは逞しいから大丈夫だよ。お父さんはぼくが生まれる前に死んだ」

藤森さんは口を小さく開けた。

「ごめん。わたし、ほんとに自分のことばっかりで」

「ぼくのことはいいよ。生まれたときからそうだったし、それが当たり前だし、それがぼくの家だから。それより藤森さんはライブ終わったらどうするの」

「帰る、しかないよね。わかってるの。お父さんとお母さんだってわたしたちを公平に扱おうと努力してくれてるし、わたしだってみんなが好きだし」

好きだからこそ、軋む心が垣間見える。真実の愛情は真実の子のためのもの。自分に与えられるのは、それによく似ているけれど、それではない。目の前に本物がなければ微細なちがいなどわからなかっただろうに、最期のときまでその差をそばで見続けなくてはいけない悲しみ。一方、最期だからこそ血を分けた子供を見つめていたいという藤森さんの親の想い。愛情はどうしても平等には振り分けられず、それぞれの心に沿った自由な選択があるだけだ。

——だったら、ぼくと一緒にいようよ。

身の程知らずなことを口走りそうになった。ぼくは最期のとき、右手は母親、左手は藤森さんとつないでいられたら最高だと思う。死ぬのに最高っておかしいけれど、どうせ死ぬなら、せめて最高の気持ちで死にたい。黙り込んでしまった藤森さんと東京に向かいながら考えた。

途中で休憩した。歩道に座って新横浜で略奪したパンをふたりで食べていると、母親から電話がかかってきた。今どこだと問われ、まずは品川駅を目指していると答えた。

『スマホのバッテリーは大丈夫か』

「うん、昨日お店からもらってきたから」

『もらって?』

「略奪してきた」

『よくやった。スマホはいつでもつながるようにしておけ』

電話を切ったあと、ぼくは不思議な気持ちで空を見上げた。略奪をして褒められるなんて、世界は刻一刻と壊れていっている。ぼくの中で盗みに対しての罪悪感もない。それより遥かに大きな罪を犯したせいだろうか。なのに見上げる空はいつもと変わらず、平和に青い。

「食料、いつまで保《も》つかな」

詰め込めるだけ詰めてきたが、ライブまでは保たない。どうせライブは行われないだろうが、それはどうでもいいことだ。これは藤森さんが納得するための旅なのだから。

「東京は部分的に無法地帯になってるみたいだし、今のうちに食料集めたほうがいいかも」

「歌舞伎町あたりで、ヤクザや半グレがめちゃくちゃやってるんだってね」

それぞれＳＮＳで情報を確かめながら話す。東京では、若者が集まる街を中心に暴走行為や略奪が広がっている。襲撃されているのは主に高級ブランド店と食料品店と若い女の子たち。自殺も徐々に増えてきて、飛び込みで都内の電車はほぼ動いていない。リアルな情報を知るのにツイッターは便利だけれど、悪化していくばかりの状況を見るのは怖い。

「うん、やっぱり東京に入る前に食料を集めよう。駅前とか大通り沿いは怖い人たちと鉢合わせするかもしれないし、ちょっと路地に入ったコンビニやスーパーを回ろうか」

どんどん答えを出していく。ぼくは昨日と今日で驚くべき決断力を身につけた。もしくは迷う時間もないと言うべきか。東京に向かう人たちの列から外れて脇道に入る。食料品店は閉まっているか、すでに荒らされていて、袋が破れたチキンラーメンをひとつ見つけた。

「でもお湯がないね」

「そのままかじればいいよ。ベビースター味だから」

「あ、なるほど」

藤森さんが感心してうなずく。お嬢さまにはない発想だったようだ。ふたりで棚の下まで覗いたが、食料の他にティッシュやトイレットペーパーなどの日用品もなかった。

「このあたりもやばくなってきてるんだね」

「うん、駅前のビルでガラス割られてるの見てびっくりしたよ」

「広島もこんなふうになるのかな」

「流川あたりはもうなってるらしいし、地方でも繁華街は危ないんじゃないかな」

残飯を漁る孤児のようにうろついていると、普通に営業しているスーパーを見つけた。怖そうなおじさんが店先にバットを担いで立っていて、ここを襲撃するのは難しいとひとめでわかる。おそるおそる、食べ物を売ってもらえるのか訊いてみた。

「売ってるけど金じゃ買えないぞ。物々交換だ」

「電池だったら少しあります」

ぼくたちはバットのおじさんに許されて中に入った。電池も貴重品なので、よく吟味して交換しなければならない。なにがいいか考えていると、ねえねえと袖を引っ張られた。藤森さんの視線の先には冷凍庫に並んだアイスがあった。ふたつで単三電池ひとつと交換。

「冷たーい」

「甘い」

ソーダバーを舐めた瞬間、こんなにおいしいものを食べたことがないと幸福感に浸った。たった数日で善悪の境目はぼやけ、とにかく食べて生きることが優先され、ぼくは人殺しになり、盗人になり、たかが八十円のありふれたソーダバーが貴重品となった。

「コスモスだ」

空き地の前で藤森さんが立ち止まった。白やピンクのコスモスが咲き乱れて、風にそよそよと揺れている。売地と看板が立っている。綺麗だねと藤森さんが入っていく。

十月半ば、秋晴れの空の下、コスモス畑に立つ藤森さんは完璧なまでに美しく、ぼくはなぜか叫び出したくなった。少し前までのぼくは悲惨ないじめの中に頭まで沈められ、希望のない未来に絶望し、心の底で地球なんて爆発すればいいと呪っていた。

その呪いが叶った今、ぼくは夢にまで見た幸せに浸っている。そして今になって、もっとこの時間が続いてほしいと願っている。どうしてだろう。あと一ヶ月という今になって。あれほど世界を呪っていたときは欠片《かけら》も救ってくれなかったくせに。神さまは残酷だ。


午後遅くに品川駅に着いたが、やはり新幹線も電車も動いていなかった。

ぼくたちが新横浜駅を出たすぐあとにローカル線だけは復旧したが、そのあと品川駅近くの踏切で電車と車の衝突事故が起きてふたたび止まった。電車が横倒しになるほどの事故らしく、怪我人がたくさん出ているので運転再開の見通しは当分立たないと言われた。

「今日は他でも事故が起きまくってるんだって。なんか波光教がどうとか」

「波光教って、おかしな薬作って幹部が逃げてるやつ？」

うなずいた。東京や大阪の電車内で異臭騒ぎが起きているそうだ。駅員さんは詳しいことはわからないと言ったが、ＳＮＳではすでに波光教によるテロだと噂になっている。

「意識不明の人までいるんだって」

ツイッターの画面をスクロールしていく。恐ろしい話しか出てこない。

「これじゃあ電車が動いても危なくて乗れない」

「まだテロと決まったわけじゃないけど、どっちにしてもしばらく電車は動かないんだから、ここで休憩がてら詳しい情報を待とう。歩きっぱなしで疲れたし」

「そうね。向こうでお水配ってるから、もらいに行こう」

藤森さんが指をさすほうに長い列ができていた。列はもううんざりだけど、食べ物以上に飲み物は大事だ。ぼくが行ってくると言うと、ひとり一本かもしれないからふたりで行こうと言われた。なるほど。しっかり者だと言われてきたというのも納得だ。

列の最後尾に並んでいると、母親から電話がかかってきた。

『友樹、今どこにいる』

「品川駅。ついさっき着いた」

『駅のどこ』

「どこって、えっと、構内のどこだろう。今は水をもらいに並んで――っ」

いきなり後ろから襟をつかまれて引き倒された。『友樹?』という母親の声を聞きながら、ぼくは受け身も取れずまともに背中を床に打ちつけた。

「えーなーくーん」

歌うような呼びかけとは裏腹な、嫌な感じの低声が真上から降ってくる。

「こんなとこで、まさかの運命の再会でーす」

仰向けに倒れたまま、見上げた先に見慣れた顔が見えた。

「井上くん?」

瞬間、人殺しにならなかった自分のための安堵が湧いた。よかった。よかったと泣きそうな顔で笑うと、頭に包帯を巻いている井上がぐんにゃりと顔を歪める。

「井上くん、じゃねーんだよ」

腹の上にどかっとスニーカーの足を置かれ、ねじれた声が洩れた。

「人の頭かち割っといて、なにのうのうと女連れて笑ってんだよ」

「元々あなたたちが悪いんでしょう」

食ってかかった藤森さんの頬を、井上はなんの躊躇もせずに平手打ちした。

「男同士の問題に口出すんじゃねえ」

「なにが男同士よ。ただのクズのくせに」

藤森さんは尚《なお》も果敢に言い返す。

「藤森さん、ぼくのことはいいから逃げて」

言葉途中、顔面を蹴られた。

「やめてよ、駅員さん呼ぶわよ」

「呼べばあ?」

井上が冗談ぽく藤森さんを覗き込む。びくりと藤森さんが身体を退《の》く。一緒にいる連中が嘲るように笑い、ぼくたちはあたりを見回して愕然《がくぜん》とした。列に並んでいる人たちも、近くを通る人たちも、気づいているのに気づかないふりをしている。みんな怯えた顔をしている。

「駅員でも警察でも呼べよ。ほら、ほら」

三人に囲まれて、あちこちから蹴りが飛んでくる。丸まって頭を庇《かば》った。顔の中心がずきずきする。鼻が折れたのかもしれない。やめてよという藤森さんの涙声が聞こえる。自分が弱いせいで好きな女の子が泣いている。ごめん、ごめんね、なんて情けない。

「あ、そうだ。これ返すわ」

ぼくを小突き回すのを止め、井上が鞄から紙で巻かれた細長いものを取り出した。こんな物騒なもん持ち歩くなよと紙を剝《は》がしてゆく。母親が日々料理に使っていた包丁が現れる。

「おまえ、俺を殺そうとしたんだよな？」

井上がしゃがみ込み、倒れているぼくと目線を合わせてくる。

「こんなんで刺されたらどうなるか、おまえ、いっぺん試してみる？」

銀色に光る刃を頰に寄せられ、恐怖でごくりと喉を鳴らした。

——惚れた女は命がけで守れ。そんで絶対にあたしんとこに戻ってこい。

——十七年も育ててきたんだから、それくらいの親孝行はしてもいいだろう。

目の前にかざされた刃が向きを変え、首筋にひたりと当てられる。

「井上、まじでやるの？」

「ばっさーっていっちゃう？」

取り巻く連中の声が興奮に上ずっている。目がおかしな具合にぎらぎらしている。こいつらは最低な連中だった。でも少なくとも、こんな獣みたいな目はしていなかった。なにかがおかしい。

「ちょっと、やめてよ、ほんとにやめてったら。ねえ、誰か助けてよ」

藤森さんが周囲に向かって叫ぶが、誰もこちらを見てくれない。

——なんだ、これ。

残り一ヶ月という宣告を受けて、地球よりも先に人間が壊れはじめている。長い時間をかけて作ってきた法も、常識も、道徳心も、安物のメッキみたいにばりばりと剝がれてゆく。

——ぼくたちって、実はこんな生き物だったのか。

呆然とするぼく自身、もう動けないと線路に座り込む老夫婦の前を見ないふりで通り過ぎた。井上を殺す勢いで殴ったし、商品を略奪した。ぼくは井上や周りの人たちを責められない。みんなはぼくで、ぼくはみんなで、もこもこのウールを脱げない弱い羊の群れだ。

羞恥や後悔と共に、冴えないぼくの人生がすごい勢いで巻き戻って再生される。特別いいこともないまま、人類滅亡なんてしゃれにならないラストを宣告され、けれど思いがけず藤森さんと一緒の時間を持てて、幸せで、それもあと一ヶ月で取り上げられるのだと神さまを恨んだ。それがどうだ。ぼくにはその一ヶ月すら用意されていなかったわけだ。

ぼくは、最後の最後までスーパーついてない。

それでも、やっぱり、ぼくは、最後に藤森さんと過ごせてよかった。

心残りはお母さんのことだ。苦労と心配ばかりかけたので、今度生まれ変わったら、もっと勇気を出そうと思う。勝てないまでも一発は殴り返す。そんなふうにしていたら、ぼくのこれまではちがったものになっていたんだろうか。平和な世界でも、藤森さんと友達になれていたんだろうか。刃先がじりじりと首筋に食い込んでくる。すべては手遅れだ。

でももしも、もしも、あと少し猶予をもらえるなら。

それが一ヶ月でも、数日でもいい。ぼくは今度こそ精一杯生きる。

妄想の中の獣じゃない、弱い羊のままのぼくで荒野を駆ける。

だから神さま、どうか——。

祈ったそのとき、井上が真横に吹き飛んだ。

なにが起きたのかわからない。忙《せわ》しなく視線を移動させると、床に這いつくばって動かない井上が見えた。ぼくの前には神さまではない、どう見てもヤクザなおじさんが立っている。

# パーフェクトワールド

目力信士《めぢからしんじ》、四十歳。大物ヤクザを殺した。

個人的にはなんの恨みもない。面識すらなかった。けれどこいつも邪魔なやつを消してここまで上ってきたんだろう。天に向かって吐いた唾は、いつか自分に落ちてくる。

＊　＊　＊

目覚めると隣に女がいた。昨夜、バカラ屋の常連客と行ったキャバクラのホステスで、店で遊んだあとアフターで飯を食い、そのまま家までついてきた。

「起きた？」

甘ったるい口調が似合っていない。薄暗い店内で見ているとそこそこだが、カーテン越しに射す朝の光の中だと三十手前の年齢が暴かれる。キャバクラじゃ年増に分類される。

「目力さん、寝るとぜんぜん動かないのね。死体みたいだった」

女がおかしそうに上に乗ってくる。昨夜の酒が逆流しそうで眉をひそめた。

「眉間に皺寄せて、アレみたい」

「アレ？」

「神社の中にいるやつ。二匹でセットになってるの」

狛犬《こまいぬ》か。神社なんて最後に行ったのはいつだったか。ここ何年も初詣《はつもうで》にすら行ってない。女の薄っぺらな手が下半身に伸びてくる。寝起きで隆起しているところをまさぐられ、やわらかな尻をわしづかみにして応えた。俺の上で女が笑う。体勢を入れ替えて押し倒した。

ものの数分で終わらせてしまうと、どっと力が抜けた。もう一眠りしたいが、女が寄り添ってくるので適当に肩を抱いた。終わったあとは静かにしているのがいい女だが――。

「ねえねえ、ズカって誰？」

いい女ではなかった。

「寝言言ってたよ。ズカーって」

密着したまま揺さぶられ、しかたなく薄目を開けた。

「これでしょう」

女が左胸に彫られている『ＳＨＩＺＵＫＡ』というタトゥーに触れてくる。若いころに彫ったものなので、安っぽいことこの上ない。心臓の真上に名前を彫った女とは、生きるも死ぬも一緒なんだ。そう教えてくれた先輩は、心臓の真上に名前を彫った女と結婚したが、浮気相手を助手席に乗せているときに事故を起こして死んだ。嫁さんは赤ん坊を抱いて、てめえなんか死んじまえと葬式で泣きながら毒づき、もう死んでるよと仲間に慰められていた。

「女の名前彫るってロマンチック」

「昔だ」

「いくつ」

「二十」

「今いくつ」

「四十」

二十年前かあと耳元で笑いが響く。

「好きだったんだね」

だるい話に眠気を誘われ、答えず背中を向けたが、女はやはりぴたりとくっついてくる。

そういえば、終わったあと静香《しずか》はべたべたしてこなかった。俺を押しのけてトイレへ行き、缶ビール片手に戻ってきて、パンツ一枚で適当にスウェットを羽織ってテレビを観たりしていた。がさつで、そっけなくて、いい女だった。名前が出たついでに思い出してしまった。

「男って、昔の女ほど美化するんだよね」

女の手が腹から胸元へと這い上がってくる。ごてごてとしたネイルを施された爪が、心臓の上あたりを刺してくる。身体をよじったが、それでもしつこくひっかいてくるので、起き上がり頬を張り倒した。女はベッドに仰向けでぽかんとしている。

「え、なあに今の。ちょっと、いきなりひどーい」

女が泣くのか拗《す》ねるのかどっちつかずの顔をする。俺はシーツをかぶった。ひどーい、ひどーいという単調な女の声を聞きながら目を閉じる。すぐに意識が沈みはじめる。どんなときでも、どんなところでも死んだように眠れる。俺の唯一の取り柄だ。

「目力さん、ご飯できたよ」

額を指でぐりぐりされて目が覚めた。寝ぼけた目にさっき張り倒した女が映る。

「まだいたのか」

「帰ったんだけど、すぐそこのスーパーで魚が安かったから戻ってきたの」

冷めちゃうからと急《せ》かされて居間へ行くと、テーブルに飯の支度がしてあった。

「おかわりしてね」

茶碗に小山のような飯が盛られる。飯場かよと言うと、ハンバってなにと問い返された。味噌汁はしょっぱいし、煮つけた芋は固いし甘いし、塩鮭《しおざけ》は焦げている。

「おいしい？」

文句を言うのも面倒なので黙っていた。

「なにか好きなものあったら言って。今度きたとき作ってあげる」

顔を張られても飯を作り、またくるつもりでいるとは、人から大事にされてこなかったことが窺える。お世辞にもうまいとは言えない飯を食べ終え、スマートフォンでバカラ屋からの連絡をチェックした。女は食卓をかたづけ、鼻歌まじりで食器を洗っている。

「あたし、子供いるんだよね」

女は機嫌よさそうに話す。

「目力さんは」

「いない」

「子供は好き？」

「考えたこともない」

「あたし、そろそろ水商売上がろうと思ってるの。もう三十三だし」

思わず女の後ろ姿を見た。三十手前だと思ったが越していたか。

「もうキャバ嬢やれる歳じゃないのよね。昔は指名も多かったけど今はヘルプばっか。昼の仕事したいけど子供抱えてお金いるし。あたし、こう見えても家のことするの得意なんだよ」

料理はいまいちだけど、と女は笑った。

「でも掃除は得意。ここ散らかりすぎ。今度大掃除してあげようか」

「養ってくれる男探してんなら、他当たれ」

「ええー、そんなんじゃないよ」

「狙うにしても、せめて殴らない男を選べ」

「それは言えてるね」

女は食器を洗ってしまうと、またお店にきてねと言い残して帰っていった。

水を飲もうと冷蔵庫を開けると、さっき食べ残した鮭の尻尾《しっぽ》にきちんとラップがかけられて置いてあった。底の浅さが透けて見える言動とは裏腹に、根の慎ましさが垣間見える。わずかに気持ちが湿ったが、ペットボトルのまま水を飲んだら蒸発してしまう程度の情だった。

シャワーのあと、ふと洗面所の鏡に映るそれに目がとまった。

二十歳のころからそこに在り続ける女の名前。笑ってしまうほどちんけなタトゥーで、兄貴分の五島《ごとう》とサウナに行くたび、いいかげん消せよと笑われた。わざわざ残していたわけではなく面倒で放っているうちに、それがあることが当たり前になってしまっただけだ。

思い返すと、この名前とのつきあいも三十年近くなる。

窓を開けるとドブ川が見える家に俺は生まれた。父親は三百六十五日飲んだくれ、博打《ばくち》に負けたのなんだのと鬱憤《うっぷん》晴らしに俺を殴り、そのたび庇ってくれた母親が代わりにどつかれ、近所も歩けない顔にされる。母親の目はだんだんと虚《うつ》ろになっていき、そのうち自分も朝から酒を飲むようになった。父親を諫《いさ》めるより、同化するほうが楽だとあきらめたのだろう。

俺が子供らしく夢を見られるのは、眠っているときだけだった。悪者が町を壊し、みんなが逃げ惑う中でひとり立ち向かい、鮮やかに打ち倒す。鳴り止まぬ拍手の輪の中心に俺はいる。明るい光が降り注ぎ、アニメに出てくるヒーローのような誇らしさが胸に湧く。

けれど朝になれば目は覚める。現実の俺はそこらへんに落ちているゴミのような子供だった。いつも腹を空かしていたので、友人の家でよく飯を食わせてもらった。何度か続くと向こうの親が嫌がって遊びに行けなくなり、そのうち同じように家庭環境の悪い友人とつるむようになった。初めて万引きをしたのは小学四年生のときだ。パンやインスタントラーメンや菓子、楽しみでも鬱憤晴らしでもなく、飢えないために子供同士で協力し合って盗んだ。

中学に上がると、当たり前のように悪い先輩のグループに引き入れられた。親から与えられない愛情を自分たちでまかなうように、朝から晩まで一緒に過ごした。困っている仲間がいれば全員で力になる。仲間は助け合うものであり、ことの善悪は二の次だった。

家には帰らず、たまり場になっている仲間の家に入り浸る。静香もその中のひとりだった。気が強くさっぱりした性格が好みだったが、先輩の彼女だったので手は出さなかった。欲しいものは奪うか盗む。けれど仲間を裏切るやつは軽蔑される。社会のルールなんて知ったこっちゃないが、仲間内のルールは大事だ。多くの連中が普通に与えられる居場所を俺たちは与えてもらえず、寄り集まることで居場所を作ってきた。そこでのルールを破ることは、俺たちみたいなクソが唯一安らげる場所を、自らの手で壊すことにほかならない。

親父をぶちのめしたのは中学二年生のときだ。いつものように酔っ払って殴ってこようとしたので、バットで返り討ちにしてやった。びゅうと頭から血が噴き出すのを、母親はビールグラス片手にぽかんと口を開けて見ていた。背中や肩、ところ構わず殴った。死んでもいいと思う一方、死ぬわけがないとも思っていた。この程度で死ぬなら、俺は百ぺんは死んでいたからだ。

「今度舐めたことしたら、ぶっ殺すぞ」

台所から焼酎を取ってきて、丸まって震えている親父にどばどばとぶっかけた。悪かった、悪かったよとしゃくり上げる親父を蹴り転がし、次に母親を見下ろした。

「金、寄こせ」

母親はぽかんと開けたままだった口を閉じ、ふうと大きな溜息をついた。のろのろと鞄から財布を取り出し、万札を一枚抜き取って差し出した。

「全部」

母親はあきらめ顔で、あるだけの札を抜いて差し出した。もぎ取るように奪い、コートを羽織って出ていこうとする俺の背中に、父親のうめき声と母親の溜息がべたりと貼りつく。

「なんでこんな思いばっかしなきゃなんないのかねえ」

それはこっちの言いたいことだと怒鳴る代わりに、外に出てから団地の鉄の玄関扉を思い切り蹴った。からっぽな心に、轟音《ごうおん》がいつまでもこだましていた。

中学を卒業して市内のガソリンスタンドに就職したが、働くよりも仲間とつるんでいるほうが圧倒的に楽しいときで、結局半年くらいで辞めてしまった。それからは組の下っ端をやっている先輩を手伝い、小遣いをもらってぶらぶらしていた。静香と再会したのは十八歳のときだ。

「相変わらず、馬鹿やってんね」

以前のまま、さっぱりした女だった。再会した静香に男はおらず、さっさと口説《くど》いて一緒に暮らしはじめた。俺は下っ端ヤクザの先輩にさらに使われる半端なチンピラのままだったが、一番にかわいがってくれた五島という兄貴分が頭のいい人で、言われたとおりに動いていれば、まあまあ羽振りよく暮らせた。クズなりにうまくいっていたのだ。

その暮らしも三年ほどで終わった。頭に血が上ると反射的に手が出る。あれほど嫌っていた父親の悪癖を、俺はそっくりそのまま受け継いでいた。チンピラ同士なら構いはしないが、女相手にも手が出てしまう。静香も気性の荒い女で、俺たちが喧嘩をはじめると三度に一度は近所の住人がパトカーを呼んだ。あのときも派手な喧嘩をし、翌日、仕事から帰ってきたら静香は消えていた。死に物狂いで探したが逃げ切られた。

——なんでこんな思いばっかしなきゃなんないのかねえ。

なんでもくそも、全部てめえのせいだろうがと自分に対して唾を吐いた。一旦激高すると手がつけられなくなる。一歩間違えば静香を殺していたかもしれない。惚れた女を殺さずにすんでよかったと最低な納得をしたあと、心臓の上に安っぽいタトゥーだけが残ったというわけだ。

——男って、昔の女ほど美化するんだよね。

それはない。あの晩、俺に殴られて静香の唇の端は切れて青く腫《は》れていた。左目も黒々とした痣に囲まれてパンダみたいになっていた。俺が最後に見た静香の顔がそれだ。

よくもあれだけ殴ったもんだと手のひらに視線を落とすと、ついさっき女を張り倒した感触がよみがえった。昔も今も、俺は変わらずクソなままだ。

日が落ちてからバカラ屋に顔を出した。飲み屋が集まっている流川のビルの地下にあり、階段を下りると監視カメラがついた鉄製の扉が先を塞いでいる。インターホンを押す。店側のスタッフがカメラで顔を確認し、オートロックが解除される。一見《いちげん》の客は入れない。それほど出入りを厳しくするのは、ここが違法賭博の店だからだ。

薄暗い通路を進んでいくと、ようやく店の本当のドアに辿り着く。エントランス代わりの小部屋にはスーツ姿の若いスタッフが左右に立っており、おつかれさまですと頭を下げる。そこを抜けると、バカラテーブルとルーレット台がある赤絨毯《あかじゅうたん》のフロアに出る。

早い時間なので客はまばらだが、早いぶん重症の客ばかりだ。慣れたふうに一枚一万円のコインを積んでいる常連たちに挨拶《あいさつ》をしていると、

「店長、さっきから全然こねえぞ」

たかが一枚のコインを大事そうに囲っている山本《やまもと》が割り込んできた。袖口がすり切れた鼠色《ねずみいろ》のスーツを着ている。昔は羽振りがよかったそうだが、会社を潰して今はキャバクラの送迎運転手をしている。出入りさせるレベルではないが、常連客が気まぐれに連れてきたのだ。

「イカサマしすぎじゃねえのか」

「そんなカッカしないで。運が逃げちまいますよ」

親しげに肩を抱き、スタッフを呼んでビールをおごってやると山本は機嫌を直した。安い客ほど面子《メンツ》を立ててもらいたがる。店長室に引き上げるついでに、山本が今度文句を言ってきたら叩き出して出禁《できん》にしろとスタッフに言っておいた。

店長室に入り、金庫の中の金をセカンドバッグに詰めていく。この店は弘生会《こうせいかい》系列で、前日の売上金は翌日に弘生会組員のオーナーに手渡しすることになっている。

札束を詰めたセカンドバッグを脇に抱え、いつもの喫茶店に向かった。出勤前のホステスと同伴の客で混み合う店内には、オーナーと一緒になぜか五島がきていた。

「五島さん、ご無沙汰してます」

軽くうなずく五島は企業の役員然としていて、ぱっと見ではヤクザとわからない。若いころから頭を使った違法すれすれの仕事で稼ぎ、上納金を積んで上をどんどん追い越していった。今では本家の若頭補佐まで上り、弘生会系列のフロント企業のまとめ役をしている。

しかし宵《よい》っ張《ぱ》りの五島がこんな時間に飲みに出てくるのは珍しい。なにかあったのか。ちらりと視線を向けると、見透かしたように五島が口角を上げた。

「久しぶりに、おまえと飯でも食おうと思ってな」

ありがとうございますと深く頭を下げ、まずはオーナーに売上金の入ったセカンドバッグを渡した。いつもなら中身を確認するのだが、五島を待たせないよう、オーナーはバッグを手にさっと席を立った。オーナーが去ってふたりになると、

「久しぶりだなあ信士、調子はどうだ」

五島の声音が昔なじみを相手にする親しげなものに変わった。

「おかげさんで、ぼちぼちと」

「まあ、飯でも食いながら聞かせてくれや」

料理屋へ行くと、珍しく座敷が用意されていた。五島は飯でも酒でも一時間、早いと三十分で河岸《かし》を変える。料理屋でもカウンターを好み、一晩で何軒もハシゴをするのが常だった。

「たまにはゆっくりすんのもいいだろう」

一杯目を注《つ》ごうとする仲居を手で制して下がらせると、わざわざ五島がビールを注いでくれた。五島は組関係のことを軽くぼやき、俺は余計なことは言わず相槌《あいづち》を打った。そのうち昔の思い出話になり、それも一段落したころ、ふいに五島の口調が変わった。

「ちょっと頼みがあるんだがな」

きたかと背筋を正した。若いときならいざしらず、若頭補佐である今の五島が自分と飯を食うためだけに出てきたとは思えない。なにかあるのだろうと見ていた。

「六心会《ろくしんかい》の角田《かくた》を殺《や》ってくれ」

息を呑んだ。

「抗争ですか」

元は同じ一派が揉めて分かれたのが弘生会と六心会だ。その成り立ちから、ふたつの組は長く揉めている。今までも何度か大きな抗争になったが、取り締まりが厳しいこのご時世、潰し合うより手を組んで共存したいというのが双方の腹らしい。当然反対派はいて、その筆頭が六心会の若頭である角田だ。一方の組のナンバーツーが反対派では話が進まない。

「いくらなんでも若頭を殺られたら、結局は抗争になるんじゃないですか」

それがなあ、と五島が前のめりになった。

「乗り気なのは六心会のほうだ」

六心会の今の組長は、そりが合わない先代子飼いの角田よりも、自分がかわいがっている分家筋の補佐をナンバーツーに据えたい。自分が引退したあとのことを考えているらしい。

「六心会の組長もえげつねえよなあ。義理も人情もあったもんじゃねえ。それに乗っかろうとしてるうちも似たようなもんだが、まあ角田が時勢に合わない男なのは事実だ」

昔気質《むかしかたぎ》なタイプだと聞いたことがある。五島とは逆なのだろう。

「けど、どっちの組の人間も鉄砲玉には使えない」

そりゃあそうだ。若頭を殺ったのが身内だとばれたら角田派との内部抗争になる。弘生会の組員が殺ったのがばれても当然抗争に突入する。鉄砲玉は外部の人間を使うしかない。

「俺はおまえの腕っ節を見込んでんだ」

「もう四十ですよ」

目を伏せ、酒を口に含んだ。頭の中でどう切り抜けるか考えている。

「こないだもバカラの客を半殺しにしたんだろう。プロボクサー崩れの若い連中がやられたから、しかたなくおまえが出てったって聞いたぞ。衰えてないじゃないか」

五島が酒を注いでくれる。じりじりとこちらを追い詰める笑みを見ないよう、伏し目がちで話を聞いた。角田にはいつも腕の立つ組員がガードについている。角田自身も肝《きも》の据わった男だ。そこらの若いチンピラでは近寄ることもできないかもしれない。

「信士、あとのことは俺がきっちり責任持ってやる。ぶち込まれてる間の親の面倒は任せろ。女がいるなら管理しておく。万が一失敗しても、おまえのことは見捨てない」

五島は一度口にしたことは違《たが》えない。せこい男でもない。そこは信じるが、失敗すればこっちが殺られる。成功しても出頭して刑務所行き。出所すれば報復行為に怯える日々。五島の頼みは、残りの人生をくれと言っているも同然だ。豪勢な料理を苦い気持ちで眺めた。

――まあ、それほどたいした人生でもねえけどな。

生まれた町はガラが悪いことで名が通っていたし、気安く言葉を交わす近所のおっさんが組員だったりするので恐怖心もなく、学歴も家柄も関係ないヤクザの世界に、俺や悪い仲間たちは逆に夢を抱くようになった。街でそれっぽい高級車を見かけると、いつか自分たちも舎弟を従えて、こんな車を乗り回すようになるのだと盛り上がった。甘っちょろいガキの夢だ。

実際は、ヤクザの世界でも頭は必要だった。俺は喧嘩はやたらめったら強かったので、あちこち組関係の先輩に連れ回されたが、頭を使って稼げないやつはいつまでも番犬代わりのチンピラのままだ。うだつの上がらない俺に、なにかと目をかけてくれたのが五島だった。

くだらない理由で揉めてぶちのめした相手が六心会の組員で、危うく組同士の揉め事になりかけたときも、五島が助け船を出してくれた。あのときはまだ五島も若く、上に話を通すためにかなりの金が要ったはずだ。おかげでことは収まったが、俺は組の杯《さかずき》を逃し、弘生会には入れない身となった。自分の馬鹿さ加減にうなだれる俺に五島は言った。

──杯なんか関係ねえよ。おまえのことは弟だと思ってるし、困ったときはいつだって頼ってこい。いざってときは俺もおまえを頼る。兄弟なんだから遠慮はなしだ。

言葉どおり、五島は半端者の俺を見捨てず、俺は五島が組の舎弟を使えないような仕事を進んで引き受けた。五島はどんどん出世していき、俺は荒事だけが取り柄の野良犬のままだった。

若いころはそれでよかったが、だんだんと目端の利く若い連中に使われるのがしんどくなってくる。幾度も職を変えた末、知り合いから回ってきたのがデリヘルの仕事だった。

写真と全然ちがうという客からのクレームに、金を払わないと女も抱けないやつが贅沢言ってんじゃねえと内心で毒づき、胸がでかいの尻が小さいのという細かいリクエストに応えて女を選び、チェンジされた女の代わりにホテルに向かわせ、禁止プレイを強要されてバスルームに逃げ込んだ女を迎えに行き、ついでにたちの悪い客を半殺しにする。

泥の水たまりの上をびちゃびちゃ歩くような日々の中、偶然、街で五島と顔を合わせた。すでに本家若頭補佐に就いていた五島とは気安く会える仲ではなくなっていたが、飯をおごってもらいがてら近況を話したところ、いい歳してなにしてんだとあきれられ、今のバカラ屋の店長に放り込まれた。おかげで毎日スーツを着て、若い連中に頭を下げられる身分になった。

自分のような半端者によくしてくれるのは、昔も今も五島だけだ。

その五島からの頼みを断るという選択肢はない。そう思ってきたが——。

「なあ信士、この仕事が成功したら俺は次のカシラに指名される」

思わず顔を上げた。今の組長が引退したら、現若頭の大久保《おおくぼ》が組を継ぐ。大久保の下には五島を含めて三人の補佐役がおり、順当に行けばそこから次の若頭が選ばれるのだが、大久保と直接杯を交わし、若いころからの腹心である坂木《さかき》が筆頭候補と目されている。

「大久保さんがオヤジで、坂木がカシラになってみろ。俺を潰しにかかるに決まってる。そうなってからじゃ遅い。今のオヤジの目の黒いうちに手を打っておかねえとな」

角田を殺る大仕事と引き換えに、五島は組長と密約でもしているのだろうか。自分のようなチンピラには雲の上の話だが、五島にとっても正念場だということはわかる。

「出所したあと、俺の補佐としておまえを組に迎えてやる」

「いや、俺は杯もらえる身の上じゃないんで」

「馬鹿野郎。角田の件がうまく行けば、おまえが出てくるときには俺が組を継いでんだ。大昔のやらかしなんざ関係あるか。兄弟分として、俺がきっちりおまえに杯をやる」

——本当に兄弟分だと思ってたら、組に言えないやばい仕事ばっかやらせねえだろ。

ふと昔の仲間に言われたことを思い出した。おまえは利用されているのだと。他にも似たようなことを言うやつは多くいた。俺はそのたび毒づいた。なに言ってやがる。そんなことを言うおまえらこそ、俺をいいように使うだけじゃないか。五島は使ったあと、ちゃんと手入れをしてくれる。小遣いも多めにくれる。チンケな兄貴風を吹かせることもない。

――そんなやつが、弟分だと思ってるやつに人殺しをさせるのか？

――身内として信用されてるから任されたんだ。

――頭冷やせ。人殺しだぞ。確実に人生終わるぞ。

誰が誰と話しているのか、頭の中がぐちゃぐちゃに散らかっていく。昔からこうだ。問題にぶつかると筋道立てて考えられなくなり、手が出る。おまえの欠点だと五島からも言われた。

――信士、頭ってのは考えるためについてんだぞ。

――てめえはなにがほしいのか。そのためにはどうすればいいのか。

――短気を起こさず、よおく考えろ。

――でないと、頭のいいやつに利用されて終わるぞ。

昔の知り合いも五島も、結局は同じことを言っているのだ。けれど、自分で考えて決めたことがうまくいったことなど一度もない。五島の言うとおりに動いていれば、それなりにいい目が見られた。誰ともまともに縁を結べない中で、五島との仲だけが細々とだが続いている。

――縁なんて、そんないいもんかよ。本当に賢いやつは、いざってときのために命を捨ててくれる犬を何匹か飼っておくもんだ。投資ってやつだ。わかるか？

俺によく似た声が、余計なことをべらべらまくし立てる。頭の中が濁っていく。

「信士、このとおりだ。おまえしか頼れるやつがいない」

五島が座布団から下りようとし、俺はなにかを考える前に反射的に動いた。畳に手をつこうとしている五島を押しとどめ、わかりましたと答えていた。ああ、やっちまった。これはやばいとわかっているのに、なぜかいつもそちらへ行ってしまうのだ。

最後の夜、静香を殴っていたときもそうだ。これ以上は本当にやばい。そう思いながら止まらなかった。俺の心と身体はたまに逆方向に走り出す。一旦そうなったら収拾がつかない。行き止まりとわかっている方向へ全速で走り、すでに見えていた壁にぶつかり、ようやく止まれる。

「俺とおまえは兄弟だ。家族だ。なあ、信士」

五島が俺の肩を抱き込む。兄弟。家族。自分とは縁のない言葉。まったく信じてもいない。なのに主人に頭を撫でられた犬のように嬉しくなる。後悔することはわかっているのに、だ。

――おまえは救いようのない馬鹿犬だな。

そうなんだろうな。だとしても、それがどうした。同じ犬でもポリバケツを漁るしかない野良より、朝昼晩とうまい餌をくれる主人がいる飼い犬のほうが楽じゃないか。プライド？　ここまで地べたを這いずってきた四十男が持つものじゃねえな。

決行の日まで心置きなく過ごせと、五島から金と銃を渡された。銃は思ったよりも軽く、けれどそれとは別の重みに手が震えた。荒事とは無縁のインテリヤクザだと思っていたが、こなれた手つきで扱いを説明する五島を見て、ヤクザに向いているというのは、こういうことだと思い知った。腕っ節とは別のところで、自分と五島は性根の部分にあきらかな差がある。

——ヤクザで一旗揚げようって、そもそもスタートが間違ってたんだな。

金と銃を持っての帰り道、若かった昔の自分を嗤った。

バカラ屋は辞めた。もう働く意味もない。かといって特にやりたいこともなく、飲みに出て朝方に帰って眠り、午後に起き、夜からまた飲みに出かけることを繰り返した。

今日も午後遅い時間に起き、近所の中華屋で飯を食い、駅前のパチンコ屋に入った。連続フィーバーで大勝ちしたが高揚はない。なけなしの金をはたいたときは勝てず、なぜ金の意味がなくなった今になって勝つのだろう。金は金持ちに懐くという話は真実らしい。

「お兄さん、ついてるねえ」

隣にいる厚化粧の婆さんが話しかけてくる。乾いて粉浮きしている顔。先端が剝がれたマニキュアの指に煙草《たばこ》をはさみ、俺の足下に積まれた箱を羨《うらや》ましそうに見ている。

「やるよ」

立ち上がると、婆さんはマスカラがダマになっている小さな目を見開いた。帰る俺に、ありがとー、お兄さん恰好いいねー、としゃがれた声で礼を言っている。

パチンコしかしていないのに疲れてしまい、サウナへ行き、リラックスルームで一眠りした。起きると夜になっていて、スマートフォンには女からの誘いが山のように入っていた。みんなホステスで同伴目当てだ。最近やたらと羽振りよく飲みに出歩いているからだろう。

リクライニングシートに寝転んだまま、適当に女を呼び出し、いい店でいい飯を食い、同伴で店に入った。ブランデーでもシャンパンでも好きに入れさせ、隕石がぶつかって地球は滅亡するんだってーというホステスの馬鹿話にそりゃあいいと笑い、ハシゴをして夜明けに帰り、ようやく一日が終わる。疲れ果ててベッドに倒れる。遊ぶことにもうんざりしてきた。

自由を満喫できるのはあと少しだ。金もあって好きなことをすればいいのに、なにをしていいのかわからない。散らかった部屋のベッドに寝転がり、顔の上に手をかざした。

——見事にスッカラカンだな。

四十になるまでなにも生み出さず、なにも得ることができなかった手だ。

「……ズカー」

びくりと目を開けた。いつの間にかうつらうつらしていて、自分の寝言で目が覚めるという間抜けなことになった。なんの夢だ。内容を思い出そうとしているとスマートフォンが鳴った。どこのホステスだろうと確認すると知らないアドレスだった。

『明日』

タイトルを見て硬直し、ゆっくりと弛緩《しかん》していく。そうか、明日か。前日に連絡すると言われていたのだ。『明日』というタイトルの空メールがきたら電話をしろと——。

頭からシーツをかぶった。もう一度眠りたい。けれどカーテンが薄くて昼間の光を防ぎきれない。何度も寝返りを打ち、しかたなしに身体を起こすと、もう逃げようがなくなっていた。しばらく散らかった部屋を眺めたあと、五島に電話をかけた。

『明日だ』

はいと答えた。明日はターゲットである角田の娘の誕生日で、毎年その日は家族水入らずで過ごす。ボディガードもつかないので、その隙を狙う段取りらしい。

『今夜は遊べよ』

「そうさせてもらいます」

やけっぱちで笑うと、さすがに動じねえなと五島がわざとらしい世辞を言った。

通話を切り、いよいよシャバともお別れかと考えた。傷害の前科もあるので、少なく見積もっても十年以上の刑期を喰らうだろう。出てくるときは最低でも五十歳。そのあとは五島が面倒を見ると約束してくれた。けれどその約束も五島が出世していたらの話だ。五島が下手をこいていたら、出所したとき自分はただの殺人の前科者だ。

――いつまでたっても落ち着けねえなあ。

ぼんやりとベッドに大の字に寝ていると、またスマートフォンが鳴った。今度はホステスだった。ナミ。名前を見ても顔が浮かばないが、『またご飯作ってあげるね』という一文で、鮭の尻尾の女だと思い出した。若く見えるが三十三歳の子持ち。ついでに頬を張ったことも思い出した。

『同伴するか』

メールを送ると、すぐに『嬉しい！』と返ってきた。

ナミが勤めている店に近い鮨屋《すしや》で待ち合わせをして適当に飲んで食った。ナミは玉子や茹《ゆ》でエビばかりを頼み、もっといいもん食えよと言うと、これが好きなんだよねえと笑った。

「明日世界が終わるなら、あたし玉子と茹でたエビのお鮨を食べる」

「なんだそりゃ」

「昨日ニュースでやってたの見てない？　あたしも出勤前で化粧しながらいいかげんに見てただけだけど、もうすぐでっかい石が地球に落ちてくるってアメリカのテレビ局がスクープして、あちこちで暴動が起きてるんだって。昨日はお客さんも女の子もそれで盛り上がってたよ」

「そういや、昨日そんなこと言ってる女がいたな」

どこの店のホステスだったろう。酔っていたので覚えていない。

「明日死ぬとしたら、目力さんはなんのネタ食べる？」

「鮨限定か」

「好きなのでいいよ。なにが食べたい？」

「なんでもいい。冷やし中華くらいで」

庶民だねと笑われた。俺も薄く笑った。うまいにこしたことはないが、昔から腹がふくれればそれでよかった。明日死ぬとしたら――なんて大仰な条件がついても同じだ。

「最後なら、飯より女のほうがいい」

正真正銘、今夜は俺にとって最後の夜なのだ。

「目力さんは食より色なのねえ」

ナミは頬杖をついてふふっと笑う。唇が葡萄《ぶどう》色をしている。

「店のあと、うちにこいよ」

「今夜は駄目。明日アキラの誕生日なの」

「男いるのか」

「息子。明日で八歳になるの」

角田の娘と同じ誕生日だ。こんなふざけた盛り髪をしている女にも、ヤクザのナンバーツーにも愛する家族がいる。我が身の持ってなさを改めて思い知らされる。

「明日はお店休んで一日アキラといて、夜はファミレスでお祝いする約束してるの」

「もっといいとこ連れてってやれよ」

「母子家庭は大変なんです」

ナミが頬をふくらませる。ババアがかわいこぶるなとからかいながら、ラップがかかった鮭の尻尾を思い出した。財布から万札を十枚ほど抜いてカウンターに置くと、ナミはきょとんとした。

「誕生日祝いだ」

ええーっとナミは素《す》っ頓狂《とんきょう》な声を出した。多すぎるよと焦っている。遠慮するかと思ったが、ありがとう、目力さん大好きと素早く受け取った。カウンターの向こうで大将と職人が苦笑いをしている。羽振りがいいねえという羨望《せんぼう》と、ホステスに入れあげて馬鹿だねえという憐れみ。飯のあとは店に同伴し、暇なホステスを全員呼んでシャンパンを飲ませて小遣いをやった。

「ありがとうございました」

二時間ほど遊んで帰るとき、ビルの前に大量に並んだホステスに見送られた。景気のいい光景を行き交う連中が見ている。俺自身は寒々しさが拭えない。こんな気分で最後の夜を過ごすのはもったいなく、ついぞ縁のない高級ホテルにチェックインしてデリヘルを呼んだ。

「サオリです」

二十五歳までと言ったのに、部屋にきたのは愛想もやる気もなさそうな年増だった。

「いくつだ」

「二十二」

サオリは抑揚なく答える。サバを読むにもほどがあるだろうとげんなりしたが、チェンジも面倒なので部屋に入れた。指名なしフリーで急なオールに応えられる女なんてこのレベルだ。

「一晩ですよね。前金で五万です」

財布から万札を五枚出して渡した。サオリは金をしまうとさっさと服を脱ぎだした。商売とはいえ、もう少し艶っぽくできないものかと薄ら寒さに拍車がかかる。

「すぐ、します?」

「あー……、先に風呂でも入るか」

でかい風呂も今夜限りだ。バスルームを覗くと、さすがに高い部屋だけあって広かった。バスタブの縁に腰かけ、溜まっていく湯をなんとなく見下ろす。下半身に欲望の気配は欠片もないが、意地でも楽しんでやろうと決めていた。

湯が溜まり、サオリを呼んだが返事がない。部屋に戻ると、サオリは下着姿でベッドに座ってテレビを観ていた。首相が会見をしているようだが、政治のことなどわからない。

――やる前に首相会見観る女は初めてだな。

食い入るようにテレビを観ているサオリの手から、リモコンを取り上げて電源を切った。サオリがびくりと肩を震わせて俺を見上げる。ぽかんと小さく口を開けている。

「湯、溜まったぞ」

「……え？」

ぽかんとしたまま、待って、ちょっと、とつぶやきリモコンを取り返そうとする。しかし伸ばした手を途中で引っ込め、のろのろとベッドから下りた。

「帰る」

サオリはよろめきながら服をしまったクローゼットへ向かう。腕をつかむと思い切り払いのけられ、その勢いでサオリは勝手に尻餅《しりもち》をついた。

「あたし、帰る」

同じ言葉を繰り返す。俺を見上げる目は薄いガラス玉のようだ。完全に怯えている表情に、まさかデビュー戦かと思い至った。脱ぎっぷりはよかったように思えたが。

「いまさら、なに言ってんだ」

「だって、ちょっと、今、無理」

「初めてなのか」

めんどくせえなと、俺はしゃがんでサオリと目を合わせた。

「ねえ、あの噂、本当なんだって」

「噂？」

「おっきい石が地球にぶつかって、あたしたち、死ぬんだって」

どっと肩が落ちた。鮨屋でナミもそんな話をしていた。

「ああ、そうかよ。大昔もノストラダムスの予言とかが流行ってたぞ」

一九九九年、空から恐怖の大王が降ってくる。俺は二十歳で、隣には静香がいた。結局世界は滅びず俺は四十になり、隣には誰もいない。いいからこいと腕をつかんで起こそうとした。

「そんなんじゃないって。首相がテレビで言ってんだから」

サオリはいきなり取り乱した。尻餅をついたまま、帰る、帰んなくちゃ、と繰り返す。いらだちが高まり、頬を張り飛ばしたらカエルみたいにひっくり返った。このままでは萎《な》える一方だと、とりあえずブラジャーの中に手を突っ込んで乳房をわしづかみにした。

「ねえ、ちょっと、やだって。もう帰る、帰らせて」

ついに足をばたつかせて泣き出した。ぶっとんだ様子に、おかしなクスリでもやっているのかと疑った。髪をつかみ、強引に上げさせた顔を一発、二発と張る。軽くはたいたつもりだったが口元が切れた。顔を赤く汚してサオリはしゃくり上げている。これはこれで興奮するやつもいるのだろうが、俺にはそっちの趣味がない。

どうしたものか考えていると、場ちがいに明るいメロディが鳴り響いた。サオリは這いずって、床に落ちているスマートフォンを拾って通話をオンにした。

「うん、うん、あんたもテレビ観た？」

最初のしらけた様子とはちがう、湿度の高い呼びかけだった。

「うん、大丈夫、お母ちゃん、すぐ帰るからね。家から出たらあかんよ」

涙を拭って立ち上がり、ふらつきながらクローゼットへ向かう。見た目を構う余裕もなく、だらしなく着崩れた恰好でサオリは部屋を出ていった。俺は床にあぐらをかいて見送った。豪華な部屋でひとりぽつんと、乳房の感触が残っている手のひらを見た。

「あ、金」

持っていかれた。追いかける気力も、女を寄こせともう一度店に電話する元気もない。お母ちゃんという響きが耳にこびりついていて、下半身は今夜じゅうには回復しそうにない。

やれやれと立ち上がり、冷蔵庫からビールを出して缶のまま飲んだ。あの女はクスリでもやっていたんだろう。最後の夜に最低のクジを引かされたわけだが、俺は生まれたときから存在がハズレクジみたいなものだ。でかいベッドに倒れ込むと、お母ちゃんという言葉がよみがえった。

――なんでこんな思いばっかしなきゃなんないのかねえ。

こんなときに出てくんなよと舌打ちをし、スマートフォンを取って実家の番号を呼び出した。最後に電話をしたのは二年前の大晦日《おおみそか》だ。デリヘルの事務所で紅白歌合戦を観ながら実家に電話をした。出たのは父親で、正月くらい帰ってこい、おまえも親に小遣いをやる年齢だろうがと説教され、てめえにやる金なんざあるかと怒鳴って通話を切った。

耳元で呼び出し音が鳴る。もう寝ているだろうか。ジジババだしなと切ろうとしたとき、もしもしとしわがれた母親の声が聞こえた。俺だと言うと、ああと返ってきた。

『どうしたの』

二年ぶりだというのに、母親の声には喜びも戸惑いもない。母親はいつのころからか、見ているのに見えない、聞いているのに聞こえない人になった。あの父親といるには、それが一番楽だったのだ。そうなるのが嫌で静香は逃げたのだろう。俺は父親にそっくりだ。

「用なんかねえよ。元気か」

『この歳で元気なわけないだろう。お父さんも去年死んだよ』

返事をするのがわずかに遅れた。

『元々あちこち悪かったからね。場外で倒れてそのまんま』

親父らしい。息子の給食費まで注ぎ込むほど好きな競馬の予想をしながら死ねたのなら本望だろう。葬式にも顔を出さずに悪かったな、という型どおりの言葉すら俺は言えない。親の死も素直に悲しめない俺はクソだが、そんなふうにガキを育てたこいつらもクソだ。

『あんた、今なにしてんの』

「なんもしてねえ」

殺しの依頼を明日に控え、現在の身分は無職だ。

『もう四十だろうに。いつまでぶらぶらしてんだい。ほんとあんたは親に心配ばっかりかけて、いいかげんしゃんとしないとお父さんみたいになっちまうよ』

悪いが、俺は親父以下になる。なんせ殺人の前科がつく。

『それにねえ、ちょっとは親孝行しなよ。去年から生活保護受けてんだけど、酒買うのもビクビクしてみじめなもんだ。月に一万でも二万でもいいから仕送りできないのかい』

――てめえにやる金なんざあるか。

父親への最後の言葉が頭をよぎった。

「ああ、わかったわかった。今度振り込んでやるよ」

『口ばっかりなんだから。昔からあんたは』

途中で通話を切り、大の字でぼけっと天井を眺めた。ここまでくると清々しいなと、おかしな具合に腹が据わっていく。父親が死んでも俺は泣けず、俺が死んでも母親も泣かないだろう。金くらい遺してくれりゃあねと溜息をつくのが関の山だ。

だったら五島の役に立ってやろう。五島にとっては数いる飼い犬の一匹でも、犬として頭を撫《な》でてもらった恩は返す。それくらいで満足しておくのが無難だと無理やりに目を閉じた。


翌日、指示されたとおり角田の家に向かった。

娘の誕生日なら自宅だろうし、なおさら警備が厳しいのではないかと思ったが、娘は娘でも愛人との間にできた娘だった。豪勢なマンションだが、本宅に比べるとガードがゆるい。

マンションのベランダが公園に面しており、角田は小学生の娘を連れてよく犬の散歩にくるそうだ。そして今日は完全にガードが外れる、そこを狙う。

愛人宅へ向かう途中、コンビニエンスストアのＡＴＭから母親に金を振り込んだ。俺はなにをしているんだろうと腹を立てながら、理由などどうでもいいかと考えることを放棄した。

十時には着き、マンション敷地の裏口に通じている公園のベンチで待機した。じっと待つ時間が続く。暇つぶしに週刊誌をめくったが頭に入ってこない。今日は天気がいい。一緒に買った缶コーヒーは甘ったるく、飲むほどに喉が渇いていく。

マンションの裏口からベビーカーを押した母子が出てきた。身構えたが、角田の娘は小学生だと聞いているのでちがう。親子が通り過ぎていくとき、母親が小瓶を持っているのに気づいた。ウイスキーをラッパ飲みしながら、頼りない足取りでベビーカーを押していく。

デリヘルのマネージャーをやっていたとき、わたしでもできますか、とどこにでもいそうな主婦がよく面接にきた。ギャンブルだのアルコールだの違法薬物だの、なんらかの依存症で旦那に言えない借金を作っていた。どうしてこんなことになったのか、とみんな言った。

俺から見れば羨ましいほど優雅な奥さん連中が、なにかが足りないと言って沼にはまっていくのを何度も見た。それを買いにくる男も誰かの旦那だ。世の中ってのはどうなってるんだ。

「ポポロー」

甲高い声が響いた。そちらを見た瞬間、心臓が大きく鳴った。茶色い柴犬のリードを持っている小学生くらいの女の子の後ろに、すらりとした背の高い女と、丸太のようなずんぐりむっくりな男が歩いている。角田だ。

サボり中のサラリーマンを装い、うつむきがちに週刊誌を読んでいるふりをして角田一家が通り過ぎていくのを待った。パパー、と先を行く娘が振り返る。

「ポポロがうんちした。拾って」

角田はしかめっ面で愛人を見た。

「拾ってやれよ」

「パパが頼まれたんだから、パパがやってよ」

角田はやれやれとしゃがみ、犬のうんこを拾い出した。ヤクザの大物も、愛人と娘の前では形無しだ。俺はしらけた思いで一家を観察した。裏稼業でのし上がる才覚があり、本妻のほうには跡継ぎの息子がいて、愛人との間には娘がいる。人望もあると聞いた。最高の人生だ。俺とは大ちがいだと、薄暗い気持ちでスーツの内側にそっと手を入れた。

指先が銃に触れる。柄にもなく緊張で手が湿っている。距離を空けて後ろをついていくと、娘が喉が渇いたと言い、愛人と一緒に自動販売機へと歩いていった。角田はふたりの後ろ姿を腕組みで眺めている。気配を消して近づき、分厚い背中に銃口を突きつけた。

「おいおい、物騒なことすんなよ」

のんびりとした口調だった。銃を突きつけているこっちのほうが答える余裕がない。ごくりと喉を鳴らし、無言で引き金に指をかける。角田は面倒そうに舌打ちをした。

「しょうがねえな。けど女と娘には見せるな」

さすがに度胸が据わっている。気圧されているのを悟られないよう、角田をつれてすぐそこの公衆便所へ入った。利き腕を後ろで固め、銃でしっかりと心臓を裏側から狙っている。

「ったく、こんなときになって誰の差し金だ」

答えないでいると、まあいいと角田が続けた。

「残り短い時間は家族と過ごしたかったんだが、俺も散々やらかしてきたからな」

おかしなことを言う。命にかかわる病気でもしているのだろうか。

「で？　残り一ヶ月、おまえはなにしてんだ」

意味がわからなかった。

「これが終わったら、おまえを待ってる誰かのとこにさっさと帰ってやれ」

すうっと腹の底から冷えていくように感じた。待っている誰かというなら五島だろう。俺を待っているわけではなく、俺がくわえて持ち帰る獲物を待っているだけだが。

「親でも嫁さんでも子供でも、誰かいんだろうが」

角田の声が諭すような響きを持っている。それが我慢ならない。

冷え固まったいらだちが喉元までせり上がってくる。俺は自分をクソだと知っているガキのころからそんな連中ばかりで寄り集まってきた。どうせこいつもそうだろう。それを成功した途端、偉そうに上から憐れむのか。

地べたを這いずる連中がなにに一番腹を立ててるのか、こいつはもう忘れてしまったのだろう。馬鹿にされるならまだいい。けれど知った顔の憐れみだけは許せない。優しい顔で人の傷口に手を突っ込んで痛みを思い出させる。そこがまだ治っていないことを思い出させる。

「おまえ、まさか知らねえのか」

角田が振り返ろうとしたとき、反射的に引き金を引いた。わずかな間をはさみ、丸太のような身体が汚い床に崩れ落ちた。シャツの背中に穴が開き赤黒い染みが広がっていく。

ぐちゃりと自分の中でなにかが潰れて飛び散った。その感触が恐ろしく、倒れている男に向かって何度もぶっ放した。もう死んでいる。なのに止まらない。いつものあれだ。

外へ出ると、愛人と娘が手をつないで立っていた。

「なんで？」

愛人が蒼白な顔で尋ねる。

「どうせ、あと一ヶ月でぜんぶ終わったのに」

愛人の目は薄っぺらいガラスのようで、頭のおかしいデリヘルの女を思い出した。残り一ヶ月だの、あと一ヶ月だの、こいつらは一体なにをほざいているんだ。

答えを求めて視線を巡らすと、俺を見上げている娘と目が合った。

「パパは？」

不思議そうな黒い瞳に気圧《けお》され、俺は足早にその場を立ち去った。

出口に向かう途中、さっき見たベビーカーの親子がいた。母親はウイスキーの瓶を手に、なにをするでもなくぼんやりと立っている。通り過ぎるときベビーカーの中が見えた。赤ん坊が眠っている。ぐんにゃりした古い刺身のようだった。息をしていないように見える。

気のせいだと、見ないふりで横を通り過ぎた。戻った駅はやたら混雑している。大荷物を持った家族連れの会話が聞くともなしに聞こえる。一ヶ月後――、小惑星が――。

俺は馬鹿だからわからない。誰か教えてくれ。今、一体、なにが起きている。とりあえず五島に電話をかけた。頭のいい五島なら教えてくれるだろう。馬鹿を言うなとあきれてくれるだろう。

そうしたら予定どおり警察に出頭すればいい。それで終わりだ。

五島が電話に出ない。おかしい。今か今かと吉報がくるのを待ちわびているのが普通だろう。焦燥が高まる。何度もかけ直してようやくつながった。

「俺です。今」

『ああ、もう殺らなくていい』

かぶせるように言われた。

「もう殺っちまったんです」

五島は息を吐いた。

『じゃあ、しょうがねえな』

それだけで通話は切れた。五島の声には張りがなく、知りたいことはなにも教えてもらえなかった。今までなんでも五島が教えてくれたのにと、いらだちが増幅した。

駅の構内に大型ビジョンがあり、人が集まっている。そちらへ行き、ついぞ馴染み薄い午後のワイドショーなんてものに耳を傾けた。顔くらいは知っているコメンテーターが唾を飛ばし、未曽有《みぞう》の災害だの昨夜の首相会見がどうだのとまくし立てている。

そうか。なるほど。でかい石が宇宙から飛んできて、地球にぶつかるってのは本当なのか。カメラが切り替わり、どこかの大学教授という男が、落ちてくる石は最低でも十キロメートルサイズのものだと説明した。十キロ。でかいはでかいが、小さい街がひとつ潰れるくらいじゃないのか。それで人類滅亡とは大袈裟すぎないか。

さらに説明は続く。衝撃としてはおよそ五千万メガトン。広島型原爆を毎秒爆発させる状態を百二十年間続けるくらいのエネルギーだと言っている。どうしてそうなるのか理屈はさっぱりわからないが、とにかく人間が生き残れないことは理解した。

出頭しようと思っていた警察署は三駅先、自宅の最寄り駅は乗り換えを入れて十駅先。俺は十駅先の切符を買った。こういう映画を何度か見たことがある。どれも最後はなんとかなったので、今度もなんとかなるのだろう。とりあえず警察に出頭するのはやめて様子を見よう。

家の近所のコンビニエンスストアに寄ると、若い連中が店内で暴れていた。最近の若いのは根性がないと思っていたが、気合いの入ったやつらがまだいるようだ。無視してビールやウイスキーをカゴに入れていると、連中のひとりがぶつかってきた。

「どけよ、おっさん、ぶち殺すぞ」

顔を寄せ、目を剝《む》いて威嚇《いかく》してくる。グラスの縁いっぱいまで盛り上がったいらだちが、ゆっくりとあふれていく。カゴからウイスキーの瓶を取り出し、ハンマーのように男の側頭部に叩きつけた。棚の商品を巻き込んで男が崩れ落ちる。その顎を蹴り上げた。失神して半開きになった口の中は真っ赤に染まり、根元から倒れている歯が見える。

一緒に暴れていた連中をちらっと見ると、みな反射的に後ずさった。俺はレジへとカゴを持っていったが、店員までバックヤードに逃げていったのでカゴごと持って店を出た。金は払っていない。そろそろ日暮れてきた空に、黒い影だけの鳥が飛んでいる。

部屋に帰り、埃をかぶっているテレビをつけた。どこもニュースばかりで言っていることも同じ。三十分も見ているると飽きてくる。みんな興奮して、難しい言葉ばかり使い、無学な俺にはなにを言っているのかわからない。わからないものはおもしろくない。

テレビを消すと途端に静かになり、遠くで鳴るサイレンがよく聞こえた。若いのが走り回る改造された車やバイクのエンジン音が交じる。あと一ヶ月で死ぬとテレビでは言っているが、街は騒がしく、祭りの前みたいな命の気配に満ちている。

なぜか怖くない。賢い連中が言うとおり、小惑星でもなんでもぶつかって、地球なんざばかんと割れてしまえばいいと思っている。なんせ平和が戻っても俺は刑務所行きだ。


目覚めると、身体がだるかった。丈夫なだけが取り柄なのだが風邪でもひいたか。薬は置いていない。代わりに飯を食う。食っていれば治る。治らなければそれまでだ。

カップ麺に湯を注ぎ、テレビをつけると深夜放送みたいなカラフルな画面が映った。チャンネルを変えると、小惑星、人類滅亡とおっさんが喚《わめ》いている。ああ、夢ではなかったか。

カップ麺をすすりながら、死を前にしてこいつらはまだ働いているのかとあきれた。必死で話すコメンテーター、放送しているスタッフ、馬鹿がつくほど真面目なのか、単に暇なのか。後者ならいい。この期に及んでなにもすることがないやつが、俺以外にもいればいい。

——これが終わったら、おまえを待ってる誰かのとこにさっさと帰ってやれ。

どこかから角田の言葉が聞こえ、瞬間、引き金を引いたときの感触がよみがえった。銃声と反動。幼い娘の大きな黒い目。思い出したくもない記憶が勝手に、次々とスロットマシンのように回る。思わずカップ麺を投げ出してしまい、残っていた中身が畳にぶちまけられた。

心臓がおかしな動きをしている。生え際にじっとりと汗がにじんでくる。テレビを消し、寝室に戻ってシーツに潜り込んだ。いつもならすぐ眠れるはずが、目を閉じても、いくつもの嫌な映像がちかちかと点滅するように消えては浮かぶ。これは一体なんだ。

浅い眠りを繰り返し、途中で目覚めてトイレへと立った。居間への襖《ふすま》を開けると、油臭い匂いがむっと鼻をつく。ぶちまけたカップ麺の汁が畳に沁み込み、麺がべちゃりと貼りついている。身体が重だるく、かたづけるのも面倒で見ないふりをした。

トイレをすませたあと、台所で薬代わりにウイスキーをラッパ飲みしていると、公園で同じように立ち飲みをしていた母親の映像がふいに脳裏をよぎった。ベビーカーの中でぐんにゃりしていた赤ん坊まで思い出してしまい鳥肌が立つ。逃げるように寝室に戻った。

夜になり、朝がきても、トイレ以外は寝室に籠もった。目覚めるたび、ヤク中のフラッシュバックのように嫌な映像がよみがえる。ウイスキーをがぶ飲みして意識を濁らせているうち、身体のだるさに二日酔いのような頭痛が加わった。寒気がするのに寝汗がひどい。

意識が落ちるまでの間、自分が殺した男とは関係のないことを必死で考え続けた。小惑星が落ちてくること。全員死ぬこと。悲惨すぎて冗談のようだ。母親に振り込んだ金も無駄になった。そういえばあのホステス、子供の誕生日祝いはしたのだろうか。

――明日世界が終わるなら、あたし玉子と茹でたエビのお鮨を食べる。

俺は冷やし中華と答えた。なぜ冷やし中華だったのだろう。

＊＊＊

「明日世界が終わるなら、あたしは惚れた男と一緒にいる」

目を開けると隣に静香がいた。長い髪を汗で湿った肌に幾筋か貼りつかせ、一重《ひとえ》の切れ上がった目で俺を見ている。俺たちが暮らす安アパートで、俺と静香は畳に素っ裸で寝転がっている。

「信士は？」

「酒飲んで、うまいもん食って、おまえとやる」

これは一九九九年の七月だ。なぜ鮮明に覚えているかというと、前の年から日本中がノストラダムスの予言で沸き立っていたからだ。今年で世界は終わるという壮大な冗談の中で、二十歳の俺は五島の下で荒仕事をやっていた。まだ杯ももらえない腕っ節だけが取り柄のチンピラだったくせに、地元の後輩の前ではいっぱしのヤクザのように振る舞っていた。

静香も似たようなもので、夕方になると濃いメイクをしてスナックに出勤しておっさんを転がしていたが、休みの日はウサギ柄のTシャツなんかを着て、すっぴんで安アパートの台所に立ち、黄身の破れた目玉焼きや味の決まらない焼きそばなんかを作っていた。

そろそろ本格的な夏がきていて、あの日の昼は冷やし中華とビールだった。腹もふくれ、なんとなくその気になって畳の上でやった。いい天気だったので布団を干していたのだ。

「酒と飯とセックスって、今日と一緒じゃん」

静香が笑う。おまえもなと俺は返し、もう一度やって気持ちよく昼寝をした。

空から恐怖の大王が降ってきても俺はビールを飲み、静香の作った冷やし中華を食べ、静香とやる。なんでもない日と世界が終わる日。どちらでも変わらない。特別いい暮らしではなかったが不足はなかった。おそらく幸せだったのだろう。

＊　＊　＊

「……ズカー」

自分の寝言で目が覚めた。

はっと隣を見たが誰もいない。しばらくぼんやりしたあと、だよなと力が抜けた。いつも起きたらさっぱり忘れているのに、今日は静香の髪の匂いや体温が隅々にまで残っている。

えげつなくよかったセックスを思い返していると下半身が反応した。デリヘル嬢のお母ちゃん発言以来だ。自分で処理してしまうと、一緒に毒も抜けたように感じた。

大昔に逃げられた女に救われたことがおかしい。別れたあとも適当に女を作ったし、静香のことはたまに夢に見ていたようだが、それも起きたら忘れている程度のものだったのに。

あと一ヶ月というときにいまさら――。

自分にげんなりしつつも、静香への欲求は、深く考えることができない俺の頭を三秒ほどで支配した。どうやら、あの女だけが俺をここから逃がしてくれるようだ。『ここ』とはどこだろう。

考えたがわからず、まあいいと流した。とにかく、俺はもう、ここにいたくない。

時計を見ると朝の九時、もう役所は開いている。カップ麺の匂いが充満する居間を通過して、シャワーを浴びに行った。洗面所の鏡の前に立つと、ひどい顔をした男が映る。目の下に濃いクマが浮き、頬がこけている。やつれたというより、拭いきれない影のようなものが貼りついている。それがなんなのかは薄々わかる。寒気がして、心臓の上に彫られた安っぽいタトゥーに触れてみた。お守りかよと情けなくなった。

さっさとシャワーをすませ、気に入りのスーツに着替えて家を出た。一昨日《おととい》暴れたコンビニエンスストアの前を通りかかると、すべてのガラスが割られていた。役所は無事だろうか。心配は杞憂《きゆう》に終わり、それどころか役所は人でごった返していた。受付機でレシートみたいな紙を引き抜いて順番を待つ。なかなか番号が進まない。いらいらしていると、暑苦しい薔薇模様のシャツを着た中年女が窓口で金切り声で怒鳴り散らしはじめた。

来年は息子の受験なのに、こんな状況では勉強に身が入らない。来年の大学受験は実施されるのか。されないのであれば、今年の高校三年生の将来はどうなるのか。一刻も早く確かなことを教えろと喚いている。人類滅亡を前に受験とはイカれたババアだ。窓口の職員は、ここではわかりません、と死んだ魚の目で繰り返している。

「どけババア。時間の無駄だ」

横から割り込むと、中年女が血走った目で振り返った。なんなんですかあなた、とにらんでくる目の前で、デジタル番号を示す機械に拳を叩きつけた。プラカード型の薄い画面が首ごとへし折れる。ロビーのざわめきが止み、俺はカウンターに肘《ひじ》を置き職員へと身を乗り出した。

「江那静香って女の住所を調べろ」

個人情報だのなんだの眠たいことをぬかしたら実力行使に出るつもりだったが、職員は「え、な、し、ず、か」と抑揚なくつぶやきパソコンを操作する。情報を待ちながら、ふと、逃げられてから十八年、以前の名字とは変わっているかもしれないと気づいた。

――結婚して、旦那や子供がいるかもしれない。

自分の間抜けぶりを痛感していると、同姓同名の方がおられるので漢字を教えてくださいと言われた。しばらく待つと、お待たせしました、江那静香さんの現住所ですと住民票が出てきた。名字が変わっていない。ということは独り身か。がらにもなく安堵した。

「お次の方、百三十三番」

職員は無表情に次のアナウンスをした。その目はなにも見ていない。さっきの中年女は今度はまた別の窓口にかじりついて、息子の将来をどうしてくれるのと喚いている。

役所を出て、あっさりと手に入った静香の住民票を見た。あれだけ探しまくっても見つからなかったのに隣の市に住んでいやがった。珍しく俺はついている。

電車などまだるっこしく、役所を出た足でレンタカー屋を訪ねたが閉まっていた。しょうがないので窓を割って侵入し、ぶら下がっている車のキーを拝借した。ベンツやビーエムで恰好をつけたかったが、どこかのならず者が先に襲撃したようで、ろくな車が残っていない。

流行遅れのもっさりしたファミリー向けセダンに乗り込み、カーナビを頼りに、昼過ぎには静香の家に着いた。やたらと道が混んでいて、普段より時間がかかった。

適当に路上駐車し、築四十年以上は経っていそうな古いアパートを見上げた。このぶんではいい暮らしはしていないだろう。錆《さ》びた鉄製の外階段を上がり、二階の最奥の部屋の前に立つ。表札はない。チャイムを鳴らし、ドアに耳をつけて室内の様子を窺った。ヤミ金の取り立てをしていたとき、たまに窓から逃げる馬鹿がいた。静香にとって俺は歓迎されない客だろう。

「どちらさーん」

ドア越しに静香の声が聞こえた。スロットで最後の絵柄がそろったような高揚が湧き上がる。声でばれてはまずいので、もう一度チャイムを鳴らした。わずかな間をはさんでドアが薄く開き、素早く靴先を割り込ませた。

「俺だ」

隙間越し、静香が目を見開いた。迷うことなくドアを閉めようとするので、俺は力尽くでこじ開けようとした。そこで静香が手を放し、反動で勢いよくドアが全開になった。同時に金属バットが振り下ろされ、間一髪で飛びすさった。なにが起きたのかわからない。

「馬鹿が。この非常時に無言ピンポンに武器も持たず出る女がいるか」

怒鳴りながら、ぶんぶんバットを振り回しやがる。たまらず距離を取った隙にドアを閉め鍵をかけられた。頭に血が上り、おどりゃあ舐めとんかと渾身の蹴りをドアにぶちかました。ボロアパートのドアがあっけなく吹き飛び、構わず土足で中に駆け込んだ。

窓から逃げられるかもしれない。さすがに女が二階から飛び降りないだろうという楽観は、いきなり金属バットを振り回す静香には通用しない。そして静香は予想を上回る強者《つわもの》だった。洗面所にひそみ、俺が通り過ぎたあとに背後から襲いかかってきたのだ。

反射だけで繰り出した蹴りが運よくバットに当たった。バットは高速で回転しながら食器棚にぶち当たり、グラスや皿が床に落ちて割れる。俺は静香を台所の床に押し倒した。安っぽいブラウスを剝ぎ取ると、飾りのひとつもないブラジャーが現れて血管が切れそうに興奮した。

頭の中はもう静香とやることしかない。焦ってベルトを外していると、静香が腹筋を使って上体を起こし、俺の股間めがけて拳を叩き込んだ。脳天まで貫く衝撃に悶絶《もんぜつ》した。股間を手で押さえて床に倒れ込む俺を鼻で嗤い、静香は悠々と立ち上がった。

「女だと思って舐めてんじゃねえぞ、こら」

「……殺す気か」

「ドア蹴破って土足で踏み込んで、いまさら命乞いか」

「最初にバット振り回した女がなに言ってやがる」

「玄関開けた瞬間、靴先突っ込んでくる輩《やから》には正しい対応だろうが」

芋虫のように丸まっている俺の背中を容赦なく蹴ってくる。びりびりと痺《しび》れるように痛む股間を守りながら、この女は若いころとまったく変わっていないと思い知った。

「あんたは相変わらずだね。頭に血が上った瞬間、場所がどこだろうが相手が誰だろうが爆発するイカれた爆弾のままだ。四十にもなって中学生みたいな沸き方してんじゃねえぞ」

「おまえも似たようなもんだろうが。暴力ババアが」

庇っている手の上から股間を再度蹴られ、憎まれ口を叩く余裕も奪われた。こんな危ない女は知らない。しかし、けれど、静香はこういう女だった。

あれだけ嫌い抜いていた父親の血を引いて、ちょっとしたことで血が上って男でも女でも構わず殴り倒していた若かった俺は、どれだけ俺が暴れても引かないどころか命の限り抵抗し、ときには俺の上をいく暴力で首根っこを押さえつけてくる静香に骨抜きにされたのだ。

――頭もいいし、男に生まれてたら静香はいいヤクザになってたかもな。

五島もよくそう言っていた。クソな俺が初めて手に入れたいいものが静香だったのだ。そのいいものすら大事にできず見放されてから、俺はなんだかぴりっとしない男になった。

「……まあババアだが、おまえはそれなりにいい女のままだ」

「世辞ならもっと工夫こらせや。ドアの修理代と詫び料も込みでな」

くそ、調子に乗りくさりやがって。

「……悪かった。急に思い出して、どうしても会いたくなった」

股間を押さえたまま白旗を揚げた。恰好悪いことこの上ない。しかし昔もこんな感じだった。逆上して散々静香を殴ったあと、いつも後悔にまみれて詫びるのは俺だった。

「相変わらず、勝手な男だね」

あきれた溜息が降ってくる。なにも言い返せない。のろのろと顔だけを上向け、ようやくまともに静香を見た。全体的にたるんでいて、やはり四十の年増だ。けれどまぎれもなく静香だ。それだけで他の女とは明確に区別される。若いときに聴いた音楽は忘れない。どれだけ時間が過ぎようと、ふと聴くと耳を引っ張られる。俺にとって静香はそんな女だ。

「おまえは、俺のことなんか思い出しもしなかったか」

静香がなにか言おうと口を開く。そのとき音楽が鳴った。静香がスウェットのポケットからスマートフォンを取り出す。画面を見て、なにやら文字を打ち出した。

「男か」

静香は答えない。またスマートフォンが鳴った。返事の返事らしく、静香がまた打ち返す。俺は立ち上がり、静香からスマートフォンを奪った。ＬＩＮＥの画面が出ている。

［服を買いたいんだけど、店がどこも閉まってる。どうしたらいい？］

［開いてないなら、適当にとってくればいい］

［持っていった服はどうした］

［いろいろあって失くした］

ＬＩＮＥの相手を示す場所に『友樹』と出ている。

「男か」

「息子」

虚を衝かれた俺から、静香がスマートフォンを奪い返す。

「おまえの息子か」

「他に誰がいるんだ」

「結婚したのか」

「してない」

「父親はどうした」

「大昔に死んだ」

「それから？」

「それだけ」

そっけなく言い切り、静香は電話をかけはじめた。

「いろいろってなんだ」

開口一番、静香が問う。相手は息子だろう。

「なにがあった。同級生をどうした」

表情と声に心配がにじんでいる。いきなり金属バットで襲いかかってきた女とは思えない。目の前にいるのは確かに静香なのに、俺の知らない母親の顔をしている。

そうか、と流れた月日をようやく理解した。俺がぴりっとしない間、静香は子供を産むほど惚れた男と出会い、そいつが死んだあと新しい男も作らず、いや、作ったかもしれないが、とりあえずはひとりで息子を育てた。そりゃあ静香らしい。心の底からそいつに惚れていたんだろう。

俺は脱力して壁にもたれ、息子と話している静香を所在なく眺めた。

「おい、友樹、聞いてるのか。なにか言え」

静香が焦って問う。

「は？　それより殺したって――」

物騒な単語が飛び出した。

「そんなもん『しまむら』でいいだろ」

会話の内容がさっぱり見えない。息子に何度か呼びかけ、静香は舌打ちをしてスマートフォンを耳から下ろした。切られたようだ。怖い顔で黙りこくっている。

「なにかあったのか」

「同級生を殺したらしい」

「息子が？」

静香がうなずく。

「いくつだ」

少し間が空いた。

「中三」

ということは、俺から逃げて三年くらいで産んだのか。そんな短期間で新しい男を作り、子供まで産むほど惚れたのか。その間、ずっと静香を追いかけていた自分はとんだ間抜けだ。

「中三で人殺しって、どんな躾《しつけ》してんだよ」

「あんたに言われたかないね」

まったくだ。俺も殺人犯なのだった。

「まあこの状況だから逮捕もされないだろ。安心しろ」

「そういう問題じゃない」

途方に暮れている静香を見て、息子は幸せ者だと思った。なのに親不孝なやつだ。こんなときに母親をひとりにして、どこをほっつき歩いているのだ。

「なんでそんなことになったんだ」

「わからない」

「ああ？」

「好きな子を東京まで送りに行ったんだよ。その子がなにかのライブに行きたいみたいで、こんなときになに言ってんだって思ったけど、こんなときだからこそ、好きな子を守ってやりたかったんだろう。その子が襲われそうになって、ついやっちまったって感じだった」

「かっこいいじゃねえか」

どうだかねえと、静香は唇の端を歪めた。

「で、今は逃げてんのか」

「多分。新横浜にいるって言ってた」

「帰ってくるのか」

「わからない。電車が止まってるらしいから」

新横浜から広島まで徒歩で帰宅は無理だろう。静香は苦い顔をしている。

「迎えにいくか」

静香が俺を見た。

「車だから送ってやる」

「いいの?」

「ドアの詫び料だ」

いい理由になった。


ほのぼのファミリーセダンに静香を乗せ、まずは広島駅へ向かった。

「あんた、趣味変わった?」

「俺の車じゃねえ」

「じゃあ誰の」

「レンタカー屋。先に荒らされてて、ダセえのしか残ってなかった」

「先にねえ」

強奪したのがばれた。いつもより道が混んでいたが、駅構内はもっと混んでいた。でかい荷物を担いだ連中が窓口に列を作っている。避難しようとしているようだが、どこへ逃げようというのか。ローカル線はかろうじて動いているが、新幹線は上下とも止まっている。

「復旧作業はしてるそうだから、なんとか動いてくれればいいんだけど」

「動きゃしねえよ。あと一ヶ月で死ぬってのに仕事してる連中がイカれてんだ」

「あたしは昨日まで仕事に行ってたよ」

「おまえは元々イカれてるからな」

話しながら、さっさと車に戻った。いつ動くかわからない新幹線を待つほどお互い悠長な性格ではなく、希望や期待というものにも馴染んでいない。

高速は入口の手前からすでに渋滞していたので、まだマシな下道で東京方面を目指すことにした。ナビで抜け道を探しながら、ぽつぽつと話をする。

「中学生で人殺しって、さすがおまえのガキだな。気合い入りまくりじゃねえか」

「馬鹿言うな。友樹は普段はおとなしい、というかいじめられてるほうだ」

「おまえの血を引いてへなちょこなわけがない。旦那似か」

「友樹の父親はいい男だったよ」

からかいには乗ってこず、静香は淡々と言い切った。

「具体的に言えよ」

「賢くて、真面目で、誠実で、堅気で、よく働いて、女を殴らない」

「こぢんまりした男だな」

「それをこぢんまりって表現するやつがクズなんだ」

俺から逃げ出し、俺とは正反対の男を選んだのか。ぶすっとしている静香を横目に、そりゃそうかと納得した。これだけ気合いの入った女ですら逃げたのだから、俺は筋金入りのクソなのだ。

――なんで俺はこうなんだ。

もう少しまともな家に生まれていればと、これでも昔は考えた。宿題をしているとき、酔った親父に教科書を破られたりしない家。勉強なんぞ役に立たないと頭をこづかれない家。給食費を払ってくれる家。ほとんどのクラスメイトに与えられている『普通』が、なぜ俺には与えられないのか。むかつくたび天に向かって唾を吐き、それも結局自分に降ってくるとわかったときから、俺は深く考えることをしなくなった。子供は親を選べない。運が悪かった。それだけだ。

日向《ひなた》で咲く花を横目で見て通り過ぎ、自分が置かれた薄暗いところでとりあえず飯を食い、金を稼ぎ、眠り、そんな日々を重ねているうち、気づくと今の俺になっていたというわけだ。

——友樹の父親はいい男だったよ。

そりゃあよかったと、腹いせにアクセルを踏み込んだ。

詰まりながらもなんとか流れていた道が、神戸あたりから停滞するようになった。

「真っ赤っかじゃねえか」

夜の中、遥か先まで赤いランプが連なっている。それでものろのろと動いていたものが、大阪で完全につかまった。これじゃあ百年経っても辿り着きそうにない。

「下道の意味がねえな。高速乗るか」

話す途中で腹が鳴った。そういえばぶちまけたカップ麺以来、まともに食っていない。食いたくもなかったが、思い出した途端に胃が情けなく鳴きはじめた。

「なにか食べようか」

「遅れるぞ」

「あたしも腹が減ったんだよ」

息子が心配でたまらないだろうに、こういうところも静香は変わっていない。キレたらむちゃくちゃだが、根っこがどうしようもなく情け深い女なのだ。過去に捨てた男の腹具合など構わずにいればいいものを。

国道を外れて飯屋を探しているうちに住宅街に迷い込み、ようやっと灯《あか》りがついている蕎麦屋《そば》を見つけた。本当に営業しているのだろうか。半信半疑で引き戸を開けると、いらっしゃいませと腰の曲がった婆さんに出迎えられた。外の異様な状況とは切り離されたかのような、こざっぱりとした昔ながらの蕎麦屋という雰囲気だ。俺たちの他に客はいない。

俺は天ぷらそばと炊き込みご飯の定食。静香は月見うどんを頼んだ。飲み物のところにビールがあり、それもと言ったら「飲酒運転」と静香に止められた。

「酔うまで飲まねえよ。瓶一本とグラスふたつ。つまみに板わさ」

「ドライバーに酒は出されへんよ」

カウンターの向こうから、法被《はっぴ》のような調理服を着た爺さんが答えた。

「こんなときだし、もういいだろうが」

「どんなときやろうが、こうと決まっとることは守らんとねえ」

関西弁独特のやわらかなイントネーションとは裏腹に頑固そうな横顔。見た目はまったくちがうのに、なぜか角田を思い出してしまい、落ち着かない心持ちで肩を揺すった。

「昔なら怒鳴ってる場面だろうに、ちっとは丸くなったか」

静香がおかしそうに笑う。俺は黙って目を逸らした。少しも丸くなどなっていない。俺はこうと決まっている法の最大を破った。そのための意味も今ではなくなった。

足下が怪しい爺さんが作り、腰の曲がった婆さんが運んでくる。あと一ヶ月で死ぬというときに働いてるなんて奇特なジジババたちだ。そう思っているのが伝わったのだろう。

「ほんまはもう休業しよ思てたんや。七十越したあたりから、よう足腰がついてこんようなってな。けどあと一ヶ月で全部わやや聞いて、それくらいやったら気張れるやろう思て」

「蕎麦打ちが好きな人やからね」

ババアが笑う。

「夫婦ずっと仲良く働けるなんていいですね」

静香が羨ましそうに相槌を打つ。旦那のことでも思い出しているのか。

食べ終わり、金を払わずに蕎麦屋を出た。自分たちが働いているのは道楽だし、いまさら金なんて意味がないと言われたのだ。だったら酒も出せよと言ったら、それは別やと返ってきた。頑固なジジババだ。もう会うこともないだろうが、残り一ヶ月達者でやれと店を出たのだが。

「スマホ忘れた」

車を走らせ、しばらくして静香が言った。どんくせえなと引き返し、蕎麦屋の引き戸を開け、飛び込んできた光景に立ち尽くした。ついさっきまで俺たちと笑っていた婆さんが床に倒れていた。駆けつけようとした恰好で爺さんも倒れている。ふたりの身体の下には血だまりが広がり、厨房《ちゅうぼう》の奥に男がひとりいる。

「おい」

男がのろのろとこちらを見る。立ったままなにかを食べている。

「おまえがやったのか」

男はくちゃくちゃと口を動かすだけで答えない。根元が黒くなっている金髪にハート形のピアス。恰好は若いが全体的にくすんだ印象だった。三十代半ばくらいだろうか。

「おまえがやったのか」

質問を繰り返した。男は無視してきんぴらを口に入れている。不快な咀嚼音《そしゃくおん》を立てながら、冷蔵庫からビールを取り出してラッパ飲みをする。俺は爺さんを跨《また》いで厨房に入った。シャツを引っ張ると、男はびくりと振り返り、俺の手を払いのけた。眉をひそめ、触れられた部分の布地に目をこらす。汚物でもなすりつけられたような反応に血が上った。

胸倉をつかんだ瞬間、男が奇声を上げた。さわるなと怒鳴っているようだが聞き取れない。温まる過程を飛ばして、いきなり沸騰する湯のようだ。無軌道に振り回される腕をよけ、顔面に拳を叩き込んだ。男が厨房の床に尻餅をつき、がら空きの腹に蹴りを一発入れた。

鼻血とうめき声を洩らしながら、男がよろよろと調理台によじ上り、カウンターを乗り越えて逃げようとする。そこにプロレスの場外乱闘さながら静香が椅子を叩きつけた。

厨房の隅に古雑誌が積んである。一緒にビニール紐があったので、気絶している男の手足を縛り上げた。男が途中で目を覚まし、ふたたび奇声を上げだした。静香がガムテープを探して取ってきた。ぴりりと引き出し、男の口に貼りつけようとする。

「おまえは車に戻ってろ」

静香からガムテープを奪い取った。

「なんで」

「いいから」

にらみつけると、静香が立ち上がった。しかし車には戻らず座敷に腰かける。昔と変わらず、俺の言うことなど聞かない女だ。俺はガムテープを男の口に貼りつけた。手足を拘束されて芋虫のように身体をくねらせる男を担いで車に戻り、トランクに放り込んだ。

ここにくるまでに川があったことを思い出し、カーナビの画面を操作した。地図上に川を示す青いラインが流れている。ここから一番近い橋を行き先に設定する。五分ほど走ると外灯もまばらな暗い橋に着き、中央付近まできて車を停めた。

「中で待ってろ」

「あたしも手伝う」

「いらねえ。こっち見んじゃねえぞ」

見てしまったら記憶に残る。角田の最期の姿や不思議そうな子供の目のように、なにをどうしても拭えない黒いものになってこびりつく。不満そうな静香を置いて車を降りた。

後ろに回ってトランクから男を担ぎ出した。ふーっふーっと鼻で息をし、唯一自由になる首を必死で振り立てている。恐怖で目を血走らせ、水をかぶったように汗びっしょりの男を橋の欄干《らんかん》に座らせた。軽く胸を押す。男が闇の中に落ちていき、派手な水音が立った。

「おつかれさん」

振り返ると、開いた窓に肘を置いて静香がこちらを見ていた。

馬鹿が。とことん言うことを聞かない女だ。

夜中は渋滞も少しはマシで名古屋まで進めたが、明け方近くになってまた混んできた。給油もしなくてはいけないが、ガソリンスタンドは長蛇の列だ。なにをするにも時間がかかる。のろのろとしか進まない車の横をバイクが走り過ぎていく。

「埒《らち》が明かねえな。高速下りてバイク屋でも襲うか」

長い給油の列に並んでいると、寝不足も相まって気が遠くなる。静香はなにか考えたあと、ちょっと待っててと、ひとりで車を降りた。列の前へと走っていき、十分ほどで戻ってきた。

「信士、降りろ」

静香の隣には赤ん坊を抱いた若い女がいる。

「知り合いか」

「いいから降りろ」

俺が降りると、若い女が運転席に乗り込んだ。赤ん坊を大事そうに助手席に座らせる。

「車、バイクと交換したから」

静香と列の前方へ歩いていくと、バイクから荷物を下ろしている若い男がいた。

「ああ、どうも。子供がいるのにバイクしかなくて困ってたんです。オムツとかミルクとか必要な荷物も多くて、奥さんに声かけてもらって本当に助かりました」

どうぞとバイクのキーを渡された。ホンダのツアラーバイクで、給油の順番もあと少しで回ってくる。頭いいなと静香に言うと、ふふんと笑いやがった。

「飛ばすけど大丈夫か」

ガソリンを満タンにしたあと、後ろに静香を乗せた。

「誰に訊いてんの。あんたこそちゃんと転がせんの？」

「おまえも誰に向かって訊いてんだ」

と、でかい口を叩いたものの二輪は十代で卒業した。最初はまごついたが、しばらく走るうちに思い出してきた。今でも自然と歌詞が出てくる十代のころ好きだった音楽のように、風を切って走る感覚はまだ俺の中に在った。腰に回された静香の手の感触だけが初めてだ。

「もっと飛ばして」

静香が声を張り、無茶を言うなとあきれた。ガラ空きの道とちがい、のろのろ運転とはいえびっしりと車が連なっているのだ。ああ、でも十代のころはもっとひどかった。後ろに並ぶ先輩たちの四輪のため、赤信号にバイクで特攻して道を空けさせるのが俺の役目だった。

——目力、ビビってんじゃねえぞ。

——そのまま突っ込めやあ。

先輩たちの煽《あお》りを受け、死ぬ覚悟で交差点に突っ込んでいった。善良な一般市民からすれば、俺たちは害虫同然だったろう。それでも生きているのだと喚くように、馬鹿な行為を繰り返した。もういい歳なのに相変わらず害虫のままだが、まあいいとギアを上げた。考えてもろくなことがないし、考えなくてもろくなことがない。どっちに転んでもろくでもない。

渋滞の列を駆け抜けていく。ひやりとする場面があっても、静香は声も上げない。女はコーナーで怖がって反対方向に身体を倒すので重心が狂って余計に危ない。だから昔から女は乗せたことがなかった。それが四十にもなって、と妙なおかしさが込み上げてきた。

少しでも渋滞を避けるために峠《とうげ》を走り、箱根あたりで襲撃されたコンビニエンスストアを見つけた。休憩がてら覗いてみると、弁当がいくつか残っていた。澄んだ山の空気の中で鳥の声を聞きながら弁当を食べていると、あと一ヶ月で人類が滅亡するなんて冗談のようだ。

隣では静香が弁当もそこそこに息子に電話をかけている。息子は徒歩で品川駅へ向かっているそうだ。こんな状況、しかも女連れだというのに根性のあるやつだ。

品川駅についたときには午後も遅かった。かなり疲れているが、一息つける場所もろくになくバスターミナルの端に腰を下ろした。さすが東京、周囲の混雑ぶりは広島とは比べものにならない。でかいリュックを背負っている家族連れが目立つ。こいつらは一体どこへ逃げるつもりだ。五千万メガトンだぞ。毎秒の核爆発が百二十年続くんだぞ。生き残れるわけないだろうが。

「山手線でテロ？　これじゃ危なくて電車に乗れないじゃない」

隣で休憩している家族連れの女が声を張った。父親が持っているスマートフォンの画面を、左右から母親と子供が覗き込んでいる。テロってなあにと子供が問う。

「悪い人たちがいて、怖いお薬を電車に撒いてるのよ」

「まだ決まったわけじゃないだろう」

「でも現場で波光教の幹部に似た男を見かけたってSNSに書き込まれてるわよ。大阪や名古屋や福岡でも同じ騒ぎが起きてるし、波光教の幹部って全国に散らばってるんでしょう」

夏の間、しつこいほどやっていたニュースを思い出した。宗教団体のくせにやばい薬を作っていた連中で、一般の信者とは別に武闘派の一団も組織されていたとテレビでやっていた。ヤクザも顔負けの連中だ。そいつらがまたなにかしでかしたらしい。

詳しいことがわかるまで、静香の息子には電車に乗るなと伝えたほうがいいだろう。その静香はと見ると、ちょうど息子と電話で話していた。

「友樹、今どこにいる。駅のどこ」

息子も品川駅にいるようで、タイミングのよさに安堵した。静香と息子を再会させたらまた広島にトンボ返りだが、その前に少し休もう。若いころは徹夜で走っても屁でもなかったが、もう四十なのだと自覚した。疲れが抜けず、たまっていく一方だ。

「友樹？」

ふいに声の調子が変わった。

「おい、友樹」

見ると、静香の顔色が変わっている。スマートフォンを手に、いきなり駅へと駆け出していく。構内に続くエスカレーターが混み合っていたので追いついた。

「どうした。なにがあった」

「わからない。話してる最中に友樹がいきなりおかしな声を上げた」

襲われたのかも、と静香は見たこともないほど動揺している。

「んなもん、殴り返せばすむだろうが」

「友樹はおとなしいんだ」

へなちょこが。まだ見ぬ静香の息子に対して唾を吐いた。

「息子は駅のどこにいるんだ」

「わからない。水をもらいに並んでるって言ってた」

人が多すぎてなかなか前に行けず、焦りのあまり歯ぎしりをしている。しゃあねえなと静香の腰を片手で巻き込むように抱え、エスカレーターの手すりを乗り越えて隣の階段に移った。

「走れ」

ふたりで階段を駆け上がる。構内は想像以上に広く混雑していて、息子を探すのは至難の業《わざ》に思えた。当てずっぽうに周囲を見回していると、『水配布・最後尾』というプラカードを持った駅員を見つけた。長蛇の列の中に不自然な輪ができている。

輪の中心で若い連中が喧嘩をしていた。三人がひとりを襲っていて、女が泣きながらやめてと叫んでいるが、やっているほうは薄ら笑いを浮かべている。ぐったりしているガキに向かって、ひとりが包丁を出した。あれはやばい。素人の分際で獣の目をしている。

「友樹！」

静香が叫んだ。どうやらやられているほうが息子らしい。駆け出そうとする静香を止め、めんどくせえなと思いながらそちらへ走った。床を蹴り、飛び上がった勢いのまま包丁を持っているガキに跳び蹴りを喰らわした。ガキと包丁が吹っ飛んでいく。

「馬鹿野郎、友樹に刺さったらどうすんだ」

「元々刺されそうになってたんだから同じだろうが」

ついでに他のガキ二匹もちょろっと撫でて沈めてやった。

「江那くん、江那くん」

朦朧《もうろう》としている息子に女が声をかけている。結構な美少女だが、息子のほうは情けなさが極まっている。鼻血まみれで、ぼこぼこに殴られたのだろう左目がほとんど塞がっている。まともに話せず、不明瞭なうめき声を洩らしている。

「友樹」

静香が駆け寄ると、美少女が警戒するように身を固くした。

「母親だ。あんたが友樹の彼女？」

「同級生の藤森です」

そうこうしている間に息子は気を失った。見た目は典型的ないじめられっ子のダサいデブだが、刃物を出されても女を守ったのは見上げた根性だ。さすが静香とできのいい男の息子だ。

「完全に伸びてるな。病院に連れてくぞ」

よっこらしょと息子を担ぎ上げると、予想以上に腰にきた。中学生にしては身長がある上に、太っているので重い。残り少ない体力も尽きそうで、俺は大きく息を吐いた。

何科でもいいと駅近くの病院を回ったがどこも閉まっていて、少し距離がある大きな病院をようやく見つけた。息子を待合ロビーに投げ出し、一緒に倒れ込んだ。完全にガソリン切れだ。

「子供と重症者が優先です。その他の患者さんはお待ちください」

人で埋まったロビーを看護師が大声で走り回っている。周囲の会話から察するに、品川駅近くの踏切で事故が起きたようだ。遮断機が下りているところに突っ込んだので車側の自殺と見られているが、衝突の際に電車が横倒しになり怪我人が大勢運び込まれている。

小惑星衝突の報からあちこちで騒ぎが起き、普段より患者が増えているのに開いている病院は少ない。職員の手も足りない。ソファやストレッチャーに処置待ちの怪我人が寝かされ、軽傷の者は壁際にうずくまっている。なんとも間の悪いことだった。

「これじゃあ、いつ診《み》てもらえるかわからない」

いらついた口調とは裏腹に、静香の手は床に横たえた息子の頬にやわらかく触れている。美少女もついてきていて、三人で息子を囲むように順番が回ってくるのを待った。

覚悟していたわりには、すぐ医師がやってきて息子を診た。あちこち触れ、ひとつひとつ軽くうなずくと、ポケットから黒、赤、黄色、緑に色分けされたカラータグを取り出した。それを息子の右手首に巻き、さっさと立ち去ろうとする。

「おい、もっとちゃんと診ろよ」

引き止める声にかぶせるように、すぐ近くにいた若い男も声を上げた。

「先生、こっちも早くお願いします」

男の前には毛布に寝かされた老女がいる。母親だろうか。顔色がひどく悪い。

「ぼくはトリアージ担当です。治療は赤が優先なので順番をお待ちください」

聞き慣れない言葉に注意して見ると、男の母親の手首にも静香の息子と同じタグが巻かれていた。男の母親のものは黄色のミシン目部分で切り離され、息子のタグは一番手前の緑だ。

「母は心臓に持病があるんです。タグを赤にしてください」

「お気持ちはわかりますが、現時点では黄色です」

答える間にも看護師が医師を呼びにくる。急変した患者がいるようで、医師はそちらへ駆けていく。男はそれを歯がゆそうに見送り、母親の手を取った。

「母さん、もう少しがんばって。きっとすぐに順番がくるから」

母親は苦しそうにうなずきを返す。嫌な光景から目を逸らしたときだ。

「ひどい世界だ」

斜め横に座っていた男が誰にともなくつぶやいた。灰色のスタンドカラーのシャツを着た堅気ふうだが、やたらと姿勢のいいあぐらの膝に置かれた手の拳が変形している。空手などの格闘技をする人間の手だ。どこかで見たような気がするが——。

「友樹、聞こえるか。もうこうなったら自力で回復しろ」

静香が息子の手をにぎって何度も呼びかけている。

「そりゃいいな。その程度の怪我ならほっといても治る。気張れ、中学生」

「……高校生です」

弱々しいうめき声。息子が目を開けていた。

「友樹、気がついたか」

「江那くん、大丈夫？」

静香と美少女が左右から息子を覗き込む。

「……藤森さん。あれ、お母さん、なんでここにいるの」

「親より彼女が先か。おまえが変なこと言うから、心配になって迎えにきたんだろうが」

「……ごめん」

「謝るくらいなら、親不孝な目に遭うんじゃないよ」

「藤森さんも、守ってあげられなくてごめんね」

美少女は慌てて首を横に振り、手の甲で涙を拭った。三人の様子を見て、やれやれと俺も息を吐いた。あとはこいつらを家まで送り届けて仕舞いだが、にしても疲れた。もうここでいいから一眠りしようと考えていると、母親に付き添っている男の声音が変わった。

「母さん、母さん？」

血相を変えて母親を覗き込んでいる。通りがかった看護師が脈を確かめる。母親は意識を失っているようで、すぐストレッチャーが準備された。

「だから持病があるって、早く診てくれって何度も言ったじゃないですか」

怒鳴りながら母親に付き添っていく男を、周囲がなんとも言いがたい表情で見送っている。他人の不幸に心を痛めながら、どこかで自分や身内の幸運を噛みしめている顔だ。

身勝手で逞しい。それが愛情の裏の顔ってものだ。裏？　いや、どんなものにも上下左右があって、見る角度によってそれが裏だったり表だったりするだけか。溜息が出るほど綺麗な宝石みたいに見えるやつもいれば、触れたら斬れる刃物みたいに見えるやつもいる。

俺は生まれたときから斬られっぱなしの後者だ。けれど前者と俺は一体なにがちがうのだ。まともな親の元に生まれるのも、鬼畜な親の元に生まれるのも、せいぜいバカラの9やスロットの7みたいな運の差だろう。そんな不確かなものに振り回され、そのあとの長い人生に影響を及ぼされる。人間ってやつは、そもそもの造りが雑なのではないか。

「あなたたちは幸運だった」

斜め横に座っている灰色のスタンドカラーシャツの男がまたつぶやいた。右手になにか持っているらしく、それをにぎったりゆるめたりしながら静香と息子に語りかけている。

「なにかがほんの少しずれていたら、あの親子はあなたたちだったかもしれない。あなたと息子さんは幸運だった。さっきの人たちは不運だった。そこに納得のいく法則はない」

「おい、なにいちゃもんつけてんだ」

割って入ると男がこちらを向いた。揺らぎのない奇妙に光る目をしている。

「間違ったことは言っていない。善人だからといって報われることはなく、悪人だからといって罰が下ることもない。では、人は、一体なにをよすがに自らを律して生きていけばいいのか」

男の問いは、つい今しがた自分が考えていたことに似ている気がした。

「知るか」

でしょうねと言いたげに、男は小さく息を吐いた。

「その答えを知っている唯一の人である教祖は獄につながれた。そんな世界が滅びるのは自然の摂理というものだ。この悲劇を招いたのは、他ならぬ愚かで傲慢《ごうまん》なあなたたち自身だ」

教祖という言葉で、例のイカれた宗教団体を思い出した。この男をどこかで見た覚えがある気がしたのは、襟の立った灰色のシャツのせいだった。夏中テレビで飽きるほど報道されていた信者たちは、みな昔のカンフー映画に出てくる拳法家のようなシャツを着ていたのだ。

「けれど教祖は慈悲深い。そんな世界をも救う手段を残された」

男はにぎり込んでいた右手をゆっくりと開いた。小さく細長い、試験管のようなガラス瓶が現れた。中に透明な液体が入っている。男はそれを見つめたまま話す。

「やっと教祖の意志を継ぐことができる」

試験管を手に立ち上がると、男はロビーに向かって声を張り上げた。

「みなさん、救いのときが訪れました」

周囲が男に注目した。

「残り一ヶ月、こんな醜悪な余生に命の歓びはありません」

男は試験管を高く掲げる。見せつけるような動きとは裏腹に男の声には抑揚がない。感情の見えない顔の中で、目だけが異様な光を放っている。全身の産毛《うぶげ》が逆立ち、反射的に立ち上がり男の手をつかんだ。至近距離で男と目が合う。

「そりゃあ、なんだ」

「『浄化の光』」

「ああ?」

「今日から世界のあちこちで救いが行われる。ぼくも本来なら電車で使うはずが、愚かな人が愚かな行為に及んだせいで断念せざるを得なかった。まあ、ここでもいい」

男が手を振り払おうとする。俺はその手をつかみ続ける。

「邪魔をするな」

異様な雰囲気を感じ取り、じりじりと周りが距離を取りはじめる。ひとり、またひとりと立ち上がる。誰かが「波光教だ」とつぶやいた。恐怖は波紋のように広がっていき、ロビーにいる人間が逃げようと一斉に出口へと走る。押し合いへし合いの騒ぎになり、動けない患者や付き添っている者、職員たちだけが取り残された。

強く手首をにぎっているせいで、男の手がやんわりと開いていく。ぽろりと、にぎり込んでいた試験管が落下する。中身はわからない。とにかく割れたらやばいものだ。

反射的に屈んで受け止めたところに、強烈な膝蹴りを喰らった。ガードもできず、みぞおちにまともに入った。立っていることができず、床に手をついて嘔吐《おうと》した。なんだこれは。堅気の蹴りじゃない。そういえばと、男の拳が変形していたことを思い出す。教団には訓練を受けた武闘派の一団がいたとニュースでも言っていた。とことん、ろくでもない連中だ。

情けない土下座スタイルで吐いている俺から、男が試験管を奪おうとする。とっさに手を身体の下に隠してカメのように縮こまった。頭、背中、いたるところに蹴りが飛んでくる。自分だけならここでくたばっても構わない。しかし静香と息子がいる。

「おまえが持っていても価値がない。それはこの世を救う唯一の手段だ」

強引にひっくり返され、男が馬乗りになってきた。真上から拳が降ってくる。重い。口の中が切れて血があふれる。殴り返そうにも利き腕に試験管をにぎり込んでいるので拳を固められない。試験管を割ればいい男に比べ、こちらは防戦一方を強《し》いられる。卑怯なやつめ、という人生初の罵倒が浮かんだ。

「この……どクソがっ」

腹筋を使って上体を起こし、男の額に額をぶつけた。骨と骨がぶつかる鈍い音。男が体勢を崩したとき、突然ふたりのおっさんが背後から男を羽交い締めにした。

「いまだ、やっちまえ」

ふいのことで、俺の手から試験管がこぼれた。そのまま揉み合っているおっさんたちの足下へ転がっていく。手を伸ばし、間一髪で試験管をふたたびにぎり込んだ。

「馬鹿野郎、割れるだろうが！」

この状況では助太刀はありがた迷惑だ。おっさんたちがその場で固まる。

試験管をポケットに入れたとき、体勢を整えた男の蹴りが横っ腹に飛んできた。胃が派手にねじれ、一瞬、意識が飛びかけた。ああ、これは駄目だ。勝てる気がしない。だいたい昨日から一睡もせずに広島から走ってきたのだ。もうへろへろだ。

こうなったらあいつらだけでも逃がすかと視線を向けると、静香は息子になにか囁いていた。

息子はわけがわからないように首をかしげ、しかし静香に思い切り肩を叩かれて口を開いた。

「お、お父さん、がんばれー……」

ふにゃふにゃと頼りない声に眉根を寄せた。なにを言っているのだ。

「そんなんじゃ届かねえだろうが。友樹、声張れ」

静香の怒声はよく聞こえた。

「お、お父さん、がんばれー」

さっきよりははっきり聞こえた。お父さん？　気を取られているところに拳が飛んでくる。集中できないから妙なことを言うな。男が猛然と突っ込んでくる。

「お父さん！」

みたび響いた息子の声に引っ張られるように立ち上がった。体力はスッカラカンで、ほとんどやられるのを覚悟していたのに、身体が勝手に動いて拳をよけた。

「お父さん、がんばって！」

息子の隣で美少女も甲高い声を張った。少しの間を置いて、がんばれーとあちこちから声が上がりはじめた。動けない患者、その患者を置いて自分だけ逃げられない連中。

「お父さん、がんばって」

「負けるな、お父さん」

天井の高いロビーに大合唱のがんばれコールが響く。アホかと吐き捨てた。いくらやばい状況だからと言って、普段は見下しているクソに頼るなんて都合のよすぎる連中だ。

「お父さん、がんばれ！　負けるな、お父さん！」

息子が叫ぶ。俺には家族なんていない。おまえの父親は俺とはちがういい男らしい。俺はたかが数日でふたりも殺した普通なら死刑だろう犯罪者だ。なのに声はますます大きくなる。

——なんだ、こりゃあ。

ガキのころ、よくこんな夢を見た。どんな危機に陥っても、俺は最後は必ず勝つ正義のヒーローだった。みんなに感謝され、拍手を送られ、最高の気分で目が覚めると、散らかった家の湿った毛布に寝転がって腹を空かしているのだ。いつからか、そんな夢も見なくなった。

「お父さん、がんばれ！」

歓声の中で、息子の声だけがくっきり聞こえる。

ああ、うるせえ、うるせえ。しかたねえから、おまえらだけは守ってやろう。かき集める力もないので、突っ込んできた男に体重を乗せて右拳を叩き込んだ。床に転がった男の胸の上に、飛び上がって倒れ込むように肘を入れる。固い衝撃。おそらく肋骨《ろっこつ》が折れた。

頼むから立つな。五秒、十秒、男が完全に失神しているのを確認すると、全身から力が抜けていった。もうなにも残っていない。そのまま後ろに倒れて大の字で天井を仰いでいると、まばらな拍手が聞こえた。

「お父さん、ありがとう」

「お父さん、がんばった」

拍手はどんどんでかくなり、俺はとことんあきれた。

こいつらはアホだ。今助かったって、どうせあと一ヶ月の命じゃねえか。なのに助かったことを全力で喜んでいる。人間ってやつはどこまで頭の悪い生き物なのだ。

「信士、おつかれ」

天井だけの視界に静香の顔が入ってきた。隣に不細工に顔を腫らした息子もいる。

「お父さん、助けてくれてありがとう」

「あー……、もういいぞ。終わったんだから」

しかめっ面で答えた。こんなクソでも、一瞬、父親気分を味わえた。

まあ、あれは、なんだ、悪くなかった。

「馬鹿が」

静香がつぶやき、息子の肩をつかんで押し出した。

「あんたの息子だよ」

「ああ?」

「正真正銘、友樹はあんたの息子だ」

俺はぼんやりとしたままだった。

「……なんだそりゃ」

嘘をつくな。だったらなぜあのとき俺から逃げた。息子もきょとんとしているぞ。ふざけんなと返そうとしたが言葉にならない。静香があまりに真剣な顔をしているからだ。

急激に視界がぼやけていき、手で目元を覆い隠した。

生まれて初めて、俺は嬉し泣きというものをしている。
あと一ヶ月で死ぬという今になって、生まれてきた歓びを噛みしめている。
こんな土壇場になって、どうして俺はこんなことになっているんだ。
どうしてなんだ。どうしてなんだ。いくら考えてもわからない。
俺は、ここにいる誰よりも頭が悪い。

# エルドラド

江那静香、四十歳。世界は死んだ人間と、もうすぐ死ぬ人間に二分されている。けれど一ヶ月後にはみんな平等に墓の下だ。いいや、墓すらない。嘘みたいなほんとの話だ。

＊＊＊

友樹と彼女が少し離れた場所で話をしている。

「藤森さんが行くなら、ぼくは東京についていくよ」

「駄目だよ。江那くんは家に帰って。お父さんとお母さんが迎えにきてくれたんだから」

「お父さん、か」

なんとも言いがたそうに友樹は首をかしげる。そりゃそうだろう。自分が生まれる前に死んだと聞かされていた父親が実は生きていて、賢く優しく誠実で品がいいはずが、前方から歩いてきたら無意識に避けるレベルでガラが悪く、さらに跳び蹴りで初登場してきたのだから。

そのお父さんである信士は、病院のロビーにあるソファで昏々と眠り続けている。徹夜で走ったあと波光教幹部との死闘を繰り広げ、さすがの暴力マンも力尽きたようだ。

あたしは信士の隣に座り、この先どうしたものかと思案している。

首相が会見をした四日前、世界はひっくり返り、あたしが人生を懸けてこつこつ積み上げてきたものは全部パーになった。長年勤めていた会社は勝手に休業し、退職金はサバ缶に変わり、息子は危うく同級生殺しになりかけ、さらに同級生から殺されかけた。

あたしの前には十八年前に別れた男が現れ、細腕一本で守ってきたささやかな我が家の玄関ドアは蹴破られ、強姦されかけた。今となっては、どれもたいしたことじゃない。なにしろ人類滅亡クラスの小惑星が地球に向かって飛んできている。あたしたちはもう死ぬしかない。

ぼんやりしていると、友樹と雪絵ちゃんがやってきた。

「どうするか決めたか」

「うん。藤森さんもぼくたちと一緒に広島に帰る」

「そりゃよかった、ライブはいいの？」

「この状況じゃやらないだろうし、元々わたしの目的はライブじゃなかったんです」

雪絵ちゃんが目を伏せたので、それ以上は問わなかった。誰だって言いたくないことのひとつやふたつはある。友樹が雪絵ちゃんを気遣うように見ている。いっちょまえに女の心配なんかしやがってとむず痒《がゆ》い気持ちで観察していると、友樹がこちらを見た。

「なに、にやにやしてるの？」

「別に」

もっとにやにやすると、友樹はぶすっと逃げていった。好きな女の子の前だからって恰好つけやがって。よくここまで育ったもんだと、あたしは友樹を産んだときのことを思い出した。

中学のころ先輩たちからリンチされたときより、信士とパトカーを呼ばれるような喧嘩をしたときより、出産は凄惨《せいさん》だった。友樹はあたしを殺す勢いでこの世に産まれようとする。あたしは殺されてたまるかと踏ん張る。途中何度か意識が飛びかけたが、助産師は順調ですよーと声をかけてくる。これで順調なのか。命を産むとはとんでもないことだった。

そうしてやっと産まれたカエルみたいに瞼が盛り上がった友樹を見たとき、こんなふにゃふにゃと頼りない生き物があたしを殺そうとしていたのかと脱力した。

どこともしれないところから友樹をこちらの世界に呼び出したとき、あたしはすでに一度命を懸けたのだ。この先この子を生かすためなら、あたしは他のなにをも殺せるだろう。道理のない獣のような猛々《たけだけ》しい歓びに満たされて、友樹の濡れた小さな頭に頬を押しつけた。

水商売はやめて昼間の仕事に就いたが、高校中退のあたしの稼ぎなどたかがしれている。友樹を連れてスーパーに出かけ、値札に目をこらすあたしを尻目に、旦那づれの女が値引きされていない肉のパックに手を伸ばす。それを不覚にも羨ましく思ったことが何度もある。

そういうとき、信士を思い出すのが嫌だった。

最初に妊娠がわかったとき、歓びよりも参ったなという気持ちが先にきた。あたしは信士に惚れていたし、殴られてもやり返すことができる。しかし赤ん坊は無理だ。ただでさえちっちゃくてやわらかいのに、信士の鋼《はがね》みたいな拳で殴られたら一発であの世行きだ。

どうしても打ち明けられないでいた中、些細《ささい》なことで信士と喧嘩になった。いつもならためらわず反撃するところ、あたしは最優先で腹を庇い、殴られ、蹴られるままになった。半分塞がった視界に鬼のような信士を映しながら、これじゃあ子供なんて無理だよなあと悟った。

――あたしたちは、なんで、まっすぐ生きられないんだろう。

あたしは親に殴られて育った。信士もそうだ。亀のように手足を引っ込めて丸まり、なぜ殴られるのかわからないまま、ごめんなさいと必死で謝り続けたことを一生忘れないだろう。その痛みを知っているのに、どうして信士は嫌悪する親と同じことをするんだろう。

子供はこれから建てられる新築一軒家みたいなもので、家を支える柱の一本一本にあたしや信士は暴力という名の傷をたくさんつけられた。家が完成したときにはそれだけを抜き出すことはできなくなっていて、どれだけ築年数がいっても傷ついた柱はそこに立ち続ける。

あたしや信士や悪い仲間たちを支える柱は脆弱《ぜいじゃく》で、なにかことが起きるたび家全体が不安定に揺れた。信士が拳で鳴らす鈍い打撃音は、幼いころ散々傷つけられた柱が軋む音で、そんなものいっそぶち折って、自分という家ごと壊したがっているように思えた。信士の衝動は凄まじく、それはときに恋人であるあたしにも向けられる。

信士がドアホだとしたら、あたしはアホで、同類なのに少しマシなぶん、信士自身より信士の全体がよく見えた。こいつ苦しいんだろうな、寂しいんだろうな、あったかい飯を食わせてやりたいなと、してやりたいことが増えるごとに惚れていったように思う。

あたしは一旦決めたことを違えるのは嫌いなたちで、妊娠しなかったら死んでも信士のそばを離れなかっただろう。それと同じ強い気持ちで、そこまで惚れた男の子供をどうしても産みたいと思った。だから逃げた。子供のために、信士に我が子を殺させないために、全力で。

逃げ出した先で、たまに胸がざわざわと波立つことがあった。信士の気配だ。信士の中で暴力と愛情は同じ強さで存在する。それを感じた瞬間、仕事中だろうが食事中だろうが、あたしは友樹を抱いて逃げた。職も家も家財道具も、すべて投げ出した。そんな不安定な暮らしが長く続いたある日、家賃の安さだけが取り柄のアパートのベランダで洗濯物を干しながら気づいた。

——最近、信士の気配を感じない。

信士から逃げ出して二年、住まいと仕事を転々とした。そんな落ち着かない日々ともさらばだ。ようやく信士はあきらめた。これからは安心して友樹と暮らせる。

そう思いながら、なぜかあたしは泣いていた。たかが二年くらいで、信士はあたしをあきらめてしまったのだ。心臓の上にあたしの名前を彫ったくせに、恐怖の大王が降ってくるときも一緒だと言ったくせに。自分から逃げ出したくせに、あたしは理不尽にも怒っていた。

洗濯物を手に、だらだら泣きながらベビー布団で眠る友樹を見た。目立って信士に似ているところはない。けれど友樹の中には間違いなく信士の血が流れているのだ。

あたしは必死で友樹を育てた。産む前は健康であればそれだけでいいと願い、すくすく育ってきてからは賢く優しい男になってほしいと願い、ぽっちゃり体型になってきたときはあたしも信士も痩せ型なのに誰に似たんだと焦り、けれど性格が優しいからそれが一番だと納得し、いじめられていると知ったときは激怒した。友樹をいじめている連中を蹴り倒し、ごめんなさいと土下座するまで追い込んでやろうかと思ったが、かろうじて我慢した。今はいじめられっ子のアヒルだが、大人になったら友樹はいい男になる。今に見ていろと見守り続けた。

——それが、あと一ヶ月ですべて終わるだと。

信士を捨てて、友樹の成長だけを楽しみに踏ん張り続けたあたしの十八年をどうすればいい。神さま、せめて出てこい。女の一生すべて乗せた渾身の一撃をお見舞いしてやる。

「……ズカー」

ふいに呼ばれて振り向いたが、信士は深く眠ったままだった。

――あたしの名前?

信士と出会ったのは中学生のときで、当時はそれほど親しくなりもせず、けれどそのあともちょくちょく噂は聞いていた。また目力がやらかしたという武勇伝と共に、先輩にいいように使われているとあきれられていた。信士はかわいがってくれる先輩の頼みならなんでもする。その先輩自身があいつ馬鹿だよなと嗤っているのを見たとき、あたしは嫌な気持ちになった。

――あんた、少しは成長した?

四十という年相応に老けた寝顔に問いかけた。

病院から食事と毛布の支給があり、その日は病院のロビーに泊まった。

信士は食事も摂らずに眠り続けている。昔からこうだった。たまに風邪をひいても薬も飲まず、ひたすら眠り、自分の中にあるものだけで自分を癒やす。野良犬のような男だった。

翌日の昼、ようやく友樹の治療の番が回ってきた。鼻も折れておらず、あちこち痣だらけだが元気だ。信士も目を覚ましたので、みんなで広島に帰ると信士に告げた。

「じゃあ、足を調達してくる」

信士は支給されたビスケットを餌のようにがつがつ食べ、ペットボトルの水を一気飲みすると、ふらりと病院を出ていき、一時間ほどでベンツに乗って帰ってきた。型が古めのローダウンで、窓はフルスモーク。やばい連中仕様だとわかる。

「これ、どうしたんだ」

「くれって言ったら、くれた」

面倒そうに答える信士のシャツには新しい血飛沫《ちしぶき》がついている。たっぷりと寝て体力を回復した信士を相手に、そいつらはえげつない目に遭っただろう。まあこんな車に乗るやつが善良な市民のはずがないのでよしとしよう。しかし友樹と雪絵ちゃんは戸惑っている。

「優しい人がいてラッキーだったな。ほら、おまえらもさっさと乗っちゃいな」

ふたりを後部座席に押し込み、あたしは助手席に乗った。

「腹減ってたら、後ろにあるの好きに食え」

信士が言う。後部座席には食料が詰まったビニール袋がいくつも置いてある。

「どこから調達してきたんだ」

「スーパーのおっさんを袋叩き――」

バックミラー越し、子供たちが硬直したのが見えた。

「にして食いもん運び出してる連中がいたから、ちょうどいいから車ごとくれって頼んだ。礼代わりに顔と腹を軽く撫でてやったら気持ちよくくれた」

「子供の教育に悪いことをするな」

やるなら隠れてこっそりやれ、と心の中でつけ足した。

「ぼくは平気だよ。お母さんだって倉庫からサバ缶略奪してきただろう」

「わたしも平気です。おばさんが江那くんに包丁渡してくれたおかげで助かったから」

友樹と雪絵ちゃんが割り込んできて、信士はしかめっ面であたしを見た。

「おまえなあ、もうババアなんだから少しは落ち着けよ」

「あんたに言われたかないよ」

友樹と雪絵ちゃんがおかしそうに笑った。

信士が運転するベンツで、あたしたちは広島へ向かって出発した。友樹たちに食料の中身を点検させると、賞味期限ギリギリのパンやスナック菓子が結構あった。

「おにぎりもあるけど、賞味期限が三日も過ぎてるし駄目かな」

「お腹壊しても病院いっぱいだもんね。パンにしておいたほうがいいかも」

「じゃあこのメロンパンは藤森さんに。好きだったよね」

「どうして知ってるの」

「小学生のとき言ってた」

「そんな昔のこと、よく覚えてるね」

「あ、ごめん。別にその、そういうんじゃないから」

あたしは助手席でにやにやした。惚れているのが丸わかりでおもしろい。

「友樹、お父さんにもなんかあげて」

えっと友樹と信士がハモった。車内に奇妙な緊張感が走る。

「あの、えっと、じゃあ、なにがいいですか」

「……焼きそばパン」

信士の声は普段よりも低くドスが利いている。ふたりとも意識しすぎだ。

「ないです。クリームパンとあんパンとチョココロネならあります」

「……じゃあクリームパン」

信士の声には苦渋がにじんでいる。あたしは噴き出した。

「友樹、お父さんは甘いのは食えないんだ。おにぎりにしてやれ」

友樹は慌てて袋の中をかき回し、これでどうですかと梅干しのおにぎりを差し出す。信士は黙って受け取り、ハンドル片手に賞味期限切れのおにぎりを食べはじめた。

「あの、おじさん」

後部座席からおそるおそるの呼びかけに、信士の頰がぴくりと動いた。さすがにおじさん呼ばわりはないだろう。あたしはこの先の展開を危ぶんだ。

「おじさんは、本当にぼくのお父さんなんですか」

なるほど。そこはあたしだけではなく、信士にも確認したいだろう。

「さあな」

対する信士はそう答えるしかない。実際に腹の中で育てて産む女とちがい、検査でもしなければ、男にはその子が自分の子か確かめる術がない。しかも誕生の瞬間も育成の過程も、すべてすっ飛ばしていきなり対面した父と息子。双方からの圧を受けてあたしは言った。

「友樹は信士の子供で間違いない」

バックミラー越し、友樹の頬がうっすらと紅潮していくのが見える。信士はと言えば、

「俺みたいなのが親父でご愁傷《しゅうしょう》さまだな」

しかめっ面の内訳は照れ隠しなのか本音なのか、おそらくどちらもだろう。

むちゃくちゃな暴れっぷりとは裏腹に、信士はひどく自虐的な男だ。自分を馬鹿で腕っ節しか取り柄がないと思っている。実際そうなのだが、だから価値がないということはない。愛情はそんなものとは無関係に生まれることを信士はわかっていない。幼いころに親から愛情を与えてもらえなかったからだ。人は食べたことがないものの味を知ることはできない。

──でも信士、友樹はそれの味を知ってるよ。あたしがそこそこ食わせたからね。

「そっかあ、やっぱり本当なんだ」

友樹のつぶやきには照れくささと誇らしさがにじんでいる。殺されそうになっていたところを跳び蹴りで助けてくれた上に、病院ではみんなを救って拍手喝采を浴びた。暴力マンな行動と差し引きしてみても、友樹の中ではヒーローのイメージが勝っているのだろう。

「いいなあ、江那くん、こんなお父さんがいて」

雪絵ちゃんは羨ましそうに溜息をついた。

「そういえば雪絵ちゃんの親も心配してるだろう。連絡はしてるの？」

「家を出た最初の日の夜に、一度だけ電話で話しました」

「こんなときだから、死ぬほど心配してただろうね」

「いいえ、特には」

すうっと声の温度が下がった。バックミラーに映る雪絵ちゃんは無表情で、隣で友樹も難しい顔をしている。

「なかなか見限られてんな。あと一ヶ月で死ぬってときに心配もされねえって」

信士が無神経に言い放ち、車内にずどんと重い沈黙がのし掛かった。やはり信士は馬鹿だ。あたしはカーナビの画面をオーディオに切り替えた。放送しているラジオはパーソナリティが隕石衝突について怒鳴っているものばかりだ。それでも無音よりはマシだろう。

「あの、Ｌｏｃｏ聴いてもいいですか」

いいよと答えると、雪絵ちゃんは自分のスマートフォンを操作した。すぐに歌声が流れてくる。

「これ知ってるよ。化粧品のＣＭソングだろ」

「そうです。Ｌｏｃｏ本人が出てるやつ。この歌大好きなんです」

流れてくる耳触りのいいメロディ。あたしはもっとイキのいいのが好きだ。しかし雪絵ちゃんが明るい気持ちになれるならなんでもいい。

「だるくて事故りそうな歌だな」

信士が容赦なく言い、すみませんと雪絵ちゃんは慌てて音楽を切った。またしても車内に沈黙が落ちる。このウルトラ馬鹿が。気まずさを払うように、「なにか聴きたいのありますか」と雪絵ちゃんが信士に訊いた。信士よりも雪絵ちゃんのほうが何倍も大人だ。

「サブスクなんで、有名な歌手ならたいがい聴けますよ」

「よくわかんねえけど、じゃあポイズン」

「あ、知ってます。布袋寅泰って人ですよね」

「そっちじゃねえ」

「でも他に布袋さんって人はいませんよ」

「だから、そっちじゃねえんだ」

世代間ギャップに翻弄されつつも、無事にポイズンの『トーク・ダーティ・トゥ・ミー』が流れた。そのあとも信士のリクエストでモトリー・クルーやスキッド・ロウが流れる。どれもあたしたちより上の世代で流行ったバンドだが、当時はそういうのを通っぽく感じていた。

「ふうん、お母さんたちも若いころ音楽聴いてたんだね」

「当たり前だろうが。昔はあたしたちも十七歳だったんだ」

「それが信じられない」

「親や先生って、生まれたときから親で先生みたいなイメージあるよね」

子供たちが楽しそうに話している。なんだかピクニックにでも行く感じだが、相変わらず道はすごい渋滞で、途中から友樹がスマートフォンで抜け道を探しはじめた。

「次の信号を右に曲がってください。峠になるけどこっちのほうが早いと思う」

友樹はカーナビよりも地図を読むのがうまく、峠と聞いて信士は目を輝かせた。普段は地元の腕自慢が走るような細くて急な山道を、信士はスピードを落とさず突っ込んでいく。そのたび後部座席で悲鳴が上がる。きゃーというのは雪絵ちゃんで、うおーというのは友樹だ。

友樹は怖がっているのではなく興奮していた。激しい揺れにぎらぎらと輝く目。小さな獣みたいな雄叫びを聞きながら、こいつは間違いなく信士の血を引いていると確信した。


真夜中、目が覚めた。ずっと車だのバイクだのに乗りっぱなしのまま車中泊となったので、身体のあちこちが凝っている。順調に歳を取っていることを自覚した。

身体を伸ばしたくて外に出た。住宅街の中、建築中で半端に柱だけが立っている空き地に車を停めていた。騒がしすぎても危なく、ひとけがなさすぎても危ない。ちょうどいい場所だ。夜空に向かって伸びをしていると、家の土台に腰かけている人影に気づいた。

「眠れないの?」

夜の中で、雪絵ちゃんは幽霊のように見えた。細いシルエットはいたいけで、恐怖よりも頼りなさがにじみ出ている。あたしは隣に腰かけた。

「親に電話しようと思って、でも、できなくて」

雪絵ちゃんは両手でスマートフォンを持ってうなだれている。

「かわいがってもらったのに、わたしって恩知らずですよね」

「親に恩なんて感じることない」

「わたし、養女なんです」

わずかに目を見開いた。ああ、そうか。なるほど。

「わたしを引き取ったあと妹が生まれて、マミコって名前で、真実の子供って書くんです」

「それはしんどいな」

「分け隔てはされてません。平等に育ててもらいました」

真実そうだとしたら、『育ててもらいました』なんていう言い方にはならない。誰の目にもわかる単純な形ではなく、本人にしかわからない微妙な分け隔てがあったのだろう。

「わたしの本当の親は東京にいるんです。ずっと会いたくて、もう最後なんだからって家出したんです。でもそこまでして会いたいかどうか、今はわからなくなりました。そもそも名前も住所も知らないし、どうせ会えないのわかってたし、ただ、あの家にいたくなかったのかも」

「自分の気持ちがわかってよかったじゃない」

つまるところ、それを知ることが一番大事で難しい。

「江那くんを巻き込んでごめんなさい」

「謝らなくていい。友樹が自分で決めたんだ」

どんな利口な人間でも、やってみないとわからないことはある。友樹は自分で決断して動くことで、親が与えることのできない様々な経験をしただろう。

「わたし、自分の気持ちなんてわかりたくなかったな。親に本音でぶつかれないから、本当の親に会いたいって言ってごまかしてただけだった。そんなのわかってもどうしようもない」

「世の中はどうしようもないことであふれてるからねえ」

「初日に電話を一回と、実はＬＩＮＥも一度送りました。横浜にいるって。心配してるから早く帰ってきなさいってお母さんから返ってきました。ＬＩＮＥで。別にいいんですけど」

なんかモヤモヤしちゃって、と雪絵ちゃんは言葉を濁した。

「だから、わたし、育ててもらったのに恩知らずだなあと思って」

「そんなふうに自分を責めるあんたは、普通以上にいい子だよ」

本当に心配しているなら、そもそも親のほうから電話をかける。無事なのか、危ない目には遭っていないか、今どこにいるのか、いつ帰ってくるのか、気も狂わんばかりに質問する。

「わたし、ひとりで死ぬんだなって思いました」

雪絵ちゃんのシルエットが夜空を見上げる。誰でも死ぬときはひとりだ。それでも最期のときに誰といるかは大事だ。この子は家族といてもひとりだと感じている。

「うちにきなよ」

ふいに声がした。車の窓が開いていて、そこから友樹が顔を出している。

「うちにきなよ」

もう一度、友樹が言う。口調が男らしい。きみのことはぼくが守るよと聞こえる。雪絵ちゃんはどう答えるのか。親としてそわそわしていると、雪絵ちゃんのスマートフォンが鳴った。親かと期待したが、Ｌｏｃｏのファンクラブ公式インスタグラムからのお知らせらしい。

「やっぱりＬｏｃｏの東京ドームライブは中止になるみたいです」

「こんなときにもお知らせしてくれるなんて律儀《りちぎ》だな」

「あれ、でもラストライブを一ヶ月後に大阪でやるって書いてある」

「一ヶ月後って、もう小惑星が落ちてるんじゃない?」

友樹が車から降りてきた。

「うん、その日にライブするから暇なやつはこいって書いてある。でもこれ本物かな。なんだかLｏｃｏっぽくない。Lｏｃｏはこんな言葉遣いしないし、変な男の人と一緒に写ってる」

あたしと友樹は雪絵ちゃんのスマートフォンを覗き込んだ。Lｏｃｏが若い男と一緒に肩を組み、開けっぴろげな笑顔でピースしている。テレビで観たときとずいぶん印象がちがう。

「これ彼氏かなあ。一般人みたいだけど。うわ、コメントがすごい」

みるみるファンからのコメントがついていく。[更新ありがとう]、[絶対行く]、[大阪?]、[Lｏｃｏと一緒に死にたい]、[セットリスト希望]。みんな若い子たちなのだろうが、死を前にしてもライブに行きたいと願う心がすごい。嫌なコメントも多い。[彼氏ダサ]、[空気読め]、[最後まで自分大好き女]、[死ね]、好意と悪意がぐちゃぐちゃに混ざり合っている。

「……行きたいな」

雪絵ちゃんが言った。一ヶ月後なんて街はもうむちゃくちゃだろう。

「じゃあ、ぼくも行く」

すかさず友樹が言い、あたしはふうっと息を吐いた。

「じゃあ、あたしも行くとするか」

ふたりがこちらを見たので、当たり前だろうとあたしは言った。

「みんな平等に残り一ヶ月しかないんだ。雪絵ちゃんはライブに行きたい。友樹は雪絵ちゃんを守りたい。あたしは友樹といたい。それぞれやりたいように動けばいい」

若いふたりの邪魔をして悪いねと内心で謝った。こんなときでなければ子供の恋愛に首を突っ込もうとは思わない。けれど今は非常時だ。許せ息子よと思っていると、

「お母さん、ありがとう」

「おばさん、ありがとう」

ふたりがハモり、あたしは満面の笑みを浮かべた。友樹は好きな子を守り、親も大事にできる逞しく優しい子に育ったのだ。そして同じように人の心を思いやれる子を好きになった。

「友樹、雪絵ちゃん、ありがとうね」

あたしは立ち上がり、あとはふたりで決めなと言い置いて車に退散した。信士はさっきと同じ姿勢でぐうすか寝ている。昔から一度眠ると滅多なことでは起きない男だった。

「ズカー……」

信士が寝言を言った。あたしの夢を見ているのだろうか。


「じゃあ、俺も行くか」

翌日、信士もそう言った。建築中の家の土台に腰かけて、信士が略奪してきた食パンにジャムだのバターだのを塗った朝食をみんなで食べているときだった。

「いいの？　最後の一ヶ月になるかもしれないんだよ」

「一ヶ月だろうが一年だろうが、俺に構うやつなんかいねえよ」

それは離れていた間、信士が相変わらず孤独の中にいたという言い換えだった。

「おまえらこそ、大阪を甘く見んじゃねえぞ。ただでさえガラが悪いやつが多いのに、ラスト一ヶ月なんてどうなってるかわからねえぞ。とりあえずワンカップと競馬新聞と赤ペン持って、酒焼けした顔でふらふら歩いてるぶんには襲われないと聞いたことはある」

「未成年なんでお酒は飲めません」

友樹が真面目に反論する。

「だから俺がついていってやるって言ってんだ」

めんどくさそうに言う信士に、友樹は表情を明るくした。

「おじさんがいてくれると安心だね」

雪絵ちゃんの言葉に、うんと誇らしそうに友樹はうなずく。その様子を信士はしかめっ面で見ている。頼られて嬉しいくせに不器用な男だ。

「けどライブまで一ヶ月あるよ。それまでどうしよう。どこかみんなで泊まれるところがあればいいけど、ホテルもネカフェも営業してないだろうし、食べ物も必要だ」

「一旦広島に戻って、ライブが近くなったら大阪に行くとか」

「そりゃ無理だな。今はまだ渋滞ですんでるが、これからどんどん事故が増えてくはずだ。事故車も死体も転がったまま、腐乱死体を巻き込みながら走ってもいいならやってやるが」

信士が食パンにケチャップを絞り出したものにかぶりつき、友樹たちは口を手で覆った。不器用なところが愛しく、無神経なところが腹立たしい男だ。あたしは十八年ぶりにあたしの男を見ている。そして思い知る。どちらの信士も、あたしは今でも好きなのだと。

「大阪はあてがあるから、そこに行ってみるか」

信士が言い、ひとまず話はまとまった。


渋滞は刻一刻とひどくなる。無謀運転の車やバイクに追突されそうになりながら、なんとか信士の言う『あて』に着いたのは翌日の午後だった。

「ここか」

フロントガラス越し、つい四日前に殺人が起きた蕎麦屋を眺めた。あてというから友人でもいるのかと思ったが、さすが信士、予想の斜め上だ。言いたいことは山ほどあるが確かに今は空き家だし、荒らされていなければ食料もあるだろう。

「ちょっと様子見てくるから、友樹たちは車の中で待ってな」

えげつないことになっているだろう殺人現場を、子供たちに見せるわけにはいかない。あたしと信士だけで店へ向かい、そろそろと引き戸を開けてみる。すごい臭いに鼻を殴られた。

血と肉が腐った重量感のある臭いをかき分けて中に入っていく。四日前に見たままの姿でお爺ちゃんとお婆ちゃんが倒れていた。ふたりとも、もう人間の色をしていない。肌は粘土のように弾力がなく、身体の下に広がっていた血液も水分を失って真っ黒に粘ついている。

「秋でよかったな。真夏だったら見られたもんじゃねえ」

信士がヤンキー座りで死体を見下ろす。お婆ちゃんの白髪《しらが》に羽虫がたかっているのを軽く手で払う。信士の静かな横顔に、あたしはあるかなきかの気配を嗅ぎ取った。

「あんた、人を殺したことがあるの？」

「こないだ川に放り込んだ」

「それ以外で」

「ある」

「なんで」

「五島さんに頼まれた」

反射的に眉をひそめた。あたしは五島が嫌いだった。危ない仕事をさせておいて、傷ついて帰ってきた信士に包帯を巻くように優しくし、やんわりと情で縛っていく。人の心をつかむことに長《た》けている。嫌な意味で頭のいい男だった。信士も薄々気づいていたはずだ。

「息子も、人殺しの親父なんか嫌だろうなあ」

「友樹って名前があるんだよ」

信士はじっとお婆ちゃんの死体を見下ろしている。捨てられることをわかっている犬のような顔をしている。あたしは信士がたまに見せる、このあきらめたような横顔に弱かった。

「あんたのことが嫌なら、あたしのことも嫌だろうな」

ヤンキー座りの信士の横に、同じくヤンキー座りで並んだ。

「おまえは関係ない。やったのは俺だ」

こういう重荷をあたしに背負わせないために、信士はあたしの手伝いを拒んだのだ。男気はありがたい。しかし歯がゆい。黙り込んでいると、お母さーんという呼びかけが聞こえた。止める間もなく引き戸が開く。友樹と雪絵ちゃんが一歩踏み入り、びくりと固まった。

「え、なにこれ」

友樹がひきつって死体を見つめる。

「……殺したの？」

「あたしらじゃないやつがな」

「おまえらを迎えにいく途中に寄った蕎麦屋の爺さんと婆さん夫婦だ。店を出たあと忘れ物を取りに戻ったら強盗に殺されてた。つまり、ここは今は空き家だから使わせてもらう」

信士が説明する。強盗の末路を省いたのは上出来だった。

「人が死んでる家に住むの？」

「死体はかたづける。静香、そいつら連れて車戻ってろ」

「あたしも手伝うよ」

「おまえはそいつらのそばにいろ」

信士は立ち上がり、めんどくさそうにあたしに向かって顎をしゃくった。どこまでもひとりで背負うつもりだ。信士をひとにらみしたあと、友樹と雪絵ちゃんの肩を押して店を出た。

「……お父さん、ほんとに殺してないの？」

車に戻ってから、友樹がおそるおそる尋ねてくる。

「殺してない」

あのふたりのことは――と心の中でつけ加えた。後部座席から答えは返ってこない。

友樹も雪絵ちゃんも怯えている。暴力というカードにも裏と表がある。悪漢を叩きのめすのはいいが、老夫婦殺害は受け入れられない。そりゃそうだろう。けれどそれは善悪ではなく、自分が許せるか許せないか、自分の気持ちに添うか添わないかだけの判断で公正とはほど遠い。

みんな勝手なもんだ。そう思いながらも、怖いから信士と暮らしたくないと友樹が言ったら、あたしはもう一度友樹たちを連れて逃げるだろう。あの寂しがりの男を最後の最後にまた置き去りにするだろう。あたしは母親で、あたしの一番は子供で、一番勝手なのもあたしだ。

しばらくするとスマートフォンが鳴った。信士からだ。

『花を探してきてくれ。なんでもいい』

それだけで通話は切れた。

「友樹、雪絵ちゃん」

後部座席を振り返ると、ふたりがびくりと震えた。

「花を探しに行くよ」

「花？　なんで？」

黙って車を降りると、ふたりものろのろついてきた。

三人で住宅街をあてどなく歩いていく。駅の周りに小さな商店街を見つけたが、ほとんどシャッターが下りている。それが小惑星騒ぎのせいなのか、元々なのかはわからない。息絶えた商店街を抜け、住宅街を流れる用水路沿いを歩いていると、ふいに景色が開けた。

「あそこ、黄色いのたくさん咲いてる」

友樹が川べりを指さした。セイタカアワダチソウの群生だ。

「あれにするか」

三人で土手を下りた。前に友樹に渡した包丁で茎《くき》を切っていると、雪絵ちゃんが突然悲鳴を上げてセイタカアワダチソウを投げ出した。虫、虫と叫んでいる。よく見ると、茎に小さな虫が無数にたかっていた。赤くて羽がある。雪絵ちゃんは怯えて涙ぐんでいる。

「ぼくが持つよ」

雪絵ちゃんが投げ出した束を友樹が拾う。友樹の腕に赤い虫が数匹移り、雪絵ちゃんは慌てて自分の腕を確認した。きゃーきゃーと虫を払い、土手の上へと逃げていく。あたしと友樹は笑い、ふたりで抱えられるだけのセイタカアワダチソウを収穫した。

土手から引き上げるとき、あたしはこっそり振り返った。この川を下った先に、老夫婦を殺した男を投げ捨てた橋がある。あの男はどうなっただろう。助かったのか。それとも——。どうしたのと友樹が不思議そうに振り返り、なんでもないとあたしは土手をあとにした。

「おばさん、あれ、お花屋さんじゃない？」

きたときとはちがう道で帰る途中、雪絵ちゃんが生花店を見つけた。バケツが店先に転がっていて営業中とは言いがたい雰囲気だが、ガラスケースの中の花たちはまだ充分美しい。ごめんくださーいと声をかけると、住居になっている奥のほうからばたばたと誰か駆けてきた。出てきたおばさんは、なぜか必死な顔であたしたちを見た。

「この花、売ってもらえますか」

ガラスケースに目をやると、おばさんの全身から空気が抜けて肩が落ちた。好きなん持っていきとそっけなく言われ、あたしたちは礼を言ってガラスケースを開けた。

「なあ、お客さんら」

おばさんは住居に続く上がりかまちに腰を下ろした。

「うちの息子、知らんやろか」

あたしはおばさんを見た。

「四日前に出ていったきりなんよ。テレビで隕石の話聞いてから、あたしもなんやおかしうなってもうて、息子から飯はて訊かれてもそれどころやのうて、つい怒鳴り返してもうたんよ。そしたら向こうも花のバケツ蹴飛ばして出ていきよって、それから帰ってこうへんのよ」

「それはまた、ずいぶん短気な息子だね」

「あの子は悪うないんよ。二十歳のころにうつ患《わずら》ってもうて、ずっと病院通ってんのよ。いつもはおとなしいんやけど、なんや気に入らんことがあると暴れだして、そんときはもう誰も手えつけられへん。三十三にもなって金髪でハート形のピアスなんかして」

静かに血の気が引いていった。

「逆上すると無茶する子やから心配なんよ」

あたしは振り返り、ガラスケースから薔薇を取り出しているふたりを止めた。

「戻して」

「え、なんで？」

「いいから戻して」

花をすべて戻させると、お邪魔しましたとあたしは頭を下げて店を出た。

「別に遠慮せんでええのに」

おばさんは首をかしげる。あたしはなにも言えない。

「なあ、お客さんら、うちの子見かけたら親が心配してるって伝えてえな。これからどんどん物騒になってくみたいやし、あの子が安心して過ごせんのは家だけなんやから」

おばさんの声を背中に聞きながら、あたしはうつむきがちに帰り道を辿った。あの人から花を分けてもらうわけにはいかない。鉛のように重いものが胃に沈み込んでいく。

「お母さん、大丈夫？　顔色悪いよ」

「ちょっと休みますか？」

ふたりが心配そうに覗き込んでくる。大丈夫とあたしは返した。老夫婦を殺した男と、その男を川に放り込んだ信士とあたし。老夫婦にとって男は無情な強盗であり、母親からすると愛しい息子である。ふたつの相反する事実を飲み込むのが、とてつもなくしんどい。

夕方になって、かたづいたと信士から連絡がきた。三人で店に向かい、まずはあたしだけが中に入った。お婆ちゃんとお爺ちゃんの死体は消え、血の跡も洗い流されて黒い石の床は濡れて光っている。空気も入れ換えてある。

「綺麗になってるから、おいで」

ふたりがおずおずと入ってきた。

「おまえら、こっちこい」

信士が奥から声をかけてくる。あたしたちは厨房を通過して勝手口から外に出た。

裏庭には花木が植えられていて、華やかな匂いが鼻腔《びこう》をくすぐる。オレンジの小花をつけたキンモクセイの根元がこんもりと盛り上がっていて、隣家との境のブロック塀にスコップが立てかけてある。信士のシャツもパンツも泥で汚れている。

「花」

催促され、友樹が一抱えもあるセイタカアワダチソウを差し出した。

「雑草じゃねえか。もうちっとなんかなかったのか」

ぼやいたあと、まあしゃあないかと信士は盛り上がった土を覆うように、黄色い花をふんわりと置いた。ヤンキー座りでしゃがみ込み、ふたりの眠る場所に手を合わせる。

「お供えだったんだ」

友樹がつぶやく。こんな細やかな男だったかと、あたしも不思議に感じている。

乱暴な外側とは逆に寂しがり屋だった。本人は自覚していなかったろうが、愛情の扱い方がわからず、情の深さが仇《あだ》になって他人を殴りながら自分自身も傷つけていた。とにかく気が荒く一手先しか読めない野良犬のような男で、それは今も変わってはいないけれど――。

厨房に戻り、食料を確認していった。蕎麦粉、うどん、米、肉、乾物、商売をしているだけあって大量にそろっている。これなら一ヶ月は余裕でやっていけるだろう。

腐った料理は処分し、夕飯用に米を炊ぎ、お爺ちゃんが最後に打った蕎麦を茹でた。明日からは自分で打つしかないかと考えていると、友樹と雪絵ちゃんがやってきた。

「お父さんのことだけど」

どきりとした。

「たくさん助けてもらったのに、おかしなふうに疑ってごめん」

「わたしも、怖がってごめんなさい」

申し訳なさそうなふたりを前に、あたしは安堵のあまりへたり込みそうになった。

「いいよ。あの現場を見たら誤解してもしかたない」

「それはそうかも。死体とお父さんは映画のワンシーンみたいに決まってたから」

「さっきまでビビってたくせに、一段落したらけろっとしやがって」

あきれてみせると、友樹の表情がすうっと変わった。

「でないとやっていけない世界に、これからどんどんなっていくからね」

妙に落ち着いている友樹の隣で、雪絵ちゃんも真顔で唇を引き結んだ。この数日で過酷な思いをしたのだろう。それがまだ十代のふたりを大人っぽく見せている。

「じゃあこれ、お父さんに持っていって。おつかれさんって」

冷蔵庫から瓶ビールとグラスを出して友樹に渡した。

「ああ、それと花屋のおばさんの話はするな」

できるだけさりげなく言った。

「なんで」

「いいから、するな」

信士はひとりでピアス男を川に投げ込み、ひとりで老夫婦の死体を埋めた。あたしも持つはずだった荷物をひとりで持った。だったらこっちはあたしの荷物だ。あたしは死体の重さや埋葬穴の深さを知る代わりに、あのピアス男にすら身を案じる家族がいるという重い現実を持つ。

店の座敷に寝転がっている信士へ、友樹がビールを運んでいく。一緒に休んできなよと雪絵ちゃんに言ったが、お邪魔はしませんと雪絵ちゃんは笑って座敷を見た。

「あの、お父さん」

信士はびくっと身体を揺らし、威嚇するような、もしくは怯えるような目で友樹を見た。無理もない。病院での死闘以来、初めてお父さんと呼ばれたのだから。果たしてあいつはちゃんと『お父さん』をやれるだろうか。あたしは固唾《かたず》を呑んで見守った。

「お父さん、おつかれさまでした」

友樹はふたたびお父さんと呼びかけ、緊張の面持ちでビールの盆をテーブルに置いた。信士もぎくしゃくと身体を起こす。友樹が栓を抜き、慣れない手つきでグラスにビールを注ぐ。信士は一口飲んでから、おまえも飲めと友樹のグラスにビールを注いだ。

「あ、ぼくは未成年なんで」

「どうせ成人できねえんだからいいだろう」

そんな言い方があるか。どこまで無神経な男だ。友樹は戸惑いがちに口をつけ、次の瞬間、顔をしかめた。十七歳の舌には苦かったようだ。信士がその様子をじっと見ている。

「まあ、なんだ。友樹だっけ」

「はい」

「高校二年か」

「はい」

「そうか、二年か。いいな」

会話が止まった。信士、それじゃあ友樹も答えようがないだろう。もっと打ち返しやすい球を投げてやれ。勉強は好きかとか、部活はしているのかとか、学校は楽しいかとか。

「学校、楽しいか」

それだよ、とあたしはほっとした。

「はい、あ、いえ、あんまり楽しくないかも」

「そういや、いじめられてるって静香が言ってたな」

友樹があたしを見た。どうしてそんな恰好悪いことを言うのだと目で訴えてくる。ああ、悪かった悪かった。あのときは、まさかこんな展開になるとは思っていなかったのだ。

「名前と住所教えろ。俺がぶっ殺してやるよ」

信士が父親の威厳をおかしなふうに発揮する。

「お父さん、もうやっつけてくれました。品川駅で」

「あれか。思い切りやったから、本当に死んだかもしれん」

「だとしても、ぼくは同情しない」

友樹は淡々と返し、あたしは不思議な気持ちになった。ちょっとおとなしすぎるくらいだと思っていたが、それはあたしが信士の血を爆発させないよう抑えて抑えて育ててきたからなのかもしれない。それを取っ払ったら、友樹はどんな男になるんだろう。

「江那くん、イメージ変わった」

適当に出汁《だし》を取っているあたしの横で、雪絵ちゃんがつぶやいた。

「どんなイメージだった？」

「おとなしくて、いつもいじめっ子の言いなりで、でもたまに大胆なことする」

「友樹とは仲良かったの？」

雪絵ちゃんは首を横に振った。

「ちゃんと話したのは小学生のときに一度だけ。前の日に妹のことでいろいろあって、本当の親に会いに行こうって思い詰めてて、そのとき江那くんが声をかけてくれたんです」

心に余裕がなかった雪絵ちゃんは、友樹につっけんどんな態度を取り、友樹はビビってすぐ帰ろうとしたが、そのとき雪絵ちゃんにカイロをあげたそうだ。

「すごくあったかくて、わたし、泣いちゃったんです。人前で泣いたりするの絶対に嫌なのに、でも江那くんはそのことには特に触れなくて、すごく安心した」

あたしも安心した。友樹は信士から無神経さを受け継がなかったようだ。

「なのに、わたし、江那くんにひどいことをした」

雪絵ちゃんの声音が沈んだ。

「新学期がはじまったとき、みんなの前で江那くんを無視したんです。一緒に東京に行こうって約束して、江那くんはいろいろ調べてくれたんだろうなっていう感じで嬉しそうに話しかけてくれたのに、わたし、あのときの自分が恥ずかしくて、ずっと忘れたくて」

「親しくない相手だからこそ、弱さをさらせるってこともあるからね」

あたしにも覚えがある。子供も大人も似たようなものだ。

「わたし、いじめなんて大嫌い。でもわたしも江那くんを傷つけたし、江那くんが傷つけられてるとき黙って見てたし、江那くんをいじめてたやつを利用して東京に行こうとした。でも結局そいつらに襲われて、また江那くんに助けてもらった。わたしって本当に――」

ごめんなさい、と雪絵ちゃんは小さな声で謝った。

「ありがとうね」

「え？」

「自分が誰かを傷つけたことなんて忘れたいだろ。けどずっと覚えてて謝ってくれた」

間違わないやつなんていない。それを許しすぎても、許さなすぎても駄目になる。この子は自分を恥じている。気の強い見た目とは裏腹に繊細で、友樹はいい子を好きになったのだ。その友樹はと座敷に目をやると、ぎくしゃくしながらも信士と話をしていた。

夕飯は月見そばとおにぎり。インスタント出汁が見つからず、人生初、昆布と鰹節《かつおぶし》で出汁を取った。うまくいったか自信はないが、数日ぶりの温かい食事を子供たちは喜んだ。かたづけは子供たちがして、あたしは寝床の準備にかかった。

店舗の二階が住居になっていて、階段を上がったすぐの部屋が居間、続く和室は老夫婦の寝室になっている。もうひとつの洋室は子供部屋だったのか勉強机が置いてあり、古い野球選手のポスターが貼ってある。この家の子供は、今、どうしているのだろう。もしも帰ってきたら老夫婦の最期を語り、礼と詫びを言ってあたしたちは出ていこう。

――それまで、ちょっと借してもらいます。

あたしは野球選手のポスターに手を合わせ、寝床の支度に戻った。老夫婦が使っていた寝室の押し入れに布団があり、収納ケースには寝具や服がしまわれている。あたしと雪絵ちゃんはお婆ちゃんのパジャマを、信士と友樹はお爺ちゃんのパジャマを借りた。友樹はともかく、百九十センチ近くある信士はつんつるてんだ。

「窮屈だ。パンツ一枚でいいだろ」

「馬鹿。ひとつ屋根の下に雪絵ちゃんがいるんだよ」

「気にすんな。おまえらもパンツ一枚で寝りゃあいい」

「反対」

あたしよりも先に友樹が手を挙げた。信士は眉根を寄せ、しかしここだけは譲らないという友樹の気迫に押され、渋々つんつるてんのパジャマを着ることを了承した。そのあとふたつの部屋に布団を敷き、信士と友樹、あたしと雪絵ちゃんという組み合わせを告げた。

「え？」

友樹と信士がハモった。

「大人は大人、子供は子供で寝ればいいだろうが」

「友樹と雪絵ちゃんを一緒に寝かせるわけにはいかないだろうが」

信士は思いきり顔をしかめた。

「さっきからクソ教師みたいなことばっか言ってんじゃねえ。こいつら、つきあってんだろうが。十七歳なんてやりたくてしょうがねえころだ。好きにやらせて――」

脛を蹴っ飛ばして黙らせた。

「友樹、お父さんの世話は任せたよ」

友樹に信士を押しつけ、あたしは雪絵ちゃんと子供部屋に向かった。

「無神経な男で本当にごめん」

頭を下げると、雪絵ちゃんは笑って首を横に振った。

「わたしと江那くんがどうとかじゃなくて、おじさんは江那くんと一緒に寝ることに緊張してるのがミエミエです。あんな怖い顔してるのに新米パパ丸出しでかわいいですよね」

高校生の女の子にも見透かされていることに、あたしは苦笑いを浮かべた。

「ふたりでどんな話するんでしょう」

「聞きに行く？」

「そんな盗み聞きなんて……行きましょう」

あたしたちは悪い笑みを交わし合った。そうっと襖を開け、抜き足差し足で信士たちの部屋へ行く。立て付けが悪く、閉まりきらない障子の隙間から話し声が洩れてくる。

「本当に雪絵とつきあってないのか」

ぼそりと問う声が聞こえる。

「藤森さんがぼくなんか相手にするわけないよ」

こしょこしょと返す声が聞こえる。

「雪絵は上玉だからな」

「うん、うちの高校でも一番もててる」

暗い廊下で、雪絵ちゃんが照れたようにうつむいた。

「静香も昔はもててたぞ」

「嘘だ」

友樹の野郎、とあたしは拳をにぎり込んだ。

「お父さんたちって、なんで別れたの？」

馬鹿なやり取りのおかげか、友樹の口調がリラックスしている。

「静香はなんて言ってた」

「なにも。ぼくが生まれる前に死んだって」

「そう言うしかないな。まあ原因は俺がド腐れだったからだ。そこらの安いチンピラで、なにからなにまでめちゃくちゃで、静香は愛想を尽かして出ていった」

「お母さんは、優しくて頭よくて強いって言ってたよ」

「がっかりさせたな」

「してないよ」

友樹ははっきりと言い切った。

「お父さんは、ぼくのことずっと知ってたの？」

知ってたのに放っておいたの？　と聞こえた。

「知らなかった」

「本当？」

「本当だ。ずっとほったらかしにして悪かった」

信士は友樹の問いをきちんと理解して答えた。

「知らなかったんならしょうがないよ」

友樹の声には隠しきれない安堵が満ちていて、ごめん、とあたしは心の中で謝った。

日々暮らしていくだけで精一杯で、食事は栄養よりも飢えさせないことが一番で、他の子が当たり前に通っている塾の月謝よりも、明日持たせる給食費が優先された。

あたしが絶縁しているせいで、友樹にはお祖父《じい》ちゃんもお祖母《ばあ》ちゃんもいない。夏休みも冬休みも、友樹は小さなアパートで留守番をして過ごすしかない。代わり映えのしない友樹の夏休みの絵日記を見るたび、自分はとんでもない間違いを犯しているように感じた。

あたしはまあまあがんばってきた。それは本当だ。

それでも最低限のことしかしてやれなかった、というのも本当だ。

あたしが逃げ出さなかったら、あたしと信士と友樹、三人で平穏に暮らせたんだろうか。ふんわりとした明るい未来と、家庭内暴力の嵐が吹き荒れる地獄の両方を想像する。

そういえば、家庭内暴力という言葉にあたしはいつも違和感を覚える。暴力はいつどこでふるわれてもただの暴力で、意味も理由もない。そのことを、あたしは身を以《もっ》て知っている。

母親にひっぱたかれ、父親に髪をつかまれて引きずり回され、最後は真冬の戸外に放り出された。同じ失敗をしても、殴られない日と殴られる日があることが不思議だったけれど、どちらに転ぶかは親の機嫌で決まり、そこに大層な理由はないのだと気づいたときは愕然とした。

あたしは血を分けた友樹をなによりも愛しむ一方で、血のつながりから成り立つ家庭というものを信用しきれないでいる。あたしが本当に恐れていたのは、友樹に暴力をふるわれることではなく、自分の中にこびりついて拭えない恐ろしい家庭のイメージだったのかもしれない。

だからまだなにも起きていないうちから、親の機嫌を窺って怯えていた子供のように逃げ出したんだろうか。暴力という粗悪な石でつながったネックレスを断ち切ったと思っていたけれど、実は自分自身の臆病さゆえ友樹から父親を奪い、信士からは息子を奪ってしまったんだろうか。

自分のことなのに、どうしてこんなにわからないことが多いのだろう。

「お父さんは、ずっとお母さんのこと好きだったの？」

「んなわけあるか。十八年も前に逃げられたんだぞ」

「じゃあ、どうして会いにきたの？」

そのとき遠くでガラスが割れる音がした。音は連続し、少しずつ近づいてきている。

とっさに雪絵ちゃんを抱きしめた次の瞬間、鋭い音を立てて窓ガラスが割れた。雪絵ちゃんが悲鳴を上げる。信士たちが飛び出してきて、割れた窓から身を乗り出して外を見回す。人影などは見つからなかったようで信士は舌打ちをした。友樹が怪我はないかと問う。あたしも雪絵ちゃんも大丈夫だ。

「よかった。けどお母さんたち、なんでこんなとこにいるの」

新米パパと息子の会話を盗み聞きしていたとは言えない。

「誰かが狙って投げたな」

信士がガラスの欠片の中から石を拾い上げる。

「これじゃゆっくり寝てられねえな。俺が外で見張っとくから、おまえらは三人一緒に寝とけ」

「駄目だよ。藤森さんと同じ部屋でなんて」

「なにかあったとき固まってたほうが守りやすい」

有無を言わせない口調で信士は一階に下りていき、あたしは割れたガラスを掃除した。友樹は自分の布団を引きずり、あたしたちの部屋にやってくる。うつむいて耳を赤く染めている。

「あの、ぼく、端っこで寝るから」

「普通に並んで寝ようよ」

雪絵ちゃんが言い、友樹は怯えたように上体を反らした。

「あたしが真ん中だけどな」

ふたりの間に割り込むと、友樹はほっと息を吐いた。本当に真面目なやつだ。雪絵ちゃんもわかっているから並んで寝ようと言えるのだろう。女の子を安心させてやれるのはいい男だ。


異常な状況にもかかわらずあたしは熟睡し、目覚めるともう明るかった。

左右では友樹と雪絵ちゃんが安らかな寝息を立てている。

女を安心させられるのはいい男だし、子供を安心させてやれるのはいい父親だ。

静かに布団を抜け出し、一階に下りたが信士の姿はない。店の引き戸を開けると、信士はこちらに背を向けてあぐらで座り込み、腕組みの姿勢でうつらうつらしていた。

「……おう、朝か」

信士があくび交じりに振り返る。

「一晩中おつかれさん」

「ガキどもは」

「ぐっすり寝てる」

「そうか」

信士は朝陽に目を眇《すが》めた。

「もう朝だし、信士も布団でゆっくり寝ろ」

「その前に飯。腹減った」

「すぐ作るよ。なにが食べたい」

「食えりゃあなんでもいい」

店に戻り、洗面所で顔を洗った。お婆ちゃんが使っていたのだろうちふれの化粧水を拝借し、他人の歯ブラシはさすがに使えないので歯磨き粉を指につけて適当にこすった。米は昨日炊いたものがあり、油揚げで味噌汁を作っていると友樹たちも下りてきた。大量に買い置きしてある玉子でだし巻きを作る。座敷へのお運びは子供たちがした。

「いただきまーす」

みんなで手を合わせた。友樹と雪絵ちゃんが普通の朝ご飯だねと顔をほころばせる。信士はあっという間に一杯目をたいらげ、おかわりと茶碗を差し出してくる。

見知らぬ街の惨殺された老夫婦の家で、十八年も前に別れた男と、息子と息子の好きな女の子というメンバーで、あと三週間で人類が全滅するだろうという朝にのんびり食卓を囲んでいる。おかしな状況だと思いながら、妙にしっくりくるのはなぜだろう。

あとかたづけは子供たちに任せ、あたしと信士は今日の相談をした。信士は座敷に手枕で横になっている。満腹で眠いのだろう、瞼がとろとろと下がっている。

「信士、一眠りしてからでいいから買い出しにつきあってくれ」

「略奪か」

「そうとも言う。贅沢言ってられるときじゃないけど、歯ブラシと下着だけはほしいんだよ。あと電池やガスボンベも。ガスや電気もいつ止まるかわからないし」

「ぼくたちも行きたい」

友樹たちが座敷にやってきた。

「駄目。なにが起きるかわからないから、あんたたちは留守番」

「お父さんと一緒なら大丈夫だよ」

そのとき派手な音が響き、店の引き戸のガラスが割れた。床に瓶が転がっている。瓶の口にはねじった紙束が詰められていて、先端に火がついている。中には液体が入っている。これはまさかのあれか。全員が動けない中、信士が座敷から飛び降りて瓶をつかんだ。そのまま裸足で外へ駆け出していく。数秒のあと、凄まじい爆発音と共に建物全体がびりびりと揺れた。

「お父さん！」

友樹が弾かれたように立ち上がり、信士を追いかけて店を出ていった。あたしもあとを追おうとしたが、雪絵ちゃんが腰を抜かしていた。

「雪絵ちゃん、大丈夫？」

肩を軽く揺さぶると、大きな目を見開いたまま幾度かうなずく。声が出ないようで、大丈夫、大丈夫、とすんなりとした雪絵ちゃんの手をさすった。

「わ、わたしより、おじさんは」

「ぶち殺したらあっ」

信士の怒鳴り声が通りから聞こえた。

「元気だ」

「よかったです」

　ふたりでほっと胸を撫で下ろした。

　信士の靴を手に店を出ると、通りを少し行ったところで信士が男をぼこぼこにしていた。ガラスの欠片が散らばったアスファルトが黒く焦げ、あちこちに小さく炎が立ち上っている。男の服も無残に焼け、額から顎まで顔半分が真っ赤に焼けただれている。信士が火炎瓶を投げ返したのだろうが、命中したらあの程度ではすまなかっただろう。

「信士、もうやめろ。それ以上やったら死ぬぞ」

「かまやしねえ。例の宗教のやつらだぞ」

　信士が男の胸倉をつかみ上げる。よく見ると、男の着ているスタンドカラーのシャツはニュースでよく見た波光教の制服だった。病院での騒ぎを思い出して寒気がした。

「おまえもおかしな薬を撒こうとしてんのか」

「『浄化の光』を持ってるのは幹部だけだ。俺たちはただの信者だ」

「ただの信者が火炎瓶を人の家に投げるのか。寝ぼけたことほざいてんじゃねえぞ。おまえらの教祖さまとやらは頭のイカれたクソ野郎だ。そんなドアホに救えるもんがあってたまるか」

「教祖さまを侮辱するな！」

　信士は容赦なく男を張り飛ばした。焼けただれた頰の皮がべろりと剝がれ男が悲鳴を上げる。

「昨日、夜中に石を投げたのもおまえだな」

「俺だけじゃない。他の信者もいた。おまえらの家をやったのはそいつらだ」

なんの言い訳だと吐き捨て、信士はあたしを見た。

「聞いただろう。ここで見逃したら、こいつらはまたやるぞ」

「かもな」

「だったら、ここでぶち殺しておけばいい」

信士の眼が血走っている。ああ、いつものあれだ。頭に血が上るとすべての道理が吹っ飛ぶ。制御したい。でもできない衝動が信士自身の中にある。その矛盾に食い殺されまいと、もしくはさっさと食い殺してくれと懇願するように信士は暴れるのだ。

「信士、逃がしてやれ」

「俺が逃がしても、あと少しでこいつも死ぬ」

「そうだよ。だからわざわざあんたが殺さなくてもいいだろう」

信士はあたしまで威嚇するようににらみつけてくる。

「そいつのために言ってんじゃないよ」

伝わらなくてもいいと思いながら、それでもあたしは言いたかった。

暴力はただの暴力で、場面ごとにそれぞれ意味がありそうだが、実のところ、ない。あたしや信士が親から受けた暴力、あのピアス男が老夫婦にふるった暴力、波光教が浄化と呼ぶ暴力、目の前で信士がふるっている暴力。全部ただの暴力で正義も悪もない。それらと、とっくに殺された息子を案じる花屋のおばさんの顔が、あたしの中で回転扉のようにくるくる入れ替わる。

「なあ、もうこういうのやめよう」

それらをどう伝えればいいのかわからず、ただ懇願するしかできない。

「どうせ死ぬんなら、無駄に荷物を増やすのはやめよう」

自分が殴られたぶん、誰かを殴っても、あたしたちが味わった痛みは相殺されない。それを若いころに理解できていたら、もっとちがう生き方ができたかもしれない。けれどそれを理解するにはある程度の人生経験が必要で、理解できたころには過ぎ去った失敗を振り返る形であることがほとんどだ。だからせめてこれ以上悪くならないよう、いまさらだが堰《せ》き止《と》めてみようと努めるしかない。理不尽にも、それがあたしたちにとっての成長ということだ。

「なあ、頼むよ」

情けない思いで見つめると、信士は男を突き飛ばすように放した。

「今度きたら、ぶち殺すぞ」

男は歩道に這いつくばり、なんとか立ち上がって転がるように逃げていった。信士は手首の内側をぺろりと舐める。よく見ると火傷をしていて、じくりと胸がうずいた。

信士が動かなかったら、あたしたちは全員死んでいたかもしれない。なのにその犯人の命乞いをした。ごめんと謝ると、信士はあたしをちらりと見た。

「今のは、おまえが正しかっただろ」

あたしはわずかに目を見開いた。信士はぶすっと顔を背ける。

「まあ、よくわかんねえけどな。どうせ俺は頭が悪いから」

信士は焼けたアスファルトに唾を吐き、ポケットに手を突っ込んで店へと帰る。振り上げた拳を途中で下ろす信士を見るのは初めてだった。

火炎瓶騒ぎのあと、信士はひとりで略奪へ出かけた。

大人組は物資の補給、子供組は留守番と考えていたが、昼間から火炎瓶を投げ込まれるような状況で、子供たちだけを家に残すのは危険だと判断したのだ。ガラス戸の修繕は子供たちに任せ、あたしはほしいものをメモに書きつけて信士に渡した。それが昼のこと。

「遅くなるなら連絡入れろって言ったろう。電話も出ないし、なにしてたんだ」

信士が帰ってきたのは、夜の八時も過ぎたころだった。

「充電が切れたんだ。つうかまだ八時だろ」

「今は非常時なんだ。子供らも心配して夕飯食べないで待ってたんだよ」

信士は友樹と雪絵ちゃんを見た。ふたりはさっきからずっと腹を鳴らしている。

「そうか、さっさと飯にしろ」

誰のせいだとムカつきながら厨房に入り、ガスに火をつけた。

「獲物を狩って帰ってきたのに、ああいうのを鬼嫁って言うんだな」

座敷から信士のぼやきが聞こえる。

「お母さん、すごく心配してたんだよ」

「余計なこと言うんじゃないよ」

怒鳴りつけると、友樹が肩を縮めた。友樹と雪絵ちゃんは負けなしの信士しか知らないのでのんきに構えていたが、信士は頼られると無茶なことでもしてしまう男なので、そうと知った上で頼ってしまっているあたし自身にもいらだっていたのだ。

「こんだけありゃ、なんとかなるだろう」

信士は座敷で戦利品を披露している。電池、歯ブラシ、肌着、チョコレートまである。めぼしい大型スーパーは荒らされ尽くしたあとだろうに、一体どこまで行ってきたのか、無理をしたんじゃないだろうか、シャツに新しい血飛沫がないか目をこらしていると、すごーいと甘い菓子に夢中な友樹と雪絵ちゃんを尻目に、信士がさりげなく座敷を下りてきた。

帰ってきたとき無造作にカウンターに置いた新聞紙で雑に巻かれたものを小脇に抱え、勝手口から裏庭へと出ていく。小窓から覗くと、信士はキンモクセイの横にしゃがみ込み、新聞紙を広げ、萎れた薔薇を老夫婦が眠る土の上に置いていた。目を閉じて手を合わせている。

あの薔薇には見覚えがあった。

食事のあと信士は風呂に入り、さっさとひとりで寝てしまった。子供たちは座敷で信士が持ち帰ったおやつを楽しんでいる。あまーいと久しぶりのチョコレートにはしゃいでいたのに、スマートフォンを弄《いじ》りだした途端、ふたりは真剣な顔になった。

――こういう状況では情報収集が大事なんだよ。

友樹はなにかとそう言う。大きな災害があったときもSNSが大活躍したそうだ。けれど最近はインターネット自体がつながりにくいらしい。アクセスが集中してサーバーが落ちたとか、こっちは復旧したけどいつまでつながるかな、と雪絵ちゃんと思案顔で話している。インターネットとやらに関してだけは、信士もあたしもまったくわからない。

「こっちも駄目みたいね。夕方まではつながってたのに」

「エンジニアがどこまでがんばってくれるかだよね。こんなときだし、みんな自分のことで精一杯なのに復旧作業してくれるだけでもありがたいよ」

「江那くん、ＮＨＫのニュースはじまるよ」

雪絵ちゃんがテレビをつけた。首相の会見から八日目の夜、テレビはＮＨＫがかろうじて昼と夜にニュースを放送するのみとなっている。キャスターではない素人の局員が、政府や対策室からの発表をたどたどしく読み上げるだけで、内容は昨日と変わりない。

テロとみられる事件や暴動が全国で起きています。移動は充分に注意しましょう。集団自殺などが起きていますが、心を強く、希望を持って助け合いましょう。ニュースというよりは励ましに近い内容だ。終末を前にして、人類すべてが無力な子供に返っている。

「あんたたち、そんなもんばっか見てるとおかしくなるよ」

米をかしながら座敷へ声をかけると、友樹がこちらを向いた。

「暗いニュースばっかりじゃないよ。ユーチューバーがおもしろい動画を公開したり、アーティストがインスタライブしたり、普通の人でもオープンチャットで励まし合ってるし、ツイッターは特にお役立ちツールだよ。エリアごとの情報が最新でわかる。ガセも多いけど」

「頼むから日本語でしゃべってくれ」

「お母さん、ほんとなんにも知らないんだね。情報を把握しておくのは大事なんだよ」

「把握したって対策しようがないんだから一緒だろうが」

「そういうお母さんはなにしてるの」

「見ればわかるだろう。明日の朝飯の準備だ」

友樹がやれやれと首を振る。ここ数日で本当に生意気になってきた。努力で避けきれない天災を前に、あたしたちにできることはとにかく生き延びる、それしかないのだ。生きるとは食べることだし、あたしは誰を犠牲にしても絶対に子供たちを飢えさせないと覚悟している。

子供たちがインターネットを見ている間に、布団を敷きに二階に上がった。寝ている信士を起こさないよう、そっと布団を敷いていると信士が寝返りを打った。

「……おまえらも寝るか」

うんと答えると、信士は身体を起こした。つんつるてんのパジャマを脱いで、シャツとパンツに着替えはじめる。出かけるのかと問うと、夜の見張りをすると言われた。

「略奪のついでに近所をチェックしてきたら、歩いてすぐのとこに波光教の支部があった」

あたしは昼間の騒動を思い出した。

「甘く見んなよ。これから、どんどんえげつないことになるぞ」

国道は放置されっぱなしの事故車が目立ちはじめてきた。それをよけながらなので渋滞がますますひどくなっている。轢死体《れきしたい》もあった。駅周辺はガラの悪い連中がたむろしていて、大荷物を担いだ避難家族たちが集団暴行に遭い、食料を巻き上げられている。へんてつもない住宅街であるこのあたりも、どんどん無法地帯になっていくだろうと信士は言う。

その夜、友樹は廊下をはさんだ和室、あたしと雪絵ちゃんは子供部屋で眠った。雪絵ちゃんの寝息が規則正しくなるのを待ち、あたしは布団を抜け出した。

厨房の冷蔵庫からビールを取り出し、グラスをふたつ盆にのせる。引き戸を開けると、地べたにあぐらで陣取る信士の背中があった。城を守る武将のようで笑ってしまった。

「なんかあったか」

信士が振り返る。ないと答え、三角座りで隣に腰を下ろした。ビールとグラスを見て信士は口角を上げる。あたしたちは特に乾杯することもなくビールを飲んだ。明るい夜だ。よく晴れて澄んだ夜空に楕円《だえん》の白い月がぽっかり浮かんでいる。

「あの薔薇、どこで見つけてきた」

唐突な問いに信士は戸惑うことなく、あれなあと顔をしかめた。

「近所の花屋だ。店覗いたらケースの中にマシな花があったからな。勝手にもらっていこうとしたら奥からババアが出てきて、うちの息子知らねえかって訊かれた」

あたしは溜息をついた。

「あいつだろ。川に投げたやつ」

「多分ね」

「昨日も花もらいにきた家族連れがいたって」

今度はあたしが顔をしかめた。なんと答えよう。

「だから昼間、もう殺すなって言ったのか」

あたしはうなだれた。本当にわからないのだ。

信士はしつこく訊いてくることはせず、あたしたちは黙ってビールを飲んだ。

「今日、本当はもっと食い物があった。けど花屋に置いてきた。そしたらババアがやたら喜んで、ガラスケースの花全部くれたんだよ。いらねえのに。でも、まあ、息子が殺したジジババの墓に母親が花を供えることになったんだから、息子の罪は少しは軽くなるかもな」

「あんたも善行したことになるのかね」

「ならねえよ。息子を殺した犯人に礼を言ったって知ったら、ババアも切腹するんじゃねえか」

そんなことないよ、とあたしは言えなかった。

「それに善行なんて、いくらしたって俺には焼け石に水ってやつだ」

「信士、それは――」

「なにしろ、ふたり殺ってるからな」

信士はあぐらの足下に視線を落とした。

「あの日は、そいつの娘の誕生日だったんだ」

あの日ってどの日だと、あたしは問わなかった。

「待ち伏せして、公園のトイレでそいつをぶっ殺して出ていったら、そいつの愛人と娘が待ってた。小学生の娘が『パパは？』って不思議そうに俺を見た。花屋のババアにちょっと似てて、いや、全然似てねえんだけど、でも、なんか妙に重なってな」

おかしいなと信士は眉根を寄せる。本当にわからないんだろう。けれど信士の本能は嗅ぎ分けている。似ていないふたりの、似ているなにか。それは信士自身の罪の意識というやつだ。自覚しないまま、きっとそれは、これからも顔を変えて信士を殴り続けるだろう。

それもあと一ヶ月もないけれど――。

「俺は馬鹿だからわからない。いろんなことが」

「あたしも馬鹿だよ」

「俺よりマシだろ」

「と思ってたけど、そうでもなかった」

グラスに残るビールをあたしは飲み干した。

「あたしは父親から息子を取り上げて、息子から父親を取り上げた」

「しかたねえな。俺みたいな暴力マンが親父じゃ」

「そうじゃないよ。あたしが逃げたのはあんたのせいじゃなくて、あたし自身が弱かったからだって最近思うようになった。あたし、今でも親に殴られてたときのことを思い出す」

普段は忘れているのに、たまに腹の底のほうから、あぶくのように浮き上がる記憶。今の自分のいたらなさや馬鹿さ加減の数々もつけ足され、生きている間これは終わらない気がする。

「当たりめえだろ」

信士はあぐらのまま後ろ手をついて夜空を見上げた。

「幸せに育った連中がよ、子供のころの楽しかった思い出語るのと同じなんだよ。そいつらだって忘れられないんだ。幸せも不幸せもただの記憶で。思い出すときに嬉しくなるかムカつくか、それだけのちがいだ。俺も、おまえも、他の連中も、ずっと忘れないんだろ」

不公平だが、いまさら言っても過去は変えられない。あたしたちにできるのは、あたしたちが川に放り込んだ男のこと、その母親のこと、あたしたちを殴りまくった親のこと、それら全部担いで持っていく、ただそれだけだ。必死で泳いで、泳いで、辿り着く最期の岸辺まで。

「友樹と雪絵ちゃんには、こんな思いはさせたくないなあ」

「しねえだろう。あいつらは」

「どうだかね。友樹には昔から寂しい思いをさせたし、雪絵ちゃんだって実の親と育ての親とのあれこれがある。チビのころから、ふたりともかわいそうなほど荷物持ちだ」

「荷物持ちか」

信士が苦笑いを浮かべる。

「じゃあ、俺らが代わりに持ってやるか」

「そんなことできるのかね」

「さあな。けど一応親だからな」

驚いた。そんな言葉を信士の口から聞けるとは思わなかったのだ。白く光る月を並んで見上げながら、あたしたちは、知らないうちにずいぶん遠くまできたのだと嬉しく感じた。

異常な日々も、続くと習慣やリズムができてくる。

真夜中、あたしは眠っている子供たちに気づかれないよう布団を抜け出し、昼間の子供たちの様子や昔の思い出話など、どうでもいいことを信士と話す。三度の食事はみんなでとり、あたしは合間に家事をし、信士は物資の調達、子供たちは情報収集をする。

今日も昼食のあと、座敷にぺたんと座り、ふたりはインターネットを見ている。世界中で毎日暴動が起きていて、波光教のテロもその中の単なるひとつとなった。

「この人たちの言う『浄化の光』ってなんにも救ってないよね」

「でも神さまの救いって具体的になんなんだろう。壊すことなのかな」

「形あるものは必ず壊れるって言葉なかった？」

「諸行無常。仏教だね」

「じゃあやっぱり波光教は正しいの？」

「正しくはないと思う。でも諸行無常の変異バージョンって解釈ならできるかも」

地上波はもうどこもやっていない。インターネットもつながったり切れたりと不安定で、使えるスマートフォンやパソコンは今や殺してでも奪う価値のあるものになった。うちには電池や太陽光充電のできるバッテリーがあるが、節約を心がけてインターネットをするよう子供たちには言ってある。そういえば昨日、東京で高校生による革命が起きたそうだ。友樹と雪絵ちゃんはすごいねと興奮している。真夜中のビールタイムに信士にそれを話した。

「革命って、倒す政府ももうないのになにがしたいんだ」

「俺らも若いころは意味のないことしかやらなかったじゃねえか」

「というか、やっちゃいけないことばっかしてたね」

信士とふたりで笑い合った。子供はこんなときでもなにかを変えようとしているのだ。なんだか気分がよく、一本と決めている貴重なビールを二本も飲んでしまった。


翌日の昼下がり、友樹は老夫婦の墓周りの雑草むしりに精を出し、あたしと雪絵ちゃんは夕飯用の蕎麦を打ち、信士が手に入れてきた古い林檎を蜂蜜《はちみつ》と砂糖で煮ていた。

「お母さん、藤森さん、見て見て。蟬《せみ》だよ」

裏庭から友樹が飛び込んできて、雪絵ちゃんが悲鳴を上げて座敷へ逃げていった。

「台所に虫なんか持ってくるんじゃないよ」

「ごめん。珍しかったから。ほらほら見て、蟬、もう秋なのに」

「見せなくていい。虫なんか全部ゴキブリの親戚じゃないか」

あーあーあーと座敷で雪絵ちゃんが耳を塞いで大きな声を上げる。ゴキブリという名称を聞くのも嫌なようだ。友樹は不満そうに口をとがらせ、ポケットの中に蟬をしまった。そんなところにしまうなとあたしは言いたかった。放すのを忘れて洗濯するときに出てきたらどうする。

「お母さん、なに作ってるの。裏まで甘酸っぱい匂いがしてる」

「林檎の甘煮」

「ひとくち」

蟬をポケットにしまったままなのが引っかかったが、スプーンですくって口に入れてやった。

「おいしい。お菓子の味がする」

「三時のおやつに出してやる。備蓄用のクラッカーに乗せたらうまいんじゃないか」

そう言うと、友樹は顔をほころばせた。

「なんか最近のお母さん、『お母さん』みたいだね」

「うん？」

「三時のおやつだって」

おかしそうに笑って友樹は裏庭へ出ていった。十七歳の友樹の背中を見送りながら、赤ちゃんだったころ、幼児だったころ、小学生だったころ、中学生だったころの友樹を思い出した。

——『お母さん』みたいだね。

そうだね、いまさらだねと泣き笑いを浮かべた。あたしはいつも仕事で忙しく、ほとんど友樹のそばにいてやれなかった。友樹はいつも誰もいないアパートの部屋に帰ってきて、あたしの帰りを待っていた。三時のおやつなんて、一度も作ってやったことがなかった。

——遅くなったけど、間に合ってよかったよ。

くつくつと煮える果実を軽くかき混ぜ、甘みを引き立てる塩をひとつまみ入れた。

夕方になって信士が帰ってきた。かちかちに凍った牛肉の塊《かたまり》を担いでいる。顔なじみになった略奪仲間から、街の外れにある食肉管理倉庫の情報をもらったそうだ。

「すごーい、バーベキューしたーい」

友樹と雪絵ちゃんのテンションが一気に上がる。四十代の大人組とちがって、こちらは食べ盛りの十代。蕎麦やおにぎりばかりではもの足りなかったのだろう。こんなときに食べ物に困らずにすんでいるだけでもありがたいのだが、やはり肉の塊は興奮する。

「お父さん、見て見て。ぼくの戦利品はこれ」

友樹がなにやら小皿を信士に差し出した。小皿にはガラスのコップがかぶせてあり、中に蟬が入っている。きゃーとまたもや雪絵ちゃんが悲鳴を上げて逃げていく。

「こんな時季はずれになあ」

信士がガラスのコップに囚《とら》われた蟬を興味深そうに覗き込む。あたしにはなにがおもしろいのかわからない。気持ち悪いから虫なんてさっさと放せと言うと、

「これだから女は」

やれやれと信士が首を振り、「虫の恰好よさがわからないなんてね」と友樹が追従する。震えている焦げ茶の蟬を見ないようにしているあたしの横で虫話に散々花を咲かせたあと、じゃあ逃がしてやるかと信士が言い、えっと友樹が不満の声を上げた。

「しゃあねえだろ。こいつらも最期の一ヶ月なんだ」

信士が蟬の小皿を手に立ち上がり、それもそうかと友樹もあとをついていく。

「ふたりとも意味わかんない。うちのお父さんと全然ちがう」

座敷に隠れていた雪絵ちゃんが、おそるおそるつぶやいた。

あたしは昼間に炊いた林檎の甘煮とお茶を持って座敷へ行った。

「お父さんってお医者さんだっけ」

「そう。お祖父ちゃんもひいお祖父ちゃんもお医者さん」

「そりゃあ全然ちがうわ」

そうなのかなあと、雪絵ちゃんは不満そうに甘い林檎をつまんだ。

「あれから親と連絡取ってる？」

「うん、ＬＩＮＥで」

お父さんとお母さん、そして真実の子という名の妹。それぞれとやり取りをしているそうだ。どうして帰ってこないのと母親から問われ、いつ帰ってくるんだと父親から叱られ、早く帰ってきてと妹から泣き顔のスタンプを送られるのだと、雪絵ちゃんは伏し目がちで教えてくれる。

「文字だけ見てると、本当に嬉しくなるの。お父さんもお母さんも真実子も、ほんとにわたしのこと愛してくれてるって思えるから。ほんとの家族みたいで、すごく嬉しくなるの」

だから声は聞きたくないし、顔も見たくないと雪絵ちゃんは言う。実際に声を聞いたら、顔を見たら、余計な情報が入ってくるからと。あたしは黙って聞いている。

愛情にも適正な距離というものがある。近づくほどに深まるものもあれば、離れているほうがうまくいくものもあり、憎んでしまうくらいなら手放したほうがいいこともある。

「江那くんやおじさんやおばさんがいてくれて、本当によかった」

雪絵ちゃんは頬杖をついて微笑んだ。

「みんながいなかったら、わたし、本当にひとりだった」

微笑んでいる表情のまま、長い睫の瞳からぽたんとテーブルに水滴を落とす。

あたしは雪絵ちゃんの黒髪をそうっと撫でた。愛しい息子の愛しい女の子。友樹とはちがうなめらかな髪質を手のひらで感じ取る。雪絵ちゃんがしゃくり上げるたび、ぽたぽたと水滴が連続で落ちる。勝手口が開いて、ふたりが座敷へやってきた。

「え、藤森さん、どうして泣いてるの」

「嫁いびりか」

テーブルの布巾を信士に向かって投げつけた。

「藤森さん、大丈夫？　本当にお母さんにいじめられたの？　お母さんはきついけど悪い人じゃないと思うんだけど、でもぼくは藤森さんの味方だからね」

友樹が必死で声をかけ、そんなんじゃないよと雪絵ちゃんは目元を拭って笑った。


小惑星衝突まで、あと十日。

混乱と破壊へ、世界は一直線に落ちていっている。

最近、外が臭うようになった。収集がないので道に生ゴミがあふれているのだ。食べ物のカスや汁はともかく、死体が腐っていく臭いが耐えがたい。友樹と雪絵ちゃんは外出するときはスカーフをマスク代わりに巻くようになった。信士は平気で素顔で出歩いている。

殺人も自殺も日常の出来事になった。うちのエリアはまだライフラインが通っている。一度切れたが復旧した。こんなときでもまだ働いている職員がいるのかと驚いたが、ライフラインに関しては自動切り替えで復旧するシステムができているそうだ。

「最後に頼りになるのは機械ってことか」

「それでも電柱や水道管とかの末端が壊されたらアウトだよ。それにインターネットのサーバーダウンはエンジニアでないと復旧できないし、それはぼくらも本当に感謝してる」

友樹と雪絵ちゃんはスマートフォンを神さまみたいに拝む真似をした。

友樹たちの世代にとって、インターネットは現実に匹敵するもうひとつの世界らしい。インターネットでは現実のポジションは関係ない。会ったこともない有名人相手にもＳＮＳで上から物申すことができるし、勝手に絡んで議論という形で自己顕示欲も満たせる。

「そういうのはクソリプって言うんだ」

「でも現実世界がこんなんだから、仮想世界からでも情報を発信できてよかった」

インスタグラムというＳＮＳで、雪絵ちゃんが好きなＬｏｃｏもツアーファイナルに向けて準備の様子を配信している。Ｌｏｃｏだけではなく、世界中のアーティストや、ローマ教皇《きょうこう》まで配信していると聞き、教皇はなにを歌ってんだと問うと笑われた。

ポジティブな活動もあれば、ネガティブな活動もある。比率的には後者のほうが多く、自分が死ぬ瞬間を配信する馬鹿が後を絶たないそうだ。飛び降りなどはまだマシで、車で他人をはね飛ばし、電柱を巻き込み、あたり一帯の電気供給をも道連れにする迷惑なやつもいるらしい。

今日はみんなで近所に散歩に出かけた。老夫婦の墓に供えるために川沿いの土手へとセイタカアワダチソウを摘みにいくと、少し前まで人だったものが背の高い草の間に転がっていた。若い男女が互いの手首を縛り合っている。灰色に変色した肌に蝿《はえ》がたかっている。

信士はセイタカアワダチソウをざかざかとかき分けていく。友樹と雪絵ちゃんは怯えたように眉をひそめ、それでも騒ぐわけでもなく、黙って信士のあとをついていく。みんな否応なく状況に慣れていっている。もしくは鈍くなっていっている。

「藤森さん、ここ虫多いから近づかないほうがいいよ。そこで新聞紙広げといて」

「うん、あ、江那くん、それよりもっと右のやつのほうが綺麗に咲いてるよ」

友樹が指示し、雪絵ちゃんが動く。雪絵ちゃんが指示し、友樹が動く。息の合ったふたりを微笑ましく眺めていると、ふいに尻を叩かれた。信士がこっちにこいと顎をしゃくる。あたしは信士についていきながらも、あまりふたりから離れないようにと言った。

「逆だ。離れろ。ちったあ気を遣ってやれ」

信士が嫌そうにあたしを振り返った。

「昼間はおまえがべったり家にいるし、夜は夜で別々の部屋で寝させられてよ」

「それがどうした。一緒に寝かすわけにはいかないだろう」

信士は舌打ちをし、あのなあと話し出した。先日、物資調達から帰ってきたとき、近所の公園で友樹と雪絵ちゃんを見かけたそうだ。足下がバネになっているパンダの遊具に並んで乗り、片耳ずつイヤホンをしてスマートフォンで音楽を聴きながら楽しそうに揺れていた。

「アホ丸出しだったが、なんていうか、ずっと見てたくなる感じだった。ずっとあんなふうに、ちっさいガキみたいに、ゆらゆらさせててやりてえなあって思ってな」

それは愛しいという気持ちだよ、とあたしは思った。

「ぼけっと見てたら、そのうちあいつら逆の出口から出ていこうとして、歩きながら友樹がなんか妙な動きをすんだよ。手え出したり引っ込めたり。俺はぴんときて、行け、そこだっていらいらしてたんだが、まあ最後やっと雪絵の手をにぎってな」

あたしは目を見開いた。手をにぎった？　それで？

「雪絵もにぎられっぱなしで、ふたりで並んで歩いてった」

まじかーとあたしは若い子のように両頬を手ではさんだ。信士も珍しくにやけている。

「娘ができたみたいで嬉しかったけど、こりゃ嫁コースだね」

「娘がほしかったのか？」

友樹ひとりを育てるのに精一杯だったけれど、息子に加えて娘がいる生活はどんなだったろうと想像する。あたしと信士と息子と娘の四人家族。すべてはもう夢だ。


夕飯を作っていると、友樹が厨房にやってきた。

「あのさ、お母さん」

なぜかもじもじしている。

「あの、その、今日から、寝室チェンジしない？」

これはまた、ずいぶんストレートにきたものだ。

「雪絵ちゃんはＯＫしてるのか」

念のために確認した。友樹が先走っているという可能性もある。

「うん。そもそも藤森さんからの提案だから」

意外と大胆だなと面喰らったが、いまさら反対する理由もない。

「わかった。じゃあ今夜から寝室を変えよう。信士にはあたしから言っておく」

「あの、なんだったら、ぼくたち下の座敷で寝てもいいからね」

「馬鹿言うな。いくらなんでも初めてで座敷はないだろ。雪絵ちゃんの気持ちを考えろ」

「藤森さんの気持ち？」

「おまえと雪絵ちゃんがくっついたって話だろ？」

友樹が限界まで目を見開いた。

「ちがうよ。お母さんとお父さんのことだよ」

「なんだそりゃ」

「だって毎晩部屋抜け出して、お父さんと仲良く話してるじゃないか。さっきだって土手のとこでいい雰囲気だったし、ぼくと藤森さんは気を利かせてふたりきりにしてあげてたんだよ」

互いに焦っていると、二階から信士が下りてきた。

「友樹、そろそろ稽古するか」

「あ、はーい。お母さん、そういうわけだから変な誤解しないでね」

「それはこっちの言いたいことだ。っていうか稽古ってなんだ」

「お父さんから喧嘩の仕方を習うんだ」

「なんのために」

「強くなるんだ」

あと十日しかないのに——いまさらすぎる言葉を飲み込んだ。

「藤森さん、最近すごく不安定なんだ。さっきまで普通に話してたのに、急に泣き出したりする。だからぼくは絶対に怖がらないでおこうって決めてるんだよ。あと十日、藤森さんを守れるように、ぼくは強くならなくちゃいけない。まあ、守りきれはしないんだけど」

「おまえは怖くないのか」

「怖いに決まってるだろう。でもこうなる前の世界より、ぼくはずっと自分が好きなんだ。前の世界は平和だったけど、いつもうっすら死にたいって思ってた」

なにげなく放たれた言葉の重さに胸を衝かれた。

「今は死にたくないって思ってるよ。でもあと十日しかない。悲しいし、怖いし、最悪だけど、それでも、ぼくはちょっといい感じに変われた気がする。あのままの世界だったら、長生きできたかもしれないけど、こんな気持ちは知らないまま死んでたかもって思う」

友樹は恥ずかしそうに人差し指で鼻の頭に触れた。

「それって、どっちがいいことなんだろうね」

あたしは答えられず、友樹も答えは求めていないようだった。

「もうすぐ死ぬんだし、お母さんも遠慮なくお父さんといちゃつけばいいと思うよ」

闊達《かったつ》な足取りで店を出ていく友樹を見送っていると、

「おばさん」

勝手口のドアが開いて、雪絵ちゃんが顔を出した。裏庭の掃《は》き掃除をしていて、新しく供えたセイタカアワダチソウの代わりに、枯れた薔薇が入ったゴミ袋を手に持っている。

「おじさんとのこと、わたしも応援してるから」

そう言って笑うので、あたしは両手を胸の高さに上げて降参を示した。

あと十日だろうが、一秒だろうが、その瞬間まで未来を見つめることのできるふたりを眩しく感じる。誇らしく思える。友樹と雪絵ちゃんは、わたしと信士の太陽だ。


人類滅亡を四日後に控え、Ｌｏｃｏのライブへ行くためにあたしたちは出発準備をした。

車で行く予定だったが、少し前に放火され、ガソリンに引火して爆発した。もうまともに走れる道がないので、車があっても役には立たなかっただろう。大通りは事故車で埋まり、かたづけられないままの死体があふれ、腐乱したそれが今では住宅街にまで転がっている。

あの花屋も、少し前に焼け落ちて柱しか残っていない。放火されたのか、自ら火をつけたのかは不明だ。焼け跡に人の形をした炭があった。子供たちに留守を頼み、あたしと信士はおばさんかもしれない黒い炭をシートで包み、息子を放り込んだ川に流した。あたしたちに冥福を祈る資格はないので、視界から消えるまで、ただ見送った。

昨夜、信士は実家に電話をした。つながらなかったそうだ。うちも同じだ。スマートフォンの充電が切れているのか、または死んだか、酒でも飲んで寝ているだけかもしれない。

あたしはいつもどおり朝食を作り、みんなでいただきますと手を合わせた。温かい食事はこれで最後だ。そのあと、みんなで家の掃除をした。階段から柱の一本までから拭きし、最後に近所で摘んできたありったけの雑草を老夫婦の墓に供えた。

「ジジイ、ババア、長いこと世話になったな」

「お爺ちゃん、お婆ちゃん、おかげで子供にご飯を食べさせてやることができたよ」

「蕎麦もお米もおいしかったです。ごちそうさまでした」

「居心地のいいおうちでした。ありがとうございました」

信士、あたし、友樹、雪絵ちゃん、順番に手を合わせて礼を言った。

そうして座敷に置いてある四つのリュックサックを大きい順から信士、友樹、あたし、雪絵ちゃんで担いでいく。中には四日分の食料と日用品が詰まっている。ライブ会場は隣の市なのでたいした距離ではないが、トラブルを想定して移動期間は長めに取ることにした。

「じゃあ、いってきます」

出ていくとき、友樹が言った。さよならよりもいい言葉だ。

荒れ果てた街を歩いていく。建物ごと打ち壊されて室内が剝き出しになっている家。火をつけられ、連なる数軒すべて焼け落ちている区画もある。燃え残った木材はさらに煮炊きに使われる。あちこちゴミだらけで、泥で汚れて干からびたビニール袋が風に舞っている。

――たかが一ヶ月で、こんなふうになるんだな。

水道が止まってトイレが流せず、汚物の臭いが街を覆っている。風呂も使えず体臭と死臭が混ざり合う。みなシャツをマスク代わりに巻いているが、信士は平気で素のまま歩いている。焼け落ちた家の前に、小さな女の子がひとり座り込んでいた。服も顔も煤《すす》で汚れ、近くに親しい大人の姿はない。あたしたちを見上げて両手を出してくる。

「ご飯」

女の子の目は虚ろだ。

「お母さん、なにかあげてもいい？」

友樹が立ち止まる。あたしは唇を嚙みしめた。

「腹空かしたガキはそこらじゅうにいるぞ」

信士が言った。そのすべてに食料を分け与えることはできない。

「ぼくのぶんだから」

友樹はリュックから弁当を取り出した。女の子は奪い取る勢いでフードパックを開ける。梅干しと鰹節のおにぎりがみっつ。黒ずんだ手でおにぎりをつかみ、無言でかぶりつく。幼い子供のかわいらしさはない。獣のようだった。

あたしたちは進んでいく。信士の言ったとおり、あちこちに飢えた人がいる。途中から友樹と雪絵ちゃんはうつむき、自分の足下だけを見つめて歩くようになった。どれだけ乞われても自分たちが持っているぶんだけではまかないきれないことを理解したのだ。

信士は眉間に皺を寄せ、常にあたりを見回している。物乞いの子供たちも含めて威嚇し、危険からあたしたちを守っている。物資調達のために頻繁に街へ出ていた信士は、ずっとこんな光景を見続けてきたのだろう。なのに子供たちの前ではいつもふざけた話しかしなかった。

あたしは絶対に子供たちを飢えさせないと誓っていた。世界がこうなる前から、そう決めて生きてきた。けれど我が子を守りたいと願うほど、それ以外を切り捨てる選択を強いられる。

崩壊した街を歩きながら、平和な世の中であれほど尊ばれていた愛情とはなんだったんだろうと考えた。そんな不完全なもので世界は救えない。それは神さまの役目だ。そのために崇《あが》め奉られてきたんだろう。なのにその神さまは、街も人もぜんぶ見捨ててしまった。

いや、それは責任転嫁《せきにんてんか》か。勝手に期待して、崇めて、役に立たないとわかれば手のひらを返して罵るなんて。身勝手なあたしはリュックの持ち手をきつくつかんで覚悟を決める。

最期の瞬間まで、あたしは神さまにすら見捨てられたあたしの子供たちを守るのだ。

昼下がり、ひとけのない場所を選んで弁当を広げた。友樹の弁当は子供に分けたので、三人ぶんを四人で分け合う。信士がおにぎり片手にスマートフォンの地図を雪絵ちゃんに見せた。

「会場は本当にここでいいのか。大阪の中でも治安が悪いとこだぞ」

「間違いないです。ファンの間では有名だから」

Ｌｏｃｏは本名もプロフィールも公開しておらず、ミステリアスなイメージが人気に拍車をかけている。けれどインターネットで調べれば情報は出てくる。以前、Ｌｏｃｏが桜庭美咲《さくらばみさき》という名前でアイドルをしていたと聞いて驚いた。パンツを見せて踊っていたそうだ。

「Ｌｏｃｏっていつも無表情で顔色悪いし、あれじゃあアイドルは無理だよ」

友樹が言い、歌うときはパワフルだよと雪絵ちゃんが言い返す。

「アイドル時代の動画見たけど、よく笑ってた。衣装もふりふりしたかわいい感じだったし」

「へえ、そうなんだ。どっちが素なんだろうね」

あと四日で世界が終わるというのに、ふたりはのんきに好きな歌手について話している。けれどあたしたちも似たようなものだった。一九九九年、恐怖の大王が空から降ってくる七月。

——明日世界が終わるなら、あたしは惚れた男と一緒にいる。

——酒飲んで、うまいもん食って、おまえとやる。

あのとき、あたしたちも若かった。信士は喧嘩しか取り柄のないチンピラで、あたしは安いホステス。あれから長い時間が過ぎて、今度こそ本当に世界の終わりがやってくる。あたしは横目で信士を見る。当たり前だが老けている。あたしは訊いてみたくなった。

「信士、最期のときはなにをしたい？」

「酒飲んで、うまいもん食って、おまえと友樹と雪絵の隣にいる」

どうでもよさそうに答える信士は、変わっていなかった。叶うよとあたしは笑った。リュックサックの中には最期のときのために、とっておきのビールとつまみが入っている。

「おまえは？」

問い返され、似たようなもんと答えた。惚れた男と子供たちと一緒にいたい。

散々しんどい思いをして、結局は一周して元の場所に戻ってきたように感じている。なんだか馬鹿みたいだ。けれど一周のうち、なにかひとつでもちがっていたら、『今』はないのだろう。皮肉なような、愛しいような気分に浸っていると、通りの向こうから男が歩いてきた。

シャツで顔全体を包んでいる。こちらに近づくほどに早足になり、ついに駆け出してきた。あたしは反射的に友樹たちを庇い、信士が突っ込んでくる男を蹴り倒した。巻いていたシャツがめくれ、頬から首筋が焼けただれ茶色に腐った肌がかろうじて貼りついている顔が露出した。

「見逃してやったのに、お礼参りか」

火炎瓶を店に投げ込んできた波光教の信者だった。

「教祖さまを侮辱したおまえらを、神は絶対に許さないぞ」

男は地面に這いつくばり、毛細血管が破裂した赤い目で信士をにらみつける。

「許してもらわなくても、どうせあと四日で全部しまいだろうが」

「黙れ。おまえらみたいな馬鹿な連中が幸せな家族として死んでいけるのは誰のおかげだと思っている。教祖さまが罪深いおまえら人間の業《ごう》をすべて一身に贖《あがな》って――」

「幸せな家族？」

思わず問い返してしまった。

「おまえ、あたしたちが幸せな家族に見えるのか」

あたしはしゃがみ込み、這いつくばる男の前髪をつかんで顔を上げさせた。

「い、いまさら赦《ゆる》しを乞おうとしても遅いぞ」

「乞わないよ。それよりおまえ、あたしらが幸せな家族に見えるんだな？」

念を押すと、男はわけがわからないようにまばたきをした。

あたしは顔の腐った男を凝視する。腹の底からなにかが湧き上がってくる。

生活するだけで精一杯で、後悔ばかりの中で育ててしまった息子。その息子が恋している女の子。十八年も前に別れた暴力男。とりとめのない組み合わせのあたしたちが、この男には幸せな家族に見えるのだ。しかも男は神の僕《しもべ》だという。あたしは愉快にすらなってくる。

子供のころ、あたしには夢があった。大人になったらゴミためのような家を出て、惚れた男と結婚して、休日には家族で動物園や水族館に出かける。夏休みの絵日記の一ページになりそうなありふれた夢。自分には縁がなさそうだと、一度も使わず玩具箱《おもちゃばこ》にしまった夢。今の今まですっかり忘れていたものを鮮やかに思い出し、あたしは青く晴れ渡った空を見上げた。

もうすぐ遥か上から巨大な石が降ってきて、あたしたちはみんな死ぬ。

けれど最期のとき、あたしの隣には惚れた男と子供たちがいる。

——それって、どっちがいいことなんだろうね。

友樹の問いに、あたしは今も答えられない。あたしだって死ぬのが怖い。こんな結末は最悪だと思っている。血のつながりを今もどこか胡散《うさん》臭く感じている。

なのに、それでも、今あたしはとてつもない幸せを感じている。

正しく平和な世界で一番欲し、一番憎んでいたものが、すべてが狂った世界の中でようやく混ざり合ってひとつになった。神さまが創った世界では叶わなかった夢が、神さまが壊そうとしている世界で叶ってしまった。ねえ神さま、あんたは本当に矛盾の塊だな。

こんな土壇場になってギリギリセーフだなんて、それは慈悲なのか、罰なのか、あたしにはわからない。けれど笑ってしまうほどに嬉しい。実際にあたしは笑っている。声を上げて大笑いしながら歓びに全身を包まれている。あたしは男に向かい合い、言った。

「ありがとうって、神さまに伝えとけ」

顔の腐った天使は、怯えたようにあたしを見つめている。

# いまわのきわ

山田路子《やまだみちこ》、二十九歳、恋人を殺した。

この人は本当にわたしの恋人だったんだろうか。今となってはよくわからない。わたしはすべてを手に入れた歌姫だ。なのにこの寒々しさはなんなのだろう。

＊＊＊

あたしは大阪のあまりガラのよろしくない地区に生まれた。家は裕福ではなく、七歳の誕生日にピアノがほしいと両親にせがんだら、与えられたのはピアニカだった。こんなんピアノちゃうやんと地団駄を踏んで泣き、しかし親もない袖は振れず、しょうがないのでピアニカをプープカ吹いているうちに楽しくなってきた。単純だったのだ。

居酒屋の雇われ店長をしている父親、食堂でパートをしている母親、ドヤンキーの卓《たく》兄、ヤンキー予備軍のあたし、同じくヤンキー予備軍の妹の麻子《あさこ》の五人家族。みんな声が大きく目立ちたがり屋で、家族団欒《だんらん》タイムは怒鳴り合いかというほどうるさかった。欠点すれすれのそれらを、長所として大きく花開かせたのがあたしだ。ある日、幼馴染みのポチに誘われたのだ。

「バンドやろうや。路子はボーカルな。アホほど声でかいから」

中学に上がり、伝説のヤンキーだった卓兄に倣ってヤンキーコースに入る寸前だった。卓兄の影響でロックは耳に馴染んでいたし、目立つのが好きだったのでふたつ返事で引き受けた。

あたしがボーカル、ギターはポチ、ベースのナオ、ドラムのヨーチン。チビのころからの仲良しで、みんなお調子者で、こつこつ努力するのは苦手なので演奏はド下手だったけれど、地元のロックフェスで一番盛り上がったのは中学生のあたしたちだった。アメリカの古いハードロックバンドをパクったノリのよさと派手なパフォーマンスが、恰好つけですかしたバンドより受けたのだ。あいつらアホやな、という大阪的ノリの勝利でもあった。

高校生になっても演奏は下手だったけれど、でかい声で歌い、ライトを浴びる瞬間は最高だった。ギターのポチとベースのナオはストラップをどれだけ長くできるかに命を懸けていたし（長ければ長いほど恰好いい）、ドラムのヨーチンは派手なスティック回しの練習ばかりしていた。

二年生の夏休み前には全国規模で催される中高生限定のバンド・コンテストに大阪B地区代表として選ばれ、あたしら無敵やーんと調子に乗った。世の中それほど甘くはなく、あたしたちは入賞にすら引っかからなかったけれど、練習不足を反省したりはせず、初めての東京観光で盛り上がった。そんなとき、怪しいおっさんが声をかけてきた。

「きみ、声がパワフルだよね。度胸もあるしステージ映えする」

「ファンになってくれたん？　サインしてあげよか？」

おっさんは苦笑いをし、こういう者ですと名刺を出してきた。なんとおっさんは音楽事務所のスカウトマンだった。全員が高まったが、おっさんの目当てはあたしだけだった。

高遠《たかとお》と名乗ったおっさんは三十代後半で、早口で話し、しきりにハンカチで汗を拭いた。未来のスターを発掘するスカウトマンというより、地下アイドルのライブでサイリウムを振っているような印象で、あたしはスターへの道と引き換えに枕を要求される想像をした。

「高遠さん、路子にいくら払えんのや」

ポチが訊いた。そうだった。まずは契約金を訊くのが先だ。芸能人志望の若い子から金を巻き上げるという、よくある悪徳事務所かもしれない。そこは社長と話し合ってからでないと答えられないけれど、契約金ではなく給料という形になるだろうと高遠さんは答えた。

「給料ってどれくらいもらえるん」

ポチがさらに食いつく。金の話はきっちり詰めるという浪速《なにわ》の商人魂《あきんど》が炸裂している。

高遠さんはたじたじになりながらも説明してくれた。名の通ったオーディションで優勝をした超大型新人でも、今は契約金なんてほとんど出ない。レッスン料や衣装代、雑費は事務所持ちになるが、給料の額は売り上げ次第らしい。しょっぱい内容だが、きみには才能がある、絶対にスターになれると高遠さんは力説した。そう言われると根が単純なあたしはだんだんとその気になってくる。けれどそれはあたしひとりのことで、他のメンバーには関係のない話だ。

「仲間が芸能人になるってすごいやん」

最初に祝福してくれたのはポチだった。

「せやな。路子、バーンとスターになったれや」

「そやそや、ごっつ稼いで俺らに焼肉おごってくれ」

ナオとヨーチンもそう言ってくれた。

「新地《しんち》にしようや。超高級店の特上カルビ食べ放題」

当時のあたしたちが考えつく最高の贅沢が新地の焼肉だった。こういうときにありがちな気まずいムードを吹き飛ばし、なぜかみんなで手を打っての焼肉コールになった。

「よっしゃ、新地でも銀座《ぎんざ》でも、どこでもあたしが連れてったるわ」

まかしときと胸を張ると、みんなは雷に打たれたように硬直し、そのあと銀座ーと両の拳を天に突き上げた。アホ丸出しのあたしたちを、高遠さんは笑って見ていた。

高遠さんは大阪まで親に挨拶をしにきて、うちの家族はほんなら信用して路子をあずけますと答え、固めの杯やとすぐ宴会に突入した。うちの家族は誰とでもすぐ打ち解ける。

「そんでな、あたし高校辞めるわ」

そう言ったときも、あと一年で卒業やのにと母親が愚痴っただけで、家族はおおむね「ええんちゃう」で終わった。卓兄も高校を中退しているけれど、先輩の紹介で地元の工務店に就職し、大工見習いをして将来は高給取りというコースを歩んでいる。

「路子、テレビ出るときは絶対に電話するんやで。お母ちゃん、みんなに宣伝するしな」

「出世して、でっかいうち建ててくれ。路子御殿や」

「そんときはうちの会社に発注せえよ。ギンギラギンに作ったるわ」

「お姉、ドリソラの遠藤俊《えんどうしゅん》くんのサインもらってきて」

出発の日、見送りにきてくれたホームでも、うちの家族は自分の言いたいことを一斉にばらばらに怒鳴るように話す。ホーム中の注目を集めているが、あたしはもう慣れている。

「テレビに出ても出んでも電話はするっちゅうねん。路子御殿も任しとき。卓兄、ギンギラギンって趣味悪いねん。麻子はサインやな。よっしゃ百枚もらってきたる」

順番にさばき、家族の後ろにいるバンドメンバーに目をやった。あんなに新地の焼肉で盛り上がっていたのに、みんな涙ぐんでいて、ポチはすでに鼻水まで垂らしている。

「路子、つらかったらいつでも帰ってこいよ。うちのボーカルはおまえだけやで」

ポチは昔からあたしのことが好きなのだ。でもあたしは気の合う幼馴染みとしか思えず、それをみんなもポチも知っている。あたしはぐっと親指を立てた。

「ありがとうな。ほな、一発稼いでくるわ」

あたしは新幹線の窓越しに手を振り、生まれ育った大阪の街に別れを告げた。

——第一章　山田路子時代　終

そして第二章、アイドル桜庭美咲という暗黒時代がはじまる。

「うわ、なんやこのきっついの」

鏡に映る自分を見て、あたしは大笑いをした。ふくらんだパフスリーブ、パニエでふんわり持ち上げられたミニスカート、駄目押しのニーソックス。ロリータ全開の服にウケながら事務所の試着室から出ると、待っていた高遠さんがうわあと目を見開いた。

「すっごくかわいいよ、美咲」

高遠さんは目を輝かせ、テーブルに置いてあった巨大な薔薇のカチューシャをあたしの頭にセットした。一歩下がり、腕組みで、いいねえいいねえと激しくうなずく。

「え、これ、まじなん？」

問うと、そうだよ、とあっさり返ってきた。

「なんで。あたしハードロックやりたいって言うたやん」

「もちろん、ロックをやるんだよ。見た目はロリっ子でかわいいアイドルが本格的なメタルやパンクをやるってのがいいよね。もちろんグループでね」

「ハードロックとロックとメタルとパンクは全部別もんや。設定もパクリやん」

二番煎じどころか百番煎じくらいで、もはや色もつかない。しかしこれは事務所の方針で決まったことなのだと高遠さんは言う。三人組で他のメンバーもすでに決定している。沙羅《さら》と真奈美《まなみ》は十二歳の現役中学生で、美咲はリーダーで十五歳ねと言われた。

「中学生とやるん？　ていうかあたし十八やねんけど」

「美咲はかわいいから十五歳で充分通るよ」

「もちろんあたしはかわいいけど、地元の連中には速攻ばれるで」

「そこは公然の秘密ってやつで」

「かっこわるいし絶対嫌や」

しかし、それが契約というものだった。楽しそうに今後の説明をする高遠さんをよそに、あたしはふりふりのミニスカートをちょいとつまんだ。こんなダサい恰好で中学生と並んで歌って踊る自称十五歳のあたし。それをテレビで観る家族や仲間。溜息が洩れる。

――やっぱ最初の印象って当たるもんやなあ。

高遠さんに会ったとき、地下アイドルのライブでサイリウムを振り回しているような、と感じたことを思い出す。現在あたしのマネージャーになった高遠さんに聞いたところ、高遠さんは若いころからアイドルオタクで、自分の手でトップアイドルを育てたいという夢が高じて業界に飛び込んだ。けれどそういう夢を見ている人はイマイチ大成しないとあたしは思う。

予想どおり、グループ『ラビット・ラ美リンス』はまったく売れなかった。

まず名前がダサい。美だけ漢字なのも令和以前、平成すらワープして昭和の香りが漂う。まさしくそのダサかわ路線を狙ってるんだよと高遠さんは得意そうだけど、単にダサいだけだとあたしも沙羅も真奈美も感じていて、世間もそう受け取ったのだろう。

地元のみんなと約束したことを、あたしはなにひとつ果たせなかった。テレビくらいすぐ出られると思っていたのに、甘いよと高遠さんに叱られた。星の数ほどいるアイドルが、限られた地上波放送の枠をもらうため熾烈《しれつ》な競争を繰り広げている。全然売れていないと舐めていた深夜のグラビア系アイドルのほうが、あたしたちよりずっと売れていた。

盆や正月に帰ると、友達は「がんばってるんだね」とだけ言ってすぐ話題を変え、顔見知り程度の連中からは馬鹿にされ、家族やポチをはじめとする仲間だけが「清々しいほど売れんな」と大笑いしてくれた。あたしは家族やポチたちが大好きだ。

「美咲、新曲の衣装だよ」

冴えない日々の中、衣装の布面積がだんだんと少なくなっていく。上下セパレートのスカートはどう工夫しようがパンツが見える丈で、上はビキニスタイルで胸しか隠せていない。

「沙羅と真奈美は本物の中学生だからお色気売りはさせられないし、リーダーとして美咲ががんばってほしい。これで駄目なら契約終了になる。ここが踏ん張りどころなんだ」

正直、切られたいくらいの気持ちだったが、高遠さんの必死な様子に負けた。王道アイドル路線を信奉している高遠さんにしてもお色気売りは不本意だろうが、それでもあたしたちを売ろうと力を尽くしている。人情には人情で返すのが筋だ。そうしてパンツを見せながら笑顔でがんばったが結果はふるわず、あたしは思い知ることになる。

ひとつ、努力は必ず報われるものではない。

ひとつ、芸能界は修羅の世界である。

ひとつ、修羅であるがゆえ信に値しない人間がうようよいる。

『ラビット・ラ美リンス』が契約を切られたあと、なぜか沙羅だけが個人で契約を更新した。あたしたち三人の中なら真奈美が一番人気があったので意外だった。ラビラ美として最後の仕事を終えた楽屋で悔し泣きしている真奈美を慰めていると、

「沙羅なんか枕してるくせに」

と真奈美が絶叫した。きょとんとするあたしを、真奈美は憎々しげににらんできた。

「美咲さん、ちょっとのんきすぎますよ。沙羅のやつ、高遠さんに寝技使ったんですよ」

まさか。三人の中で一番おっとりしている沙羅が？　まだ中学生なのに？

「美咲さんって歳のわりにピュアですよね」

「まだ十九やねんけど」

「充分ババアです」

ひどい。真奈美が涙をこぼしながら口汚く沙羅を罵っていると、勢いよく楽屋のドアが開いて沙羅が入ってきた。後ろには青い顔をした高遠さんもいる。

「廊下まで聞こえてるよ。誰が枕したって」

「あんた以外、誰がいるの」

言い終わらないうちに沙羅が真奈美をひっぱたき、取っ組み合いの喧嘩が始まった。高遠さんが止めに入るが、「ロリコン、さわるな」と真奈美に怒鳴られ、びくりとあとずさった。あたしは高遠さんを軽蔑の目で見た。ロリコンとか、仕事と私情を混同するなとか、未成年に手を出すなとかいう正しい理由ではなく、もっと腹の底でムカついていた。

――自分の女は守って、あたしを脱がせたわけか。

センスはダサいし営業能力も低かったけれど、あたしはあたしに期待をして声をかけてくれた高遠さんに報いたくてがんばった。その気持ちを見事に踏みにじってくれたのだ。芸能界ではこんなことは日常《にちじょう》茶飯事《さはんじ》で、高遠さんなどまだマシなのだと真奈美は言う。あたしは薄々気づいていたことを、この茶番の終わりと共に受け止めて大人にならなければいけなかった。

――第二章　桜庭美咲時代　終

そして第三章、光の洪水であるＬｏｃｏ時代の幕が開いた。

神話というものは、本人すら意識しないところからはじまるようだ。

桜庭美咲として終わったあとも、あたしはだらだらと東京の隅っこに居座り続けた。人生初の惨敗を喫し、このまま負け犬としておめおめと帰れるはずがない。一旗とまではいかないが、せめて面子の立つなにか、成功といってもいいものをつかみたかったのだ。

桜庭美咲時代のツテで微エロのグラビア、地方イベントや婚活パーティのサクラ役を回してもらい、業界人御用達高級キャバクラでアルバイトをした。あたしはノリのよさでキャバ嬢としては人気があり、あの夜も人気上昇中の新人バンドのテーブルについていた。

東北のインディーズシーンから彗星のごとく現れたという触れ込みだけれど、実際は音楽事務所がそこそこの顔と演奏力のバンドを探し、本人たちが作った曲を今風にアレンジし、レコード会社がバックについて大々的に売り出した、いわゆる仕掛けバンドだった。

見た目もおしゃれで行儀のいいメンバーとは裏腹に、周りを囲む大人たちの品のなさはすごかった。胸や尻をさわられまくり、女の子たちは笑いながらうんざりしている。

「ねえ、やっぱラビラ美の桜庭美咲だろう」

赤ら顔の男があたしを覗き込んでくる。それ誰ですかあとすっとぼけた。

「パンツまで見せてがんばってたのに、まったく売れなくて悲惨だったね。まあ、それでも業界人がくる店に勤めてるあたり、芸能界に未練ありまくりなんだろう。芸能界って一回浸かっちゃうとなかなか抜け出せないんだよね。わかるわかる」

腰と尻の境目あたりをさわりながら、男がしみじみと言う。

「知り合いでラビラ美好きなやつがいたから、よかったら仕事紹介しようか」

「本当ですか？」

一瞬テンションが上がったが、ＡＶでよかったらと言われ、テーブルに爆笑が生まれた。あたしはむっとすることもなく、ええーさすがにそれはとかわいこぶった。

「いや、結構いけるんじゃないかな」

「男好きそうな顔してるしねえ」

どんな顔だよ、殺すぞと内心で罵倒しながら笑う。こんなことで怒っていたら水商売はやっていられない。その中でひとり、ずっと暇そうにスマートフォンをいじっていた客が「そうか」とつぶやいた。テーブルの男たちがぴたりと笑うのをやめ、男を見つめる。

「そうかそうか。どこかで見たと思ったらラビラ美の子だったんだ」

上座に座っているので偉いさんなんだろう。

「素材はいいのに売り方が下手だったよね。事務所運がなかった」

男が話しながら立ち上がる。大物っぽい態度とは逆にこぢんまりと背が小さい。

「ちょっと出ようか。近所にうまい鮨屋あるから」

他の客も慌てて立ち上がろうとする。それを王さまみたいに手で制し、男はあたしの手を取り、お姫さまをエスコートするように店から連れ出した。他の客は困っていて、特にあたしを貶《おとし》めた男はおろおろしていた。ざまあみろとあたしは気分よく、たったそれだけの理由で、その夜、男と寝た。それが神話のはじまりになるとは夢にも思わずに。

男はイズミマサヒロと名乗った。大物音楽プロデューサーで、人気のアイドルグループやバンドをいくつもプロデュースしている。あの夜、店にきていたバンドも成功が約束されているんだろう。

「どうだろうな。金かけた割に売れなかった子たちも多いし」

「そうなん？」

「大ヒットが〇・〇一割、まあまあヒット一割、残りは失敗、金の無駄」

「厳しいねんなあ」

「当然。でも芸能界の大ヒットは桁がちがうから」

イズミは機嫌よく笑う。ホテルのゴージャスなジャグジーバスで、あたしは後ろからイズミに抱きしめられてる。あたしが暮らすワンルームと同じ広さの大理石のバスルーム。猫足のバスタブなんて初めて見た。真っ白でいい香りの泡を優雅な気分でふっと吹いて飛ばす。

「あたしも大ヒットしたい」

「するようにがんばろうね」

「絶対するって約束して」

あたしはからかいに見せかけた真剣な問いを投げた。キャバクラでの出会いを境に、あたしの運命は劇的に変わりはじめた。大物プロデューサーとして腐るほど美女に囲まれているイズミが、なにをどうしたものか、あたしに夢中になったのだ。

「あたしに愛されたいんやったら、絶対にあたしを売らんとあかん」

来年、イズミのプロデュースであたしはＬｏｃｏとして再デビューする。

「Ｌｏｃｏは売れるよ。予感がする」

甘さのない声音に振り返ると、イズミは湯気でけぶる天井を見上げていた。先を見据えようとするプロデューサーの目をしていて、男として保証されるよりずっと心強い。

「めっちゃかっこいいロック作ってな」

「ロックなんて好きなの？」

「『なんて』ってなんや。あたしは大阪ではずっとバンド組んでたんやで。スカウトされたときもロックやらしたるて言われたから上京したのに、実際はあんなんやったし」

「バンドはどんなのやってたの」

「ポイズンとかモトリーとか、そのあたりをパクったオリジナル曲とか」

そう言うと、いきなりイズミが大笑いしたのであたしは気を悪くした。

「古すぎ。そもそもＬｏｃｏの世代のバンドじゃないだろう」

「古いほうが通っぽいやん。イズミはロックなんてダサいと思ってるやろうけど」

「そうでもないよ。若いころロックバンドでメジャーデビューしたたし」

「そうなん？」

嬉しくなって問い返したが、

「まあ、今どきハードロックなんてダサいよ」

いつもの薄笑いであっさり流されてしまった。イズミは何事に対しても冷めていて、きっとそのバンドも温度の低いしゃらくさいものだったのだろう。


デビューまでの間に、あたしはこれまでの人生を消去された。

大阪のあまりガラのよろしくない地区に生まれたことも、地元でアホみたいなバンドをやっていたことも、アイドル桜庭美咲としてふりふり衣装でパンツを見せて踊っていたことも、全部なかったことにされ、あたしは謎に包まれたディーヴァＬｏｃｏとして生まれ変わった。本名である路子の読み方を変えただけ。そういう軽いノリ自体が『桜庭美咲』より恰好いいと思う。

「けどネット見たら過去なんてばれるやん。隠しても無駄なんちゃうん」

「ばれるばれないで言ったら、そりゃあ全部ばれるよ。だいたいネットに卒業アルバムが上がる時代なんだから。あれ見たら、たいてい今と目の大きさや鼻がちがうことまでばれる」

「そんで余計に叩かれるんやで。ほな最初から正直に言ったほうがええやん」

「ばれたってネットの中だけなんだから我慢しなさい」

「最近はそのせいで自殺しよるやつもおるやん。だいたいなにが腹立つって、ネットで悪口言い散らかすやつほど現実では澄ましとんねん。恥ってもんを知りよらへん」

まあまあとイズミがあたしをなだめにかかる。

「たとえば○○が整形してるってみんな知ってるけど、わざわざ言う人は少ないだろう。言わなくてもみんな知ってるから、ああそうだねで終わり。ちょっと悪口で盛り上がっても、たいしてインパクトもない。やってて当たり前の世界なの。そもそも今は一般人だってアプリで加工した写真しかSNSに載せないし、顔がちがうなんて言ったら藪蛇《やぶへび》になるじゃないか」

政治家も庶民も不都合な真実は隠したい、とイズミは笑う。嘘を隠すには相手も嘘つきにするのが手っ取り早い。共犯というやつだ。

そんな会話を交わしたあと、あたしはイズミの紹介で入った音楽事務所のマネージャーと一緒に美容クリニックへ行った。あたしは元からかわいい。でも少し手を入れればもっと垢抜けるよと医者に説明され、目頭を切開して鼻筋を整えた。本当にすごい美人になった。

『おまえ誰やねん』

整形後、はじめてポチとビデオ通話したときはビビられた。

「綺麗やろ」

『俺は前の路子のほうが好きや』

整形したことを後悔はしていないけれど、前のほうが好きだったという男が、この世にひとりはいることにあたしはなんだかほっとした。

『それより、正月、帰ってこんのか。おばちゃんもおっちゃんも寂しがっとんで』

「しゃあないやん。年が明けたらデビューや。今が正念場やねん」

桜庭美咲として大コケしたあたしは、帰省するときはなにかひとつでも誇れるものを持って帰りたかった。パンツを見せていたときでも身内やポチたちは「路子はがんばっとる。路子が一番かわいい。今年こそ紅白や」と新曲が出るたびCDを複数買いしてくれたのだ。

「ポチ、待っときや。来年こそ新地で一番高い焼肉食わしたる」

デビュー曲はイズミが作り、イズミの全面プロデュースでプロジェクトチームが組まれ、ミステリアスで華やか、瞳の奥に脆《もろ》さを秘めた孤高のディーヴァとしてあたしは売られる。ここまでお膳立てしてもらってコケたら目も当てられない。あたしは全力でやるしかない。

アイドル時代の癖でカメラを向けられるとつい笑顔を浮かべてしまうあたしは、笑わないで、愁《うれ》いを含んでとよく言われた。あたしとは相性の悪い形容詞だが、なんとかがんばった。それよりも苦しかったのはダイエットだ。あたしはデブじゃないけれど、脆さや愁いを表現するために今より十キロ落とせと言われ、二十四時間腹を空かせていた。

「平凡な幸せすべてを悪魔に売り渡すつもりじゃないと、大成功なんて無理なんだよ」

イズミの言葉にあたしは納得した。ひとつ欲しいならひとつ渡す、百欲しいなら百渡す。なにも犠牲を払わずにいい思いをしようなんて甘い。控え室でつかみ合いの喧嘩をしていた真奈美と沙羅を思い出し、まずい栄養スープをすすって十キロ痩せた。

「それと今日から大阪弁も禁止ね」

ひとつクリアしても、まだまだ終わりじゃなかった。

「なんでやねん」

「親しみやすすぎて、ミステリアスじゃないから」

あたしは黙り、そうか、だったらしゃあないと納得した。気を抜くと飛び出しそうになる大阪弁を食い止めるためにやむなく口数自体を減らし、いつも空腹なせいで不可抗力でしんなりとしたムードが漂い、気づくとあたしはチームが作り上げた『Ｌｏｃｏ』という容れ物にすっぽりと入る女になっていた。鏡に映るＬｏｃｏには山田路子の面影くらいしか残っていない。

「ああ、そうだ、これからは『あたし』じゃなく『わたし』って言ってね」

そうして最後には『あたし』もいなくなった。


「もっと派手にどかんと行くのかと思ってた」

ホテルのバスタブで、顎先まで泡に浸かりながらわたしはぼやいた。

「充分、派手じゃないか」

ルームサービスで頼んだシャンパンとフルーツを持って、バスローブ姿のイズミがやってくる。細長いグラスの底から立ち上がる黄金色の泡を見つめ、一口飲んだ。

「新人にしては、でしょ」

「実際にＬｏｃｏは新人だろう」

機嫌直してと、イズミはわたしのグラスにイチゴを一粒落とす。

宣伝にうんと金をかけ、けれどそうとは見破られないよう、あくまで一般の口コミから火がついた本物だと見せかけ、Ｌｏｃｏは売り出された。声量があるので本格派とか実力派という評価がつき、わたしのデビュー曲は『新人にしては』破格のヒットとなった。

ラビラ美時代、あれほど遠かったテレビ出演はあっさり叶った。大物が司会をするゴールデンタイムの歌番組に出演したときはツイッターのトレンド一位に入った。すごく嬉しかったのに、事務所が金で雇ったアカウントも多かったと知ってテンションが落ちた。

「Ｌｏｃｏは歳のわりにピュアだよね」

真奈美と同じことを言われ、わずかに傷ついた。

「たとえば今ツイッターで『Ｌｏｃｏ』って検索すると、一緒に『綺麗』『かわいい』『オリコン』とか出てくるだろう。そういう組み合わせで検索する人が多いからなんだけど、あらかじめプラスイメージの言葉で検索してくださいってアカウントを雇うんだよ」

逆にライバルには『性格悪い』とか『嫌い』という言葉で検索させるそうだ。

「みんな、そんなことしてるの？」

「みんなじゃないけど、今の時代ならではの宣伝のしかたってことかな」

「でもイズミ、ＳＮＳなんて気にするなって言ってたじゃない」

「そうだよ。仕掛ける側はなにも気にしなくていい。これは仕掛けられて釣られる層向けの宣伝なんだ。世界は支配する側とされる側、操る側と踊る側で成り立ってるってこと」

イズミがわたしの鼻の頭にちょこんと白い泡を乗せる。わたしは目を閉じる。イズミから与えられるものを、わたしはただ受け入れればいい。わたしは愛されている。なにも不安はない。

――わたしがなんとなく信じていた世界は嘘っぱちだった。

――イズミが教えてくれる世界が本当の世界なんだ。

神さまみたいなイズミにバックアップされ、今度こそと期待したのに、二曲目でもオリコン一位は獲れなかった。ヒットはしたものの『新人にしては』という枕詞《まくらことば》が取れない。ベテランバンドや国民的アイドルグループの新曲とかち合わないようにすれば一位を獲れたはずなのに。

「まだ時期じゃないよ」

「時期ってなに。どこも新人ばんばん出してるのに」

「そうだよね。気持ちわかるよ。Ｌｏｃｏもファンも、もっといらいらするべきだ」

ほとんど喧嘩腰のわたしに、イズミはにっこりと微笑んだ。意味がわからず、わたしは淡いピンクシャンパンを不機嫌に飲み干した。舌を噛みそうな名前の一本何万円もする高い酒にも、もうなんの感動もない。わたしは、もっと、もっと、おいしいものを味わいたい。


デビューから一年後の三曲目、わたしは念願のオリコン一位を獲った。今回は強力な対抗馬との同日発売を避けたので、わたしが一位を獲ることは予想されていた。嬉しかったけれど、散々待たされたあげく、ようやく明け渡された玉座はくすんで見えた。

——やっとか。


それが正直な気持ちだった。今までずっと人気の割にメディア露出は控えめで、もっとテレビで観たいというファンの嘆きをＳＮＳで見かけるたび、わたしだってそうしたいよと悔しさが湧いた。わたしより売れていないアーティストの歌がＣＭソングとしてテレビから流れてくるたび、イズミやチームへの不信感がふくらんだ。けれどそれも作戦だったのだ。

わたしとファンの渇望を飽和寸前で堰き止めていたところでオリコン一位を獲らせ、今まで抑えに抑えていたプロモーションを一気に開放させるという計画をイズミたちは立てていた。

爆発したと思った。

生まれた光の量はすごかった。

わたし自身が光となり洪水となり、世界がまばゆい渦に飲み込まれてゆく。

その後の数年間、わたしの記憶はあやふやだ。

本名も私生活も明かさないミステリアスな歌姫。使い古されたイメージも、Ｌｏｃｏに添えられた途端に息を吹き返す。新曲はオリコン初登場一位が当たり前となり、ツアーチケットはファンクラブ会員でも取れない。レコード大賞二年連続受賞、アーティスト・オブ・ザ・イヤー三年連続受賞、ＣＤが売れない時代にミリオンヒットを連発。トップの地位を確立してからはふたたび露出を抑え、ファンの飢餓感を煽ることでアーティストとしての価値を高めた。

細かな整形を繰り返し、帰省するたび「もはや別人」と家族やポチたちに笑われた。

――女王さまも意外とつかれるものなのね。

毎日、二十四時間ピンヒールを履いているように感じる。最初は周囲の視線が快感だった。けれど歩くほどに痛みは増し、きりきりと爪先を締めつけ、ゆっくりと骨の形すら歪めていく。それでもみんなが憧れるディーヴァとして振る舞うのは気持ちよかった。二十代の若い女にとっては麻薬並みの常習性があり、どんどんと慣れ、さらなる刺激を求めるようになった。

そのうち、自分で作詞をするようになった。もらったメロディに歌詞を乗せたものをスマホで録り、プロのアレンジャーに仕上げてもらう。Ｌｏｃｏはセンスが抜群とプロからも絶賛される。お世辞だとわかっていても、それを恥じる余裕すらなかった。

使っても使ってもお金が入ってくる。泡みたいに消える贅沢をする一方で、両親に大きな家をプレゼントした。もちろん卓兄の会社に発注し、麻子にはアイドルのサインどころか、ＬＩＮＥを通じて生メッセージを送ってやった。ポチたちにも新地の焼肉をおごった。

名前と顔が一致しない友人が大量に現れ、わたしは乞われるまま金を出した。細かいことにいちいち拘《こだ》わるのはスターらしくないといろんな人に言われた。

セレブは浪費だけでなく社会貢献をするものだと言われたので、災害が起きた地域や慈善団体に寄付をした。ようやく正しいお金の使い方ができたと気分がよかったのに、偽善だと言う人が出てきた。「ケチつけてる人たちは寄付したのかな」とＳＮＳでつぶやくと、翌日にはそれがニュースになり、気づくと炎上女王と呼ばれるようになった。

なにもかもが過剰で、なのになにかが足りず、それがなんなのか立ち止まって考えることは不可能だった。ほとんどのことをさばききれないまま、ただ急流に流されていく。

不思議なことに、足の痛みが消えた。ピンヒールの形に沿うよう骨のほうが変化しきったのだろうか。それとも痛みを認識できなくなったのか。わたしは笑うこともしなくなった。気取っていると言われたが、単純におもしろいことがないのだ。だから躍起になって遊び歩いた。

わたしはスターなんだから、もっと楽しいことがあるはずだ。

毎日がちっとも楽しくないなんて、そんなことあるはずがない。

毎晩楽しいことを探して、探して、そのうち目の下のクマが取れなくなった。

今年も全国ドームツアーがスタートした。ファンクラブに入っていても抽選に洩れるプラチナチケットで、形だけ用意された一般発売は瞬殺だった。わたしを憎んで呪う人がいる。わたしを愛してやまない人がいる。そのどちらとも、わたしは会ったことがない。

『路子、大阪おつかれさーん。チケットありがとうな。めっちゃよかったわ』

「きてくれてありがとうね。みんなにもよろしく言っといて」

先週大阪公演を終えて、わたしはファイナルの東京ドームに向けて都内の自宅に戻ってきている。くたびれて遊びに行く気力もないのでポチに電話をした。昔の仲間で今もつながっているのはポチだけだ。ヨーチンとナオは勤めだしてから疎遠になっていった。

『南実《なみ》なんか感動して泣いとったわ。一生Ｌｏｃｏについてくて』

南実ちゃんはポチの奥さんだ。職場に派遣できていた南実ちゃんから告白されてつきあいだし、妊娠をきっかけに籍を入れた。とてもかわいくて性格のいい子だ。

『おまえ、また痩せたんちゃう？』

「逆。食べすぎて一キロ太った」

『それくらいええやん』

「よくない」

『俺はガリガリ嫌いやねん』

「ポチの趣味なんてどうでもいいわよ」

『しゃべりもきもいねん。「わよ」って』

「いいかげん慣れてよ」

『慣れん。路子は大阪弁しゃべっとるほうが恰好ええわ』

話しながら、わたしは窓の外に目をやった。部屋からは赤く光る東京タワーが見える。都心なので夜景がとても綺麗だ。月の家賃は六十万。今のわたしにはなにほどのこともない。広くて豪華なマンションのリビングで、わたしはぽつんと膝を抱えている。

「ねえポチ、あんただけは変わらないでいてくれる？」

『当たり前やろ。俺と路子は一生の友達や』

「じゃあ、なんでわたしのこと週刊誌に売ったの？」

『へ？』

毛足の長い絨毯の上に散らばっている、モノクロのプリントを拾い上げた。来週発売される週刊誌の記事見本で、わたしと人気俳優とのキスシーンが写っている。これだけならよくある熱愛報道だけれど、問題は相手が妻帯者ということだ。昨今、芸能人の不倫は万死に値する。

「あの人とつきあってること、ポチにしか言ってなかったんだよね」

『ちょう待てや。俺やないて。相手の男が洩らしたんちゃうんか』

「そんなわけないでしょう。奥さんいるんだよ。わたしより慎重な人なんだから。それに週刊誌の人から言われたよ。わたしの昔なじみがネタ元だって」

『俺やない』

「もういいよ。最後に話そうと思っただけだから」

拾い上げたモノクロプリントを、ひらりと床に投げるように滑らせた。

「じゃあ元気でね。もう電話しないから」

通話をオフにした。そのままポチの番号を消去しようとしたけれど、どうしても消せない。しかたないので着信拒否に設定した。この作業には慣れている。

親しい関係者だけの打ち上げでの写真がネットに出回ったときから、わたしは容易に人を信じなくなった。流出させたやつに明確な悪意はないのかもしれない。単にその日の飲み代、遊び代ほしさに写真を売っただけかもしれない。軽いノリで、わたしという存在が、その程度のものなのだと繰り返し思い知らされる。人を信じる気持ちが、ぽきぽきと弱い小枝のように折られていく。人間の舌は二枚ある。まあ、いい。けれどポチまでそうだったなんて。

――誰かと話したい。

スマートフォンの画面をスクロールしていく。おびただしい数の登録番号。なのに本当に寂しいときに電話をかける友達がいない。しかたないので実家にかけた。

『おう路子、久しぶりやないか。どないしたんや』

変わらないお父さんのダミ声に、にぎやかなざわめきが重なって聞こえる。元気か、飯は食っとるんかといつもの質問に、元気だよ、食べてるよと答える。

『お店、繁盛してる?』

絶好調やと返ってくる。声の調子から本当なのだろう。

去年、両親は実家の一階で長年の夢だったお好み焼き屋をオープンさせた。改築や内装、その他の資金はわたしが出した。実家を新築したときと同じく、卓兄の会社に依頼した。卓兄は独立して会社を興している。その資金もわたしが出した。妹の麻子の大学進学資金も、よく知らない親戚の借金、その他諸々、もういちいち覚えていない、とにかくお金が出ていく。それでも特に懐は痛まない。入ってくるほうが多い。だからわたしはもう深く考えない。

「お父さんのお好み焼きは絶品だもんね。東京にもお店出せばいいのに。お金はわたしが出すから大丈夫だよ。お父さんもお母さんも東京においでよ。そんで一緒に暮らそうよ」

わたし寂しいよ――と言う前に、アホ言うなと返ってきた。

『ほんまにうまいお好み焼きは大阪人にしかわからんのや。東京のなんや、どろっとしたゲロみたいなやつ、あんなもんありがたがる連中に俺のお好み焼きの味はわからん。それにお母ちゃんも俺も地元にぎょうさん友達がおるしな。友達は一生の宝やから大事にせんと』

わたしはついさっき一番大事な友達を失くした。

「そっかあ。そうだよね。あ、来週のツアーファイナルのチケット届いた？」

『届いたで。東京ドームでコンサートやるんやなあ』

「ライブって言ってよ。その日はホテルのスイート予約しておいたからね」

『ありがとうなあ。けど行けんて』

「なんで？」

『食いもん屋が土曜日休んだらあかんやろう』

「一日くらい、いいじゃない」

するとお父さんの様子が変わった。路子、と低い声で名前を呼ばれる。

『おまえ、そないないいかげんな根性で仕事しとるんか』

「してないよ。毎日がんばってる」

『ええか路子、今のおまえがあるんは周りの人のおかげや。路子の歌を愛してくれるファンのおかげや。それを忘れて天狗になったらあかん。毎日感謝して仕事に励むんや。お父ちゃんもそういう気持ちで毎日カウンターに立っとる。コンサートの日は心の中で路子を応援しとるから』

「お父さん、でもわたし」

続きが言えないうちに、らっしゃいとお父さんの大きな声が響いた。団体の客が入ってきたようで、ほな気張るんやでと慌ただしく通話は切れた。

死んでしまったスマートフォンを手に、わたしは三角座りの膝に顔を伏せた。

わたしはスターだ。セレブだ。なにもかも手に入れた時代の歌姫だ。わたしに憧れて真似をする女の子が日本中あふれている。わたしは必要とされている。なのに。

——どうして、わたし、こんなに寂しいんだよ。

歯を食いしばった。内圧で押し出された涙で膝頭がじっとりと濡れていく。プライドだけがわたしを支えている。そのプライドさえ、わたしのものではない気がする。これはＬｏｃｏのプライドだ。そしてＬｏｃｏはイズミが作った。じゃあ今のわたしは一体誰なのか。

手の中のスマートフォンが震えた。

「あとで行っていい？」

イズミからのメッセージをぼうっと見つめた。来週、わたしの不倫報道が週刊誌に載る。すでにイズミの耳にも入っているだろう。わたしとイズミの関係は業界中が知っている。面子を潰されたイズミはどういう態度に出るだろう。わたしは捨てられるのだろうか。

空調が効いている部屋でぶるりと震えた。ひどく心細くなり、ポチからの着信を確認した。あんな切り方をしたので絶対に謝りの連絡が入っているはずだ。けれど、なかった。

着信拒否をしていても、かかってきた履歴は残るはずだ。念のために拒否設定を解除して、かかってくるのを待った。けれどポチからも他の誰からも連絡は入らない。

そのうち自動ロックがかかって、画面は黒く閉じた。

イズミを待っている間に、レストランからケータリングが届いた。イズミが手配したらしい。シャンパンと薔薇の花束つきで、これから不倫の断罪をしようという雰囲気ではない。

「どうしたの。目が赤いじゃない」

やってきたイズミはいつもと変わりない様子でわたしの頬を撫でた。わたしからはなにも言わず料理を並べ、シャンパンの栓を抜いた。なんのお祝いでもないので乾杯もしない。

イズミが早速テレビをつける。イズミはテレビが好きだ。裏を知っているから、表を見るのが楽しいのだと笑い、逆に裏を知らない一般人がテレビを観てなにがおもしろいのかと首をかしげる。画面を見つめるイズミの目は冷たい。イズミは本当はテレビに出ている芸能人も、番組を作っている業界人も嫌いなんじゃないかと思う。

「珍しいな。クジラだ」

夜の真面目なニュース番組でクジラの特集をやっていた。『時代を読む』というコーナーで、わたしは出たことがない。クジラは最近人気が出てきた女性シンガーソングライターで、黒髪ロングの姫カットにダサいジーンズ、魚眼レンズで覗いたような平べったい顔をしている。

「高尚マイナーな感じだったけど、そろそろプロデュースに本腰入れる感じ？」

「この子はそういうのはしないでしょ。人前に出るのが本当に苦手みたいだし、デビュー前もひとりで弾き語りして動画配信するスタイルで、ライブも一度もしたことないんだってさ。メジャーこさせるのも一苦労だったって知り合いが言ってたよ」

知っている。見た目はダサいし性格も暗いけれど、作詞作曲と言いながらアレンジャー頼りのわたしとちがい、クジラはきっちり自分で作る。少しざらついた低い声も、クジラが作るR&Bっぽい湿ったメロディに誂《あつら》えたようだし、弾き語りのギターもすごく巧い。

わたしはクジラが嫌いだ。ああ、クジラだけじゃない。Ｌｏｃｏを脅かす新人アーティストすべてが嫌いだ。わたしは馬鹿じゃないから、この栄華が永遠に続くとは思っていない。いつかは王冠を次の歌姫に譲り渡す日がくるだろう。それにはまだ数年かかると思っていた。

けれどクジラは予想以上の速さで上がってきた。わたしは焦燥に駆られたけれど、クジラは依然としてメディア露出を控え、インタビューでも顔がはっきりわかる写真は撮らせない。せっかく人気が出てきているのに馬鹿みたいとわたしはあきれ、安心し、けれどそんなクジラが一部の層に熱烈に受けることになっていくのを不安な気持ちで眺めていた。

人が怖くて、話すのも下手で、歌だけが自己表現なのだというインタビューを読んだ。インスタグラムに上げる写真もコンビニエンスストアのデザートや散歩中の景色など、女の子のおしゃれ心をかき立てるわたしのインスタグラムとは正反対の地味なものだ。

今はクジラのような等身大タイプが受ける時代で、ディーヴァ系はもう時代遅れなのだとチームのみんなが話しているのを聞いてしまった。等身大？　元々わたしが持っていたそれをチームの方針で捨てさせたんじゃないか。路子がなにかひとつ失うたび、空いた場所をＬｏｃｏが放つ光り輝くもので埋めた。わたしの不安は日々ふくらんでいく。

一時期、わたしは急激に太った。不安を感じるたび食べていたのだ。甘いものでもしょっぱいものでも、星つきフレンチでもコンビニエンスストアのお弁当でもなんでもいい。とにかく口に詰め込んだ。満腹になるとすべてがどうでもよくなって、面倒なことを考えないでいられることに気がついた。わたしの周りでは毎日さまざまな出来事が起き、許容量を超えたそれを処理しきれず、少しずつ意志の力では自分を制御できなくなっていった。

早速ＳＮＳで叩かれた。豚、劣化、オワコンと騒がれ、わざと肉がはみ出ている醜い写真を拡散された。みんなでＬｏｃｏというコンテンツを散々楽しんで、自分たちの手で壊すというお楽しみまでついている。それが最上の玉座で光り輝いた者が払う代償というものだった。

「Ｌｏｃｏ、これうまいよ」

イズミがカルボナーラを差し出してくる。こんがりと焦げ目のついたベーコンと玉子の黄色が食欲をそそる。ありがとうと受け取り、生クリームまみれの高カロリーパスタを食べた。

——大丈夫、食べたらあとで吐けばいい。

激太りのあと、一ヶ月キャベツと栄養ドリンクで過ごして元の体型を取り戻したあと、わたしは吐くコツを覚えた。小さなスプーンの丸いほうで舌の奥のほうを押さえたまま、浅く短い呼吸を繰り返すと楽に嘔吐できるのだ。

わたしはそれ専用のスプーンを買った。銀のスプーンをくわえて生まれてきた赤ちゃんは幸せになるという寓話に沿って作られた、小さな小さなアンティークスプーン。六万円もした。いつもお守りのように鞄に忍ばせ、食事のあとはそれで吐くようになった。

今夜もさりげなくトイレへ行き、銀のスプーンを喉奥に突っ込んだ。食べたばかりで、まだ美しい黄色を保っているパスタが渦を巻いて流れていくのを見送ったあと、リビングに戻るとイズミがいなかった。シャンパンのボトルとグラスがなくなっている。風呂に持ち込んでいるのだろう。わたしもグラスを持ってバスルームに向かった。

イズミが風呂好きなので、バスルームの広さで今のマンションを選んだ。購入して自分好みにリノベーションしようという案も出たけれど、いざというとき素早く引っ越せる賃貸のほうが便利だし、持ち家は結婚してからでいいんじゃないかとイズミが言った。

あのときわたしは当たり前にイズミとの将来を思い描いたが、よく考えるとイズミは『ぼくとの結婚』とは言わなかった。そのことを、あとになって気づいた。

「そういえば、次のシングルの発売日いつだっけ」

脱衣所でブラジャーを外しながら、バスルームのドア越しにイズミに訊いた。

「来月の三日だよ」

わたしはショーツを脱ぐ手を止めた。

「クジラの新曲とぶつかるじゃない」

「え、そうだっけ」

とぼけた口調がわざとらしかった。競合するライバルと発売日がかち合わないようにするのは常識じゃないか。それは他のアーティストも同じで、大手の事務所はどこも情報を共有している。頭の中に小さな炎が灯る。それが燃え広がらないよう、わたしは深く呼吸をした。

「Ｌｏｃｏのオリコン初登場一位記録も、ここでストップかもね」

なんでもないことのように言いながら、わだかまっているレースのショーツを足から抜いた。繊細な刺繡が施された官能的な、けれどなんの価値もないショーツだ。わたしとイズミは一緒にお風呂に入っても、もうずっとセックスをしていない。

最初にイズミの浮気が発覚したとき、わたしは怒り、派手な喧嘩になった。別れると泣き喚くわたしをイズミは必死になだめ、仲直りのあとスペインへバカンスに行き、そのあとは以前にも増して愛が深まった。けれど同じことが続くうち、怒るのも面倒になった。

浮気をしても、イズミはわたしと別れるつもりはない。恋愛としては倦怠期《けんたいき》に入ってしまったけれど、わたしはイズミが作り上げた最高傑作の歌姫で在り続けている。今までは。

今年に入ってクジラはさらに勢いを増し、わたしの勢いは落ちている。以前は圧倒的一位だったのに、少しずつ差が縮まってきている。だからこそ競合を避けてきたのに、ついにそれでは逃げ切れないと判断したのか。それとも――。


「次の歌姫はクジラ?」

「あの子は歌姫ってキャラじゃないだろう」

「じゃあエイミ?」

問いと同時に、バスルームのドアを開けた。真っ白で大きなバスタブに、イズミはゆったりと浸かっている。シャワールームはまた別にあり、外国のバスルームのような作りになっている。バスタブの横のミニテーブルに、シャンパンのボトルとグラスが置いてある。

「酔ってお風呂入ると死ぬよ」

真っ白な泡があふれるバスタブに、そっと足先から浸けていく。イズミはいつものようにわたしを後ろから抱きしめる。セックスもしないのに、わたしたちは一緒にお風呂に入る。

「ねえ、次の歌姫はエイミ?」

ねえイズミ、わたしは知ってるんだよ。イズミがエイミというモデルに入れ込んでいること。歌手志望ということで歌わせてみたらかなりよくて、デビューさせようと企画していること。今までのつまみ食いの浮気相手とはちがうと、みんなが噂していること。

わたしが浮気をしたのは、イズミへの当てつけだった。いつも浮気をするのはイズミで、わたしがするのは初めてだ。自分が作った人形に面子を潰されてイズミはどうするだろうと怯え、一方でイズミが嫉妬で怒り狂うことをわたしは期待している。歌姫としての地位が危うくなった今こそ、わたしは本当に女として愛されるかもしれないと――。

「エイミを次の歌姫にしたいから、わたしを落とすんでしょう」

否定を望んで、強めの言葉をぶつけていく。

「今はクジラみたいな飾らないタイプが受ける時代なんだってね。でもクジラは歌姫ってキャラじゃないし、イズミは自分が手出しできない子には興味ないんだよね。だからわたしにクジラをぶつけて削り合わせようとしてる。それで空いた椅子にエイミを座らせる計画なんだ」

「ぼくを邪魔に思ってるのはＬｏｃｏだろう」

初めて聞く冷めた声音だった。

「週刊誌に不倫スクープが載るんだってね」

ここでそれを使うか、とわたしは唇を噛んだ。

「ぼくは自分の持ってるものはすべてＬｏｃｏに捧げてきた。それはわかるよね。いまいち垢抜けなかったきみを見いだして、Ｌｏｃｏにしてあげたのはぼくだ」

そのとおりだ。イズミはいつもわたしにかしずくナイトのように振る舞った。けれど実際のところ、わたしをどうするかは創造主たるイズミの気分次第だ。

「なにも心配することはないよ。ぼくが心血を注いで作り上げたＬｏｃｏが、いまさらぽっと出の歌手に脅かされたりするもんか。きみにはもうぼくの力なんか必要ない」

「わたし、今、別れ話をされてるの？」

「始まりがあれば終わりがあるよ。お姫さまはどんなときでも優雅に構えているもんだ」

「わたしは今でもお姫さまなの？」

ルックス、性格、胸の大きさ、背の高さ、社会的地位、金、なにを愛するかはそれぞれ自由で、イズミは女の才能や可能性を愛する男だった。それが潰《つい》えれば関係は終わる。

イズミが愛したわたしの才能は潰えたのだろうか。

少なくとも、もう伸び代がないと判断されたのだろう。

そしてただの女として愛されることもない、とはっきりわかった。

階段を上がって、上がって、もう上がれないところまできた。理屈としては幸せの絶頂のはずなのに、わたしはすべてを失ったように感じている。もちろんただの被害妄想だ。わたしにはお金がある。歌姫としての在位期間も残っている。今すぐ滑落するわけじゃない。ただ、ゆっくりと数年かけて落ちていくだけだ。すうっと目の前が暗く閉じていく。貧血だ。

目を閉じて、大丈夫と口の中でつぶやいた。とりあえず信用できる友達や恋人を作ろう。けれど友達ってどうやって作るものだっけ。恋愛ってどうやってするものだっけ。わたしに近づいてくる人はみんな優しい。けれどそういう人をわたしは誰ひとり信用できない。

たまに思う。ただ夢を追っていたときのほうが楽しかったんじゃないか。自由だったし、友達もたくさんいた。でもすぐに否定する。顔も、話し方も、親も、仲間も、全部失って、代わりにすべて手に入れて、最後に出た答えがそれだなんてあんまりじゃない。

「ねえ、イズミ」

「うん？」

「わたしの不倫スクープ、リークしたの、イズミ？」

「まさか」

否定するタイミングが早すぎた。ああ、そうか、そうだったかとわたしは笑った。

ポチ、疑ってごめん。わたしはやっぱり馬鹿なんだ。こんなときでも、イズミの手は後ろからわたしを優しく抱きしめている。どうしてそんなことができるんだろう。わたしは泡だらけの湯船から立ち上がり、バスタブの横のミニテーブルに置かれたシャンパンボトルを手に取った。

「かんぱーい」

中身の入った重いボトルを、ゆっくりと逆さに持ち上げた。どぼどぼと高い酒がこぼれてわたしを頭から濡らす。ぽかんとしているイズミの頭めがけ、わたしはボトルを振り下ろした。

重い衝撃が伝わり、反動に耐えきれずボトルを床に落とした。

イズミの首ががくりと前に落ちている。

ありえない角度にねじれていて気持ち悪い。

純白の泡に、じんわりと赤色が広がっていく。

わたしは湯船から上がり、床に転がっているボトルを拾い、残っているシャンパンをラッパ飲みしながらリビングに戻った。毛足の長い絨毯の上に素っ裸のままあぐらをかいて、髪先から高価な雫《しずく》を滴らせながら、冷えて固まったカルボナーラを手づかみで食べた。

早く胃をふくらませよう。満腹になったら余計なことは考えられなくなる。

Ｌｏｃｏが恋人である大物プロデューサーを殺したなんて、不倫熱愛報道など鼻息で吹き飛ぶだろう。日本中がひっくり返る騒ぎになる。得体の知れない恐怖が風船のようにふくらんで、わたしはカルボナーラを口に詰めたままローストビーフに手を伸ばした。

頬を伝って顎先から滴るなにかが、ピンク色の肉を濡らす。それが酒なのか涙なのか、もうわからない。怖い。誰か助けて。スマートフォンの中には数多《あまた》の電話番号が入っている。名刺もぎっしりある。なのに誰にも電話できない。父、母、兄、妹、ポチ。みんな、わたしのことを金の生《な》る木だとしか思っていない。どうして、なぜ、いつからこうなった。

――ねえイズミ、わたしのことも殺してよ。

ふいに胃からせり上がってくるものを感じた。口元を手で押さえたけれど間に合わず、ローストビーフの皿の上にカルボナーラをぶちまけた。ああ、なんてことだろう。わたしは早く満腹にならなければいけないのに。グラタン、魚介のマリネ、牛の腸の煮込み。食べても食べても吐いてしまう。わざわざ銀のスプーンなど突っ込まなくても、わたしの身体は、もうとうに食べ物を受けつけなくなっていたようだ。いつも自分から吐いていたのでわからなかった。

気づくと、毛足の長い絨毯の上で胎児のように丸まっていた。

鼻をつく臭気に眉根を寄せる。気を失ったのか、眠ってしまったのか、わたしは裸のまま自分の吐いたものにまみれていた。空調が効いているはずなのに、寒くてがたがた震えている。熱いお風呂に浸かりたいけれど、あそこには――。

キッチンへ行き、ワインセラーからシャンパンを取りだした。コルクを抜き、うっすらと立ち上る炭酸の煙ごと口に含んだ。食べ物は吐くくせに、シャンパンは暴れながらも胃にとどまっている。飲む。げっぷをする。それを繰り返し、酔いの力を借りてバスルームへ向かった。

おそるおそる中を覗き、バスタブに浸かったままうなだれているイズミを見て、やっぱり現実だったかとドアにもたれかかった。どうしよう。いや、どうしようもない。

とりあえず、バスタブからイズミを引きずり出す。とんでもなく重い。セックスするときはこんなに重くなかったのにと不思議に思った。おかしな方向に曲がっている首が、動かすたびにあっちこっちに揺れる。キリンみたいに首が伸びてしまったイズミをなんとかバスタブから追い出し、新しい湯に入れ替えた。気に入っているオーキッドのバスジェルを入れる。花と血の香りが混ざり合う。わたしは恋人の死体を横目に、熱くていい匂いのする湯に浸かった。

身体が温まるにつれ、なぜか心が真っ黒に塗りつぶされていく。

イズミを殺した。すべてを引き換えにした玉座も失った。

世界中の光から見放され、もう死ぬしかない。

気づくと獣の咆哮《ほうこう》のような声を上げていた。泣いて、泣いて、わたしの指先まで絶望が覆ってしまうと、ようやっと安らぎが訪れた。細胞のひとつひとつがしんと静まり返っている。

「どないして死んだろ」

失われたはずの故郷の言葉がこぼれた。すっかりＬｏｃｏに喰われたと思っていたのに、しぶといなと、ふっと笑みが浮かんだ。当たり前やろ、と『あたし』が『わたし』を笑う。

「もうええやろ。あんた、充分やったんちゃう」

「うん、そうだね。じゃあ最後に一発すごいの打ち上げようか」

自分の中で、初めてＬｏｃｏと路子が握手をした。

――ここまでわたし、よくやったよね。

――やったやった。限界までようやったわ。

――でも最後まで、わたしはＬｏｃｏでいたい。

――もう最後や。あんたの好きにしい。

――好きにって、どうすればいいの。

――思い切り派手に死んで、永遠のスターダストになるとかどやろ。

――スターダストってダサくない？

――伝説なんて、たいがい使い古されたストーリーや。

――なるほどね。

――もう誰も追いつけんとこ行こうや。

泡風呂に浸かり、わたしはぶつぶつとつぶやき続ける。

睡眠薬を飲んで風呂場で手首を切ろうとＬｏｃｏが提案すると、ありふれているし地味だと路子が文句を言う。路子は高層ビルから飛び降りようと主張するが、ぐちゃぐちゃは嫌とＬｏｃｏが気乗りしない。なかなかまとまらず、一旦休憩することにした。

シャンパンをラッパ飲みしながら、バスルームの壁にはめ込まれているテレビをつけた。世の中では毎日大きな事件が起きている。政治家が悪いことをしたり、人気女優が薬物で逮捕されたり、おしどり夫婦の片方がせっせと不倫していたり。でもおあいにくさま。そんなのＬｏｃｏが恋人を殺したあげくに自殺という事件の前には、あっという間に消えてなくなる。

——だってわたしはスターなんだから。

——せや、あたしは時代の歌姫や。

テレビをつけると、首相がなにかを話していた。おもしろくないのでチャンネルを変える。けれどまた首相が映る。またなにかやらかして釈明会見でもしているんだろうか。次々チャンネルを変える。でもどれも同じ。全チャンネル緊急特番なんてよっぽどのことだ。

しばらく画面を見続けたが、なにを言っているのかわからない。一ヶ月後に地球に小惑星が衝突し、人類のほとんどが死ぬそうだ。もしやバラエティ番組のだまし企画なんじゃないか。もしくは動画配信サイトにでもつながっていて、パニック映画でも流れているのか。いろいろと操作してみたけれど、今、映っているものは間違いなく地上波放送だった。

「なんなの、それ」

脳の容量がついに限界を迎え、あたしはずるずると湯に沈んだ。

目覚めると、今度はちゃんとベッドで眠っていた。トイレをすませ、ついでにバスルームを覗くと、やっぱり素っ裸のイズミの死体が転がっていた。全身が灰色っぽくなっている。

溜息をついてドアを閉める。死体も何度も見ているうちに慣れてしまうものらしい。リビングのテレビをつけると、小惑星衝突のニュースをやっていた。ここまできても信じられず、マネージャーに電話をした。来週のツアーファイナルまでオフを取っているけれど、小さな仕事がいくつか入っていたはずだ。マネージャーはすぐに出た。

『なにもわからないよ』

いきなり怒鳴られた。ツアーファイナル、新曲の発売予定、全部がめちゃくちゃだよと早口でまくしたてたあと、ふいに黙りこくり、ぼくは熊本出身なんだと唐突に自分語りをはじめた。田舎に父親がひとりで暮らしてるんだと言ったあと、途中で我に返り、ごめん、また連絡するよとわたしの返事を待たずに通話を切った。

わたしはソファに腰を下ろし、さて、これからどうするかと考えた。ポーズだけで実際はなにも考えていない。動揺もしていない。多分、地球が滅亡する前にわたし自身の人生が破滅したからだろう。恐怖よりも、最後にして最大の賭けを台無しにされた腹立たしさが勝っている。

恋人を殺して自らも死を選んだ、罪にまみれ、愛に殉じた伝説の歌姫として、Ｌｏｃｏの名は永遠に時代に刻みつけられるはずだった。死んだあとも映画や本が山ほど出たはずだ。なのに人類が滅亡したら、ＬｏｃｏのスターダスΤ伝説を誰が語り継ぐのだ。

だいたい、直径十キロ程度の石がぶつかったくらいで本当に人類が滅亡するだろうか。少し大袈裟な気もする。ハリウッド映画では、最後はちゃんとヒーローが現れて助けてくれる。イズミだって言っていた。どんな荒唐無稽な物語にも必ず現実の欠片がひそんでいる、人はまったくの無からなにかを生み出すことはできないと。

——そうだよね、イズミ。

なんとかなったら、まだこの世界は続いていく。だったら少し様子を見よう。その間はわたしも生きるしかない。脱力して高い天井を見上げ、そのままの姿勢でうたた寝をした。

わたしはスターになってから、どこでも寝られるようになった。忙しいので少しの隙でも見つけて眠らないといけないのだ。移動の車中、ヘアメイク、エステ、ネイルの最中、MVの撮影中に歩道のガードレールにもたれて眠ってしまったこともある。カートを引いて路上で暮らす人たちと同じだねと、スターでセレブであるはずのわたしは笑った。あんまりけたけた笑うので、周りの人たちも最後は気まずそうにしていたっけ。

次に起きるとお腹が減っていて、わたしはパントリーに向かった。通いのハウスキーパーに、いつもぎっしりと食料を詰め込んでおくように言ってある。こんなに食べても太らないなんてと羨ましがられるたび、吐いてるんだよと心の中で答えた。

ワインとハムの塊とカップラーメンとスナック菓子の袋を持ってリビングに戻り、むっと顔をしかめた。唐突に臭いに気づいたのだ。昨日からリビングで食べて吐いてを繰り返している。食べ物と吐瀉物《としゃぶつ》の臭い。空気清浄機をつけっぱなしにしているけれど追いつかない。

掃除にきてもらいたいけれど、この状況では無理だろう。わたしは何年かぶりに掃除用具を手に取った。吐いたものをかたづけ、拭き掃除をし、皿もグラスも洗った。スターになってから水仕事は一切しなくなったけど、実は掃除は慣れている。共働きの両親に代わって子供のころから家事は手伝っていたし、衛生に厳しいファストフード店でアルバイトもしていた。

美しくなった部屋に満足したけれど、まだ一番の大物が残っている。イズミをどうしよう。人類が滅亡するか、しないのか、決着がつくまでわたしは生きなくてはいけない。その間、ずっと風呂場に死体が転がっているのは困る。

やれやれとバスルームへ向かい、仰向けに倒れているイズミの横にしゃがみ込んだ。触れた頬はひんやり固い。灰色の人形みたいになったイズミをじっと見下ろした。

イズミとうまくいっていたころの数々の甘い記憶が頭をよぎる。悲しい。愛しい。けれど悪いことをしたとは思わなかった。なぜなら、イズミだってわたしを殺そうとしたからだ。歌姫としてのＬｏｃｏを殺そうとした。今のわたしには、それがすべてだと知っていたくせに。

決闘でいえば、わたしが勝者でイズミは敗者だ。けれどわたしは勝った気がしない。逆に負けたように感じている。イズミを殺すことで、イズミに勝つ機会を一生失ったのだと思う。イズミの足をつかんで、納戸にしている部屋へと引きずっていく。今までもらった数々のトロフィーや荷物が押し込めてある。すべてイズミが与えてくれたもの。その中にイズミも並べた。

——そのままやと腐るんちゃう？

わたしの中の路子が訊いてくる。それもそうだと、わたしはエアコンを最低温度の冷房に設定した。それから後ろ手で扉を閉め、カップラーメンのお湯を沸かしにキッチンへ行った。

シンクの前に立った途端、自分がなにをしようとしていたのかわからなくなった。少し考えて、ああ、湯を沸かすのだと思い出す。けれど湯を沸かしてどうするのか、またわからなくなる。しばらく考えて、カップラーメンを作るのだと思い出す。自分がなにをしているのかうまく把握できない。身体と心をつなぐなにかが、ぷっつりと切れたみたいだった。

翌日、マネージャーに電話をしたけれどつながらなかった。来週のツアーファイナルはどうするんだろう。チームの誰ともつながらないし、誰からも連絡が入らない。着信履歴にもLINEにも、誰からも心配の声はかからない。ポチからも。家族からも。

なにも感じないよう気持ちを薄くして、テレビをつけると試験放送の画面が映った。やっていない局が昨日よりも増えている。しかたない。こんなときに仕事なんかする連中は馬鹿だ。でもその馬鹿のおかげで、かろうじて情報にありつけているわたしはさらなる馬鹿なんだろう。

次の日も、わたしは部屋にこもって食べて眠るを繰り返した。マネージャーたちに電話をすると、知らない男が出た。『もう俺のもんだから』と切られた。略奪されたのだろうか。

生き残っている局は今日も小惑星のニュースしかやっていない。番組の途中で司会者が泣いて話せなくなり、コメンテーターがキレた。平時なら放送事故だけれど、めちゃくちゃなまま番組は続いていく。SNSでの一般人のつぶやきのほうが情報としてまだマシに思える。

公共の交通機関は事故やテロと見られる異臭騒ぎが相次ぎ、ほとんどの路線が運転を見合わせているそうだ。移動は車かバイクか徒歩しかないけれど、半グレが女狩りをしているので若い女は出歩くなと注意喚起されている。どこそこが安全だと聞いて地方へと避難する家族連れ、逆に安全な核シェルターがあるという情報を信じて地方から避難してくる家族連れ。

どこにも逃げる必要がないわたしは、飛び交う情報と、混乱しながら沈んでいく世界を他人事のように眺めている。命を惜しまなければ、なにも怖いことなどない。それを無敵の人と呼ぶのだと知った。人が人に科す最大の罰が『死』であり、そこから解放されているがゆえになんでもできる、という意味らしい。けれどそれは生きたまま葬られていることとどうちがうのか。死が無敵というなら、やはりイズミが勝者でわたしが敗者なのだろうか。

醬油豚骨のカップラーメンをすすりながらベランダに出た。家賃六十万の都心のマンション。見渡す街から、ちらほらと煙が上がっている。火事か。暴動か。便利であらゆる才が集結し、そこからはみ出て零れた人たちまでも受け入れてきた美しく汚い東京が壊れていく。

映画のように、アメリカが小惑星をなんとかして、世界をまた平穏にして、わたしはその中で華やかに自ら命を絶ち、永遠に語り継がれる歌姫になることを願っていた。でも今は、物語や映画のような救いはなくてもいいと思いはじめている。

だって、みんな、もっと幸せだと思っていた。そんな中で、わたしだけがひとり寂しく消えるのは嫌だった。だからこそ、普通の人たちには手の届かない至上の罪と愛を手に入れた女神として、世間が尊ぶ幸福の形に爪を立てる記憶として鮮烈に残りたかったのだ。

それが、今のこの世界はなんだ。

みんな本当はたいして幸せでもなく、すさんでいたんじゃないか。

そんな世界に『美しく輝くわたし』を示す意味もない。

ベランダに立ったまま醬油豚骨ラーメンの汁まで飲み干した直後、わたしは吐いた。消化する間もなく、ラーメンそのままのおいしそうな匂いと湯気を上げる吐瀉物。あーあとわたしはベランダに横たわる。満たしても満たしても残らない。すべて吐き出されてわたしは空っぽだ。

——なんで、こんなことになってるんだろう。

自分の選んできたものすべてが間違っていたとは思わない。子供のころ、ピアノを習いたいと訴えたのに、与えられたのはピアニカだった。うちは裕福じゃなかった。でもピアニカを吹き鳴らしていた『路子』は幸福だった。ポチたちとバンドをやっていた『路子』も楽しかった。明白な分岐点といえば、高遠さんにスカウトされたときか。でもあの瞬間も幸せだった。じゃあイズミと出会ったときか。いいや、あのときも幸せだった。

——わからない。わからない。わからない。

ベランダで丸まって泣いていると、三日着続けているパジャマのポケットの中でスマートフォンが鳴った。マネージャーだろうかと画面を見ると、ポチと出ていた。

『路子』

通話にしたと同時、ポチの声が鼓膜《こまく》に響いた。

『路子、俺や。おまえ生きとるか。大丈夫か』

「生きてる」

『おお、よかった。もうしゃべられへんのか思たわ』

「わたし、ずっとスマホ持ってたけど」

『こっちのスマホがあかんかってん。どっかのアホが電柱に突っ込みよって停電地獄や。村上《むらかみ》のおっちゃんが電気パクってきよって、なんとかなってんけどな。なんや知らんけど、よそのまだ生きとる電線とつないだんやて。ただの手癖悪いおっさんやと思てたからびっくりしたわ』

脳裏に村上のおっちゃんが浮かぶ。昔からなんでもパクるおっちゃんで、お金を持っているのにチロルを盗んだときは意味がわからなかった。大人になってから、そういう病気があると知ったときは驚いた。わたしはポチの声を聞きながら鼻水をすすった。

『なに泣いとんや。どないした』

泣いてないよと嘘をつく前に、いきなりお父さんの声に代わった。

『路子、無事か。お父ちゃんや。停電でうちみんなスマホバッテリー切れや。ひとりで怖かったやろ。連絡遅れて悪かった。今なあ、ポチがどうしても先に話すゆうて』

『路子、お母ちゃんやで。あんた、はよこっち帰っといで』

『おばちゃんら、まだ俺が話してる途中やろ。なあ路子、こないだの不倫のやつ、ちくったんほんまに俺やないで。信じてくれや。あんなふうに疑われたまま死ぬやなんて最悪や』

『お姉ちゃん、あたしあたし。ああ、つながってよかった』

『路子、お兄や。すぐおとんがそっち迎えにいくさかいな。待っとけよ。すぐやからな』

後ろで卓兄と妹の麻子もなにか怒鳴っている。みんな声が大きいので、逆になにを言っているのかわからない。ベランダに横たわったまま、わたしは安堵の涙をこぼし続けた。

三日かけて、お父さんとポチが東京に車で迎えにきてくれた。もう新幹線も電車も動いておらず道路も大渋滞、辿り着くまで予想以上に時間がかかったのだという。

玄関を開けるなり、お父さんに抱きしめられた。「生きとった」「がりがりやないか」と耳元で怒鳴る。お父さんの肩越し、泣いているポチが見える。わたしも泣いている。

「わたし、家に帰ってもいいの？」

「なに言うてんのや。おまえの家やろが」

「でももうわたし、みんなの役に立てないよ」

お父さんはきょとんとわたしを見た。

「だって、お金なんてもう意味なくなっちゃったよ」

「なんや、金て」

「だって忙しい忙しいばっかりで、ライブにもきてくれなかったじゃない」

呆然とするお父さんの後ろで、ポチがアホかいと怒鳴った。

「おっちゃんらは、おまえに迷惑かけんとこ思うてたんやないか」

「迷惑？」

見ると、お父さんは情けない顔でうつむいた。

「おっちゃんはな、自分らみたいなガラの悪い田舎もんが身内やなんてばれたら、Ｌｏｃｏのイメージが悪うなるて思てはったんや。それで東京にもこんかったし、最近はライブにも行かんかった。けどおっちゃんもおばちゃんも家族みんな、めっちゃおまえのこと応援してるんやで」

「……なにそれ」

非難のこもった目でお父さんを見た。わたしはそんなこと考えたこともなかった。

「路子、ネットで悪口ぎょうさん書かれてたやろ」

Ｌｏｃｏは経歴を公表していない。けれど今の時代、芸能人の過去は卒業アルバム、スナップ写真、友達との思い出、すべてさらされる。ましてやわたしには桜庭美咲時代がある。ふりふりのミニスカートでパンツをさらして踊っていた写真もネットの海にあふれている。

「わしやお母ちゃんの写真も出回って、ダサいとかガラ悪いとか、元ヤクザやったみたいなデタラメ書かれて、Ｌｏｃｏのイメージが壊れたとか、もうファン辞めるとかいうのネットで見て、がんばっとる路子に申し訳のうてな。路子のために、もっと上品にせなあかんのやって」

しょぼくれて肩を落とすお父さんなんて初めて見た。

「会うたび、なんやおまえが手の届かんようになってく感じも寂しうてな」

それはわかっていた。親にもらった顔にメスを入れ、言葉遣いも仕草も表情も変えていくことでわたしはＬｏｃｏになり、同時に路子を捨てていった。家族は一度もそれを責めなかった。

「かんにん、お父ちゃん」

自然と大阪弁がこぼれ、わたしは声を上げて泣いた。わたしはずっとずっと寂しかった。それが自らの欲望に端を発した自業自得の寂しさだとしても、わたしは寂しかったのだ。

「うち帰ろか」

お父さんが言い、わたしはべしょべしょに濡れた顔で大きくうなずいた。

スーツケースに身の回りのものを詰めていく間、お父さんは貴重やからと別のスーツケースにパントリーの食料を詰め込んでいく。ポチはすげえすげえと部屋を探検している。

「おーい、路子、ちょっときてくれや」

ポチから呼ばれ、お父さんと廊下へ出た。ポチは開いたドアの前に立ち尽くしている。納戸代わりに使っている部屋には数々のトロフィーと一緒に死体がある。

「路子、なんや素っ裸でおっさん倒れとるで」

ポチが困った顔で室内を指さす。

「なんとかしたったほうがええんちゃうか」

どうごまかそうかと考えたけれど、無理だった。

「なんともならない。もう死んでる。わたしが殺した」

ポチとお父さんがぽかんとわたしを見た。

イズミのことは考えないようにしていた。思考を止めるコツを習得していてよかった。食べて、吐く。わたしを不安にさせるものすべてを便器に流し去り、忘れて、馬鹿になる。

部屋からは最低温度に設定している冷えた空気と、それでも防ぎきれない腐敗臭が漂いだしている。お父さんが鼻を押さえ、おそるおそる部屋に入っていく。

「イズミさんやな」

わたしとポチも部屋に入った。四日ぶりに見るイズミは、灰色に薄い緑が混ざったような色になり、妙に平たく広がって見えた。やわらかな粘土みたいだ。

「なんで、こんなことになったんや」

お父さんにとってイズミはわたしを売り出してくれた恩人であり、娘の恋人という位置づけなのだ。わたしは理由を言わなくちゃいけない。犯人は動機を告白するものだ。どこから話そうか考えていると、お父さんがしゃがみ込んで手を合わせた。

「イズミさん、かんにんなあ。わしもすぐそっち行くさかい、そのときちんと謝ります」

ぱんぱんと手を二度打つ。その作法はちがうと思っていると、「ほな行こか」とお父さんは立ち上がった。ポチも二回手を打って、ご愁傷さまですと頭を下げた。ふたり共どうしてこんなに落ち着いているんだろう。一言もわたしを責めず、ただ状況を飲み込んでいる。

出発の準備を終え、三人で部屋を出た。騒ぎが起こってからわたしは初めて外に出る。マンションのエントランスを出ると、ギンギラギンのデコトラが停まっていた。

「これできたの?」

電飾が施されたトラックには、やばい団体のステッカーが貼られている。

「こういうのやないとあかん思てな」

首をかしげるわたしに構わず、お父さんは荷物をトラックの荷台に放り込んでいく。ほな行くでとポチにうながされて乗り込み、大阪へと走り出してすぐ、わたしは目を見開いた。

「なに、これ」

座高が高いトラックのフロントガラス越しに見える景色は、わたしの知っている東京ではなかった。華やかな並木通り、通りに面したハイブランドのショーウィンドウはすべて無残に割られていて、道のあちこちに事故車が放置されている。それらを避けて走るうち、このデコトラの理由がわかった。これなら煽られにくいし、少々ぶつけられても大丈夫だ。

「ねえ、今、人が倒れてたように見えたんだけど」

「人やろ」

運転席のお父さんと、窓側のわたしにはさまれているポチが答えた。トラックなので後部座席がない代わりに前に三人座れるようになっている。ポチは無表情に続ける。

「かたづける人がおらんから、事故車も人もほったらかしや」

血の気が引いていった。街のあちこちから煙が上っているのをベランダから見ていたのに、騒ぎが起きていることをインターネットで見て知っていたのに、わたしはいまさらショックを受けている。大阪から東京まで、ずっとこんな光景をふたりは見てきたのだ。

「死体も見慣れるもんやな。麻痺するっちゅうか」

せやからイズミさん見ても、たいしてビビらんかったわとポチは言う。わかる。どんな恐ろしいことでも、いや、恐ろしければ恐ろしいほど、人間の脳は早く慣れようとするのかもしれない。それが一番簡単な逃避だからだ。

「ほんまに隕石なんて落ちてくるんやろか」

事故車になぎ倒されている街路樹を眺め、ポチが誰にともなくつぶやく。

「ほんまに俺ら死ぬんかな」

答えられずに黙っていると、ポチは大きな溜息をついた。

「俺、やっぱ子供の顔も見れんのやなあ」

ポチの子供は今年の十二月に生まれてくる。クリスマスが予定日でめでたいとポチと奥さんの南実ちゃんは喜んでいた。それもこれも、ずいぶんと遠い夢のように思える。

「わしらがあっちに生まれるて思えばええやろ」

運転しながらお父さんが言う。

「ああ、そういう考え方もありなんかな。会えるんやったら、この世でもあの世でもどっちでもええんかな。娘みたいやし、ふりふりのドレスやリボンとかいっぱい持ってってたろう」

「だったらわたしのアクセサリーとかドレス持ってってくればよかったね」

「おおきに。気持ちだけもろとくわ」

しんみりしてしまった空気を払うように、ポチが声を明るくした。

「路子は向こうになに持ってくんや」

「別に。なにもない」

「なんもないことないやろ。おまえ死ぬほどがんばっとったやん」

そうだろうか。わたしは荒廃する東京の街に目を向けた。あれほど華やかだったのに、なんだかあっけない。わたしがすべてを引き換えに手に入れたものも、同じく崩れ去った。

「がんばった意味なんて、なんにもなかったんだよ」

なにかを得るたび、なにかを失う。自分が参加したゲームのルールくらいは知っていた。けれど、やめたくなっても盤から降りられないなんて知らなかった。立ち向かってくるものを相手に、わたしは必死で戦い、マス目を進み、横にずれ、下がったりした。それがたった一晩でチャラになった。これはゲームの終わりなんだろうか。

「がんばったとか、そんなことも、もうどうでもいいけどね」

投げ出すように話を終わらせると、なんやそれとポチがぼやいた。

「路子は昔のほうがかっこよかったな」

悪かったねとわたしは笑ったけれど、

「今はクソダサや」

ポチらしからぬ辛辣《しんらつ》な口調に笑いは引っ込んだ。

「ていうか、おまえ整形しすぎやねん。帰ってくるたび顔変えよって、どこのルパンやねん。しゃべり方もさぶいぼやし、唯一残っとった根性もへたれよって、ええとこひとつもないやん」

呆然とポチを見た。難しい横顔に冗談の気配はない。

「……ずっとそんなふうに思ってたの？」

「ずっとやないよ。けど、こいつほんまに路子なんかなあて疑うときはあった。実は路子のふりした別人なんちゃうやろかって。こないだかて人のことチクリ屋みたいに言いよって、ああ、もうこいつあかんわ、腐っとる、絶対に路子やない、正直、もうつきあいきれんて見限った」

足下がさらさらと崩れていくように感じた。子供のころからわたしのことが好きで、ナオやヨーチンとは疎遠になっても、ポチとだけは続いていた。視界がぼやけてくる。

「あ、いや、ちゃうねん。思うただけで一晩寝たら思い直した。南実からもスターは大変なんや、幼馴染みやったらわかってやりいよて怒られて、せやなあて俺も反省したんや」

必死で慰められ、泣き落としなんて本当に情けないと思った。

「どうしたら、またかっこよくなれるのかな」

鼻水をすすりながら問いかけた。

「路子は路子や。素でおるだけでかっこええって」

「今だってわたしはわたしだよ。他の誰でもない」

「うん、ごめん、悪かった。俺、なんも知らんのに勝手なこと言うたな」

「謝らないでよ。ポチは本当のこと言っただけなんだから」

「いや、俺がまちごうとった。どんなおまえでも路子は路子や。俺は路子が好きや」

慰められると、もっと涙が出てくる。子供のころに戻ったように甘えて、泣いて、枯れていた身体の芯がほのかに温まっていく。土中にひそんでかろうじて生きていた根から、ゆっくりとなにかが這い上ってくる。春に芽吹き、夏へと伸びる生命の強さに似ている。けれど次の春はもう巡ってこない。

「……歌いたい」

ゆく季節を失くした芽が、脈絡もなく口からこぼれた。

「ツアーファイナル、やりたい」

「東京、戻りたいんか？」

首を横に振った。

「ドームじゃなくていい。歌えるんならどこでもいい」

なにもかも失ったと思った。けれどまだ息絶えていないものがあった。

みんなが羨む歌姫としての地位、何十万もするコート、ドレス、ハイヒール、バッグ、アクセサリー、すべて東京に置いてきた。Ｌｏｃｏを作ってくれたイズミまで置いてきた。そうして世界まで滅びようとしている今、ようやく見つけたものに目新しさはなかった。

「ポチたちと歌いたい」

最期のとき、わたしが持っていきたい荷物はそれだった。ポチたちとバンドを組み、ポチたちのヘタクソな演奏で昔のロックバンドをパクった歌で最高の気分に浸っていた。笑ってしまうようなちゃちさを思い出すと、長い旅からやっと家に帰り着いたような気持ちになる。

「やろうや」

ポチが言った。

「路子のツアーファイナル、大阪で俺らとやろうや」

「誰もこないと思うけど」

「俺らが楽しかったらそれでええやん」

単純で素晴らしい提案だ。けれど、うなずけなかった。

「そんなことして、いいのかな」

「なんかあかんのか」

「だって、わたし、人殺し、だよ」

ひとつ言葉を区切るたび、少しずつ悪夢から覚めていく。濁りが洗い流されたまともな意識の中で、自分と世界を重ねるカメラのピントが唐突に合った。

「わたし、イズミを殺した」

自分が一体なにをしたのか。身体が細かく震えはじめる。

「駄目だよ。歌いたいなんて、わたし――」

「裁くやつなんて、もうおらんのやで」

ふいにお父さんが言った。なんだか静かで、お父さんの声じゃないみたいだった。あちらこちらから、ひたひたと、『本当の終わり』が忍び寄ってくるようだ。

「もう全部いまさらや。路子、これ見い。罪だらけやないか」

窓へと目をやった。事故車と死体が転がる道路。誰かがぶつけて、誰かが轢《ひ》いて、誰もかたづけず、それらは放置されている。こうなる前までは善良な一般市民だったのだろう誰かがしでかした罪があふれている景色に、わたしの中でふたたびなにかが崩れていく。

「どうせ一ヶ月もない。みんな好きにしたったらええねん。イズミさんに悪い思てんなら、そういうの全部抱えてあっちに行ったらええねん。そんであっちでイズミさんに会うたら、土下座でもなんでもせえ。わしもつきあったる。お母ちゃんもおるで」

目の縁に盛り上がった涙が、手の甲にぽたぽたと落ちる。

「おっちゃん、俺にもつきあってえな」

「なんやポチ。おまえも誰か殺したんか」

「南実の腹ん中におる子供」

「それは殺した言わんやろ」

「一緒や。この世に生まれさせたれんかった」

ポチの声も涙でにじんでいる。

「ポチ、わたしも一緒にポチの赤ちゃんに謝るよ」

「路子、ありがとう。俺もイズミさんに謝ったる。指切りげんまんや」

子供みたいに小指を結んだとき、ボコンとトラックがはずんだ。

「しもた。轢いてもうた」

お父さんが言う。なにを轢いたのか。それは動いていたものか、動かなくなったものか。いまさら訊いても意味はない。派手なトラックは荒廃した街をひたすら西へと走る。

――第三章　Ｌｏｃｏ時代　終

そして最終章、まさかの山田路子時代Ⅱがスタートした。

大阪に帰るまでの三日間、何度も暴走車にぶつかられそうになり、実際に何度かぶつかり、そのはずみで何人か轢いた。運転はお父さんとポチが交替にしていたけれど、お父さんよりポチのほうがすいすいと障害物を避けていたのが意外だった。

道中、更新が止まっていたＬｏｃｏのインスタグラムから、東京ドームで行われるツアーファイナルの中止と、ラストライブは人類最後の日に大阪でやることを告知した。会場は地元の公民館。五十人も入ればぎゅうぎゅうの古い建物だ。Ｌｏｃｏなら死んでも嫌だと言い張っただろうが、山田路子はなんとも思わない。逆にそこでやりたくてたまらない。

「客なんてこんやろうけどな」

「わからんで。俺ら中学んときから地元では人気バンドやったやん」

「人類最後の日なんやで。だれが素人のライブなんか聴きにくるか」

大阪に帰る中で、失われたはずの大阪弁がみるみる復活した。なめらかに口をつく懐かしい言葉は、あたしを自由にしていく。イメージを守るため、余計な揚げ足を取られないため、いつも人前では憂鬱そうに黙り込んでいたＬｏｃｏ時代とはえらいちがいだ。

ラストライブの告知には、ポチと一緒にピースをしている写真を上げた。瞬く間にいいねとコメントがついていく。[更新ありがとう]、[絶対行く]、[大阪?!]、[Ｌｏｃｏと一緒に死にたい]、[セットリスト希望]、嬉しいコメントと一緒に罵倒も多い。[まだ生きてたの?!]、[誰が行くんだよ]、[空気読め]、[最後まで自分大好き女]、[彼氏ダサ]、[死ね]。

「相変わらず、路子のインスタはめちゃくちゃやな」

ポチが横から覗き込んでくる。

「でも嬉しい」

「死ねとか言われてんのに?」

「あんたもダサいとか言われてんで?」

「ほっとけや」

一時期、インスタグラムを更新するのが怖かった。なにをアップしても、泥みたいなコメントをなすりつけられる。周りは気にするなと言うが、馬鹿か、気にするに決まってるだろう。けれど反応したら負けだと諭され、がんばって心を麻痺させていった。なにに触れても痛みを感じないよう、笑わず、泣かず。あれは間違っていたと今では思う。

どうして石を投げられているほうが痛みを我慢しなければいけないのか。石を投げているほうが悪いに決まっているだろう。けれど今、ぶつけられる愛と憎しみが倒れそうに嬉しい。

「だってこんなときやのに、あたしのこと気にしてくれる人がおるんやで？」

ポチは少しぽかんとして、それから笑った。

「やっぱ路子はスターの器やな」

「なんや急に」

「美空ひばりもえらい愛されて、えらい憎まれたんやて」

「ポチ、美空ひばりとか聴くん？」

「死んだひいばあちゃんが好きで、ようそんなこと言っとったん思い出したわ」

「ひいばあちゃんか。まあ昭和の歌姫やしな」

「路子は平成の歌姫や」

「それももう古いわ。時代は令和や」

「令和はもう終わる。路子が正真正銘、日本で最後の歌姫や」

最後の歌姫――かっこええやん、あたしは小さく笑った。

世界がこうなる前に、最後にあたしがなりたかったものだ。

東京から走ってきてわかったのは、都市部ほど荒れているということ。出発地点の東京が一番ひどく、遠ざかるほどマシになり、けれど大阪に入った途端、風景は世紀末に姿を変えた。

「さすが大阪や。無法っぷりでは東京にひけは取らんな」

ショーウィンドウが割られているのは当たり前として、小さな商店にいたるまで、すべての店で略奪が横行し、それも完了し、今は静けさすら漂っている。

「持ってけるもんは全部持ってくそうや。家族のアルバムまで持ってかれたて聞いた」

「そんなもんどうすんねん。アホが気合い入れるとロクなことしよらんな」

くだらない話をしながら地元に入ると、風景がまた変わった。昔からある小さな商店はともかく、コンビニエンスストアですら普通に営業しているので驚いた。

「すごいやろ。町内会で自警しとるんや」

店の左右にバットを持ったいかついおっさんが立っている。なるほど。あれでは迂闊に襲えない。そもそもこのあたり一帯はガラが悪いことで知られている。

「やっぱ、ええ町やん」

あたしは窓を開け、自分が生まれた町の風を浴びた。

帰り着いた実家で、あたしはお母ちゃんと卓兄と麻子から泣きながら罵倒された。もう帰ってこんのか思たわスカタン、生きててよかったドアホ、お姉ちゃんのボケという具合に。みんなあたしを抱きしめて耳元で怒鳴るので鼓膜が破れるかと思った。

夕方からはお父ちゃんとお母ちゃん、卓兄と卓兄の奥さんと子供、麻子、ポチ、仲良くしているご近所さんたちと無事の帰還を祝ってすき焼きの宴が催された。

「ごっつええ肉やん。よう手に入ったな」

「村上のおっちゃんがパクってきてくれたんや」

お母ちゃんが笑顔で言う。

「村上のおっちゃんは平成のルパンやな」

「もう令和やけどな」

「なんでも盗みよるし、えらいもんやで」

みんなの会話を聞きながら、帰ってきたなあとしみじみした。

帰還の宴は夜遅くまで続き、あたしは途中で二階に上がり、トイレで吐いた。銀のベビースプーンは持ってこなかった。あれを使わなくても、あたしの身体はもう食べ物をとどめておけなくなっている。お母ちゃんのすき焼きが無残に流れていく。あたしの罪と罰だ。


久しぶりにぐっすり眠り、起きるとポチからＬＩＮＥがきていた。今日は昔のバンドメンバーたちに会いにいく約束をしている。Ｌｏｃｏとしてデビューして以降、ナオとヨーチンとは疎遠になった。理由はよくわからない。

「それ、本気で言うてんのか？」

ポチが眉根を寄せる。

「心当たりあるん？」

ありまくりや、とポチは大きくうなずいた。ナオの会社のボーナスを「一回旅行したら終わりだね」とあたしが言ったこと。ヨーチンが購入した三十五年ローンのマイホームを「それくらい現金で買ったらいいのに」とあたしが言ったこと。どちらも覚えていない。

「やろな。売れ売れでえらい吹かしとったたって聞いたで」

恥ずかしさで顔を上げられない。自分を孤独だと思っていた。誰もＬｏｃｏの気持ちなどわからないと思っていた。けれどＬｏｃｏのほうがみんなの気持ちになることはできたのだ。だってあたしはＬｏｃｏになる前は山田路子だったのだから。誰よりもＬｏｃｏを特別な存在として扱い、どんどん孤独にしていったのはあたし自身だったのだ。

「あたし、めっちゃ性格悪いやん」

「ちょっと前までな。今はちゃうし、ええやん」

立ち止まってしまったあたしの手を引き、ポチが先へと歩いていく。

卓兄の会社の資材置き場へ着くと、もうみんなきていた。ヨーチン、ナオ、ふたりの奥さんだろう女の人たちと子供。合わせる顔がなくてうつむいていると、なにしとんねんといきなり頭をはたかれた。顔を上げると、明らかに怒っているヨーチンとナオと目が合った。

「時間ないんや。はよやんぞ」

よく見ると、倉庫の奥にドラムセットが置かれ、ギター、ベース、そしてマイクスタンドが用意されていた。顔をぐしゃぐしゃにして泣いていると、整形崩れんぞと笑われた。

すぐ練習に入り、一曲もやらないうちに問題が発覚した。楽器から離れていた勤め人のみんなは、昔に輪をかけてヘタクソになっていたのだ。この計画は頓挫《とんざ》するかもしれない。

「ただの近所迷惑にしか聴こえへん」

ヨーチンの奥さんの詩織《しおり》ちゃんが耳を塞ぐ。あねさん女房で前夫との間にできた娘を連れてヨーチンと再婚した。リズムの怪しいバスドラに娘は手を叩いて喜んでいる。

「夏姫《なつき》、パパのドコドコ好き」

ヨーチンは娘を抱き上げ、俺も夏姫が好きやでえと頰にキスをする。惚れた女がよその男との間に作った娘を、ヨーチンは心の底から愛している。

ナオのところは子供はいないけれど、周りが引くくらいラブラブだ。奥さんの喜世《きよ》ちゃんはITの技術者で、二馬力あるので正月は毎年ハワイで過ごす。今度一緒に行こうと誘われ、あ、と喜世ちゃんは目を伏せた。

「今度は、もうないんやったね」

騒音が響く資材置き場で、夏姫ちゃんがはしゃいで走り回る。不思議と穏やかな空気の中で、ポチの奥さんの南実ちゃんだけがいない。

「毎日、家で泣いとんねん」

帰り道、ポチが教えてくれた。南実ちゃんは小惑星のニュース以降、ずっと部屋に引きこもっているらしい。ポチと南実ちゃんの子供は、今年の十二月に生まれる予定だった。南実ちゃんは日ごとに大きくなるお腹に手を当てて、毎日、毎日、ただ泣いている。

「おんなじ女として、なんか慰めたってくれへんか」

「くくりがでかすぎる。おんなじ言うても、あたし結婚も妊娠もしたことないし」

うなだれるポチと一緒に、あたしも途方に暮れて帰路を辿る。

「神さまって、なんでこんなことすんのやろ」

ポチがうなだれたままつぶやいた。

「神さまにこんな目に遭わされるて、俺ら、どんな悪いことしたんやろ」

「ポチ、神さまとか信じてんの？」

「いやあ、おかんが波光教やねん」

えっとポチを見た。ポチのおばちゃんは二年ほど前に知り合いに誘われて波光教にはまった。今年の夏、本部に強制捜査が入って恐ろしい教団だと発覚したときは、近所からものすごい目で見られたそうだ。ひとまず棄教したが、最近また教団の教えを口にするようになった。

「波光教って小惑星のどさくさに紛れてあちこちの電車に薬撒いたんやろ。死人出しといて、世界を救ったとか教祖を解放しろとかむちゃくちゃな連中やん」

「そうなんやけど、まあそれは置いといて、こんなことになったんは人間が悪いからや、せやから神さまが罰を与えたんやて、おかんがもう毎日言いよんねん。そのうち、俺もそうかなあて思いはじめてん。だって人類滅亡とか、そんな悲惨なことできんの神さまくらいやろ？」

「かもしれんけど、そこで出てくる神さまは、少なくとも波光教の神さまやないと思うわ」

「ほな、なんの神さまやねん」

「わからんけど、もっとちゃんとした神さまなんちゃう。キリスト教とか仏教とか」

「そんなメジャーな神さまにやられるて、余計怖いやん」

ほんまやなと、あたしもついうなずいてしまった。

「罰やとしたら、俺ら、どんな悪いことしたんやろう」

「ポチはなんもしてへんと思う」

「けど俺、虫とかぎょうさん殺してるわ。南実もゴッキーには容赦ないし」

「そんなもんまでカウントせんでええんちゃうん」

「それは俺らの理屈やん」

ポチがふいに顔を上げてあたしを見た。

「虫かて虫の暮らしがあったやろう。路子も自分が蚊《か》やったらって想像してみい。蚊にとって血は飯やん。飯食ってたら、いきなり叩き潰されるんやで」

「悲惨やな」

せやろ、とポチは悲しそうにうなずいた。

「よう考えたら、俺らって単に気持ちいいか気持ち悪いかで他の生き物殺しまくっててんねんな。それに環境も破壊しとる。地球はどんどんあったこうなって氷がとける。今、気持ちよう過ごすために、未来の子供らの首をじわじわ絞めてるねんで、ておかんは言いよんねん」

ポチの言うことには一理あって、あたしは言い返せなかった。

「俺なあ、大きい腹抱えて泣いとる南実見てたら、たまらんくなるんや。どんだけ言葉尽くして励ましても足りんし、もうなんでもええから、俺らが死ななあかん理由がほしいて思たんや。ちゃんとした罪があるんやったら、南実も納得して泣き止むんちゃうか思うねん」

「いやいや、それはむちゃくちゃやで」

「そうや。むちゃくちゃや。だって見てみい」

ポチが立ち止まって空を見た。夜なのに遠くの空があちこち赤い。毎晩、どこかの町のどこかの建物が燃えている。このあたりは自警団が見回りをしているが、よその町では放火はありふれたことになっている。電池や食料を奪い合っての殺し合いも日常茶飯事だ。

「もう全部むちゃくちゃなんや。なあ路子、俺ら最後どうなんねん。なにが起きるねん。どんなふうに死ぬねん。死刑判決かて、ちゃんと裁判官が説明するやろ。おまえはこれこれこんな悪いことしたから死刑になりますって。けど俺ら、自分がなんで死ななあかんのか、ちっともわからんまま死ぬんやで。事故とかで急に死ぬやつもおるけど、こんな何月何日何時に死ぬってカウントダウンされるって、それまでせいぜい怖がれやって脅されてるようなもんやろ」

ポチはどんどん早口になっていく。

「俺、ほんまはむちゃくちゃ怖いねん。南実のこと守ったらなあかんのに、なんで俺はこんな弱いんや。なんで嫁さんや子供になんもしてやれんのや。せめて理由がほしい。俺らが死ななあかん理由。ちょっとでも納得して楽になりたいんや。なあ、俺、おかしいんか」

おかしくない。理不尽に対してあがき続けるのはしんどい。どうせ死ぬならしんどい思いをしたくない。死刑囚だって、刑を待つ間に穏やかになっていくことが多いと聞いた。自分が犯した罪を反省して、罰を受け入れて、静かに死の瞬間を待つ。それが一番楽だからだろう。

でもポチや南実ちゃん、多くの人には受け入れるべき罪がない。だから必死で探す。虫けらのように死ななければならないほどの自らの罪状を。これじゃあべこべだ。けれど狂わなければやっていけないほど、世界全体がもう狂っている。まともな神経では最後まで過ごせない。

「蚊とか蟻《あり》とか殺したし、エアコンや車使いすぎたし、せやし俺ら死ぬんやろう？」

あたしを問い詰めるポチの目に涙がにじむ。ポチはかくりと地面に膝をついた。赦してくれやと泣きじゃくるポチを見下ろしていると、あたしの中にぽつん、ぽつん、と熱が生まれる。それはあっという間にあちこちに飛び火し、燃え立つ怒りに変わっていく。

——あんた、なにがしたいねん。

炎と煙が上がる暗い夜空をにらみつけ、アホで、単純で、優しいポチをこんなふうに壊した神さまとやらに問いかけた。あたしはイズミを殺したから、人殺しだから、赦しを乞う資格はない。でもポチや南実ちゃん、ヨーチンやナオの家族たち、お父ちゃんやお母ちゃんや卓兄や麻子、近所のおっちゃんやおばちゃんたちが、死ななくちゃいけないほどのどんな罪を犯したのか。

「神さまなんて、おらんねん」

確信を持って言うと、ポチが涙でぐちゃぐちゃの顔を上げた。

だって人殺しであるあたしと、善良なみんなに等しく罰を与えるなんて、そんな目の行き届かない神さまがいるだろうか。単なる不運なんですと言われたほうがよっぽどすっきりする。

どこか遠くから飛んできた大きな石が、たまたまそこにあった地球にぶつかる。ご飯を食べているときに叩き潰された蚊のように、あっけなく、なんの理由もなく、死ぬ。

それを受け入れようが、受け入れまいが、問答無用に、あと半月かけて、あたしたちは恐怖の突端へと連れていかれる。あたしは遠くで燃えている夜空を凝視した。

こんな狂った世界には耐えられないと、怯えて泣くポチは正しい。

じゃあ、今、解放されたと感じているあたしはなんなのだろう。

あたしがインスタグラムを更新するたび、尽きない泉のようにどこからともなくあふれてくるコメントを思い出す。憎悪、愛情、憎悪、また愛情。延々と続く輪。

――路子が正真正銘、日本で最後の歌姫や。

そうなんだよ、ポチ。あたしは歌姫で、ようやくそこから解放される安堵を感じている。おまえの肩に何千人という関係者の生活がかかっていると脅されなくていい。新曲を出すたびオリコンチャートを気にしなくてもいい。今度こそクジラに抜かれるのではと怯えることもない。生きるために食べたものを吐いて、あたしはなんのために生きているんだろうと、涙と鼻水と涎《よだれ》にまみれなくていい。あたしはやっと、ようやく、ゲームの盤から降りられる。

明日死ねたら楽なのにと、Ｌｏｃｏだったあたしはずっと夢見ていた。

その明日がついにやってくる。

あたしはしゃがみ込み、地面に手をついているポチを頭ごと抱きしめた。もうなにもできることはないのに、それでもあと十五日ばかりの間、あたしたちは呼吸をし、食事をし、排泄《はいせつ》しなくてはいけない。ただ死ぬために。それにどんな意味があるのかわからないまま。

——なあ、生きるってなんやねん。

あたしはその答えを、いまわのきわまでに見つけられるだろうか。

夢を見た。クジラが順調に伸びはじめてきたころのことだ。あのころＬｏｃｏの輝きはまだ衰えていなかったけれど、去年のメイクやシャツが微妙に古く感じるように、そろそろやばい予感がしていた。あたしは新しいことに挑戦したいと訴え、チームから却下され続けてきた。

歴代歌姫が失墜してきた原因のひとつにイメチェンがあるとイズミは言った。新人のときは駆け上がることにがむしゃらで、よそ見などしている余裕はないが、トップを獲って数字も高い位置で安定してしまうと、油断なのか焦燥なのか、みな挑戦をしたがるのだという。

大衆からの人気では飽き足らず、通ぶった連中からの評価をほしがる。本当に浅はかだとイズミは薄く笑った。作り手が思うほど、ファンは変化など望んでいないのだと。

——逆に、ずっと自分が好きになったＬｏｃｏのままでいてほしいんだよ。

時代の最先端にいるキラキラしたＬｏｃｏ。ベテランにありがちな妙にタメを作る『巧いでしょ？』的な歌い方などしない、Ｌｏｃｏの歴代ヒット曲の雰囲気を受け継いだ新曲が聴きたいのだ。成長なんて望んでいない。なぜなら、Ｌｏｃｏのヒット曲にみなそれぞれの青春を重ね合わせ、自身の思い出と共にＬｏｃｏを愛するからだ。記憶は変化してはいけない。

――歌姫っていうのは、その時代を体現する存在なんだ。

――成長するってことは、Ｌｏｃｏの時代を終わらせるってことだよ。

イズミの説明はわかりやすく、でも納得できず、地団駄を踏みたくなった。そうやって必死に変わらないよう努めても、時代のほうがどうしたって移り変わっていくからだ。

――じゃあ努力もせずに、じっと追い抜かれるのを待ってればいいの？

――そうだね。なにをしても駄目なときは駄目なんだ。時代ってそういうもの。

Ｌｏｃｏの生みの親のくせに、イズミの冷めた考えに腹が立った。

――それって、イズミの経験談？

悔し紛れに訊いた。イズミは若いころバンドでデビューしたが、鳴かず飛ばずで終わったという話を知り合いから聞いた。イズミは本当はハードロックが好きなのだと。

――イズミはもっかいバンドやりたいとか思わないの？

――なんでぼくの話になってるの。

――ミュージシャン目線に立ち返ってほしいの。

――ごめんだよ。ロックなんて売れないのわかってるのに。

――そんなことない。オリコンにだってバンバン入ってるじゃん。

テレビでもよく見る人気絶頂の若手バンドの名前をいくつか挙げると、

――あんなんロックじゃねえよ。

いきなりの乱暴な言葉にびっくりした。イズミは不快そうに眉をひそめていて、あたしはぽかんとしたあと、ふふんと意地の悪い笑みを浮かべた。

——おじさんって、すぐそういうこと言いたがるよね。

イズミの反応は見物だった。視線を忙しなく左右に動かし、気まずそうにシャンパンの瓶を持ってバスルームへと逃げていく。あんなイズミを見たのは初めてだった。


目覚めると部屋は真っ暗で、一瞬、自分がまだＬｏｃｏのような気がした。

——イズミ
ひどく切羽詰まった気持ちで枕元のスマートフォンを取り、イズミのバンドを検索した。粗い画像の動画がひとつだけヒットする。全員長髪で、ぴったりとした黒パンツを穿《は》いている。あり得ないダサさに笑ってしまい、夢の中の気まずそうなイズミを思い出した。

この情報社会でメジャーデビューしたバンドの動画がひとつしか上がらないなんて、いくら昔のこととはいえ、よっぽど売れなかったのだろう。その過去は真っ黒な塊としてイズミの中に居座っていたのかもしれない。だから二度と振り落とされないよう、必死で時代に乗り続け、イズミも知らず知らずのうちにゲームの盤上から降りられなくなっていたんだろうか。

唐突に、洪水のように涙があふれた。イズミはいつもにこやかだったけれど、すべてをならすような平坦な笑みに温度はなくて、なにもおもしろくなさそうだった。自分が天才で先まで見通せるから、周りが馬鹿に見えるんだろうとみんな言っていて、あたしもそう思っていた。

——でも、もしかして、死にたいて思たこと、イズミもあったん？

東京のマンションに置いてきたイズミに問いかけた。他人の心の中などわからない。こんなのはあたしの罪悪感ゆえの勝手な想像かもしれない。あたしはイズミのバンドが遺したたった一曲を繰り返し繰り返し聴いた。涙はとめどなくあふれて流れ落ちる。

横になったまま画面を眺めていたので、流れ落ちた涙が耳に入ってコポコポと音を立てる。イズミから奪ったんだから、あたしは返さなくちゃいけない。

なにを?

命を?

歌を?

翌日、みんなに曲の変更を提案した。Ｌｏｃｏのツアーファイナルなのでファンに人気のあった曲でセットリストを組んでいたけれど、やはりいろいろと無理がある。

「もう自分らの好きな音楽やろう」

そう言うと、みんなの目が輝いた。

「けどＬｏｃｏのツアーファイナルって言うてんのに、客が納得せえへんのちゃうか」

「インスタで訂正しとけばええよ。それでもええやつはくるし、嫌なやつはこうへん。こんなときなんやし、客はそもそもゼロに近いやろ。ほんなら、あたしらのやりたいようにやろう」

みんなは声を上げて喜んだ。

「うわー、どないしょう。めっちゃテンション上がってきたわ。正直言うと、『世界で一番綺麗で悲しいクリスマス。あなたが隣にいないだけで』とかさぶいぼやってん」

「まあ、エンジンかかる気配もない歌やったわな」

確かにとあたしも同意し、セットリストの練り直しにかかった。バンド時代のオリジナル曲に加えて、それぞれ好きなアーティストの曲を出し合う。みんなのやりたい曲を集めた一貫性のないセットリストの中に、あたしはイズミの曲を入れたいとお願いした。

「これは、あたしひとりで演《や》る」

大昔に買った安物の、実家で埃をかぶっていたアコースティックギターを出した。昨夜から今日、何度も繰り返し聴いて耳でコピーした。おまえギター弾けたっけとみんなが問う。あたしは黙って椅子に座り、すうっと息を吸い込んでイントロを爪弾《つまび》いた。

「うわ、へったくそ」

「路子、それはあかんで。せめてポチにまかせえや」

うっさいわと言い返した。下手なのはわかっている。それでもこれはあたしがひとりで弾いて歌わなくちゃいけない。これはあたしの愛と罪の歌だ。けれど弾き語りはやはり難しく、これじゃあ満足に歌えもしないと、途中でギターを捨てて立ち上がった。

あたしの楽器は声だ。だからこの身ひとつで歌い上げればいい。

ゴリゴリのハードロックが好きだったというイズミ。なのにネットに上がっていた一曲はバラードだった。イズミがＬｏｃｏのために書いたバラードは、いたるところにキャンディが仕込んであるようなものばかりだったけれど、これはもっと泥くさい、昔のロックバンドがアルバムの最後に一曲だけ入れる、べしょべしょに湿った愛の歌だった。

アカペラで歌い上げながら、内心悔しかった。ハイトーンで声量のあるあたしでは、イズミがイメージしていたようには歌えていないだろう。情けない思いで歌い終え、がっくりと肩を落としたあたしを、みんなの拍手が取り囲んだ。お情けだと思ったけれど――。

「ええやん。それアレやろ」

「そう、アレ。なんやったっけ。あのアレ、ほら」

みんながアレアレと言い合う中、

「『ハード・ラック・ウーマン』」

振り返ると、資材置き場の入口に南実ちゃんが立っていた。

「南実、どないしたんや。なんかあったんか」

ポチが真っ先に駆け寄った。南実ちゃんは小惑星のニュース以来、ずっと家に引きこもって一度も練習に顔を見せたことはない。南実ちゃんがおずおずとやってくる。具合はどうなのか、お腹がしんどいだろうとみんなが椅子を勧める中、南実ちゃんはあたしを見た。

「今の、キッスの『ハード・ラック・ウーマン』やろ。あたし大好きや」

南実ちゃんは古いハードロックが好きで、ポチよりも詳しいらしい。みんなも「それや」、「そうそう、キッスな」とうなずき合う。

「今のはあたしの彼氏のオリジナルや」

「あ、そうなんや。ごめんなさい」

あたしは笑って首を横に振った。実を言うと、動画を見たときあたしもキッスを思い出した。サビがまるきり一緒なのだ。若かったイズミも、ポイズンやモトリーをパクったあたしたちと大差なかったのだと笑って、泣いて、ますますこれを歌いたくなった。

「あの、あたしも練習見ていい？」

当たり前やんとあたしたちは答え、ポチが南実ちゃんを抱きしめた。よかった。これでポチも少し楽になる。けれど南実ちゃんはどうやって恐怖を克服したんだろう。

「最後一日だけなんてもったいないし、練習もインスタに上げればいいのに」

南実ちゃんが言い、全員のテンションが一気に上がった。子供のころから目立つのが大好きなあたしたちだ。そうと決まったら、と早速動き出す。あたしは髪型とメイクを直し、ポチとナオはストラップをずるずると伸ばし、ヨーチンはスティック回しを練習しはじめた。

「まず演奏の練習やないとこが、あんたららしいわな」

詩織ちゃんと南実ちゃんがスマートフォンで撮影をしている。別角度で撮った映像を喜世ちゃんが編集し、Ｌｏｃｏのインスタグラムに上げる段取りになっている。

「路子ちゃん、こっち向いて」

スマートフォンを向けられ、あたしは変顔でピースをした。

「路子、大人なんやから少しは落ち着けや」

と言った尻からみんなで変顔をする。みんな意識してはしゃいでいる。あたしたちにはもう未来がない。少しでも油断したら真っ黒な絶望に呑まれる。だから下腹に力を込めて笑う。

毎晩、隣の部屋からお母ちゃんのすすり泣きが聞こえてくる。なだめるお父ちゃんの声も。卓兄は家の前で子供とキャッチボールをしながら涙ぐんでいた。麻子は好きなアイドルのポスターで部屋の壁を埋めている。みんな怯えている。世界中が恐怖に包まれている。

練習風景をインスタグラムにアップすると、すごい勢いでいいねやコメントがついていく。『変顔かわいい』という好意的なものから、『ヘタクソ』とか『死ね』という悪口。中には『回線の無駄遣いでは？』というもっともな意見もあった。

「平気だよ。もうアクセス自体がくんと減ってるから」

ＩＴ系の会社に勤めていた喜世ちゃんが言う。

「けどたまに切れるやん。またつながるけど。あれどうなってんの？」

「一部のエンジニアが死守しとるんやと思うよ」

「こんなときでも働いとる人がおるんやな」

ナオが感心すると、うーんと喜世ちゃんが首をかしげる。

「そうやって、自分を支えとるんやないかな」

「支える？」

「なんもやることないと、おかしうなりそうやん」

みんなが黙り込んだ。ぼうっとただ死がやってくるのを待つのは耐えられない。それくらいなら誰かに頼りにされる自分、崩れそうな世界を支えている自分、という自負心でもって迫りくる恐怖をコーティングしたほうがいい。皮肉なことに、死を前にして、みんなが自分たちが生きる理由を探しはじめ、それは善悪に関係なく行われている。

誰かの役に立ちたいと願う人もいれば、暴れることに命の煌めきを見いだす輩もいる。あちこちで暴動が起きているけれど、ガラの悪いおっさんたちが守っているおかげで、このあたりはまだ安全だし、町内会による炊き出しまである。食料があると聞きつけて夜襲をかけてきた連中は返り討ちに遭い、逆に車に積んでいた物資を根こそぎ奪われ、命からがら逃げていった。

裏を返せば、町を襲ってきた連中とあたしたちは変わりない。腕自慢の連中が毎日町の外へと出かけ、食料を担いで帰ってくる。どうやって調達してきたのか誰も問わない。自分たちが食べるために誰かから奪い、それを見ないふりで小さな平和を享受しているのだ。

毎日自分たちの弱さや卑しさを恥じながら、それでも生きるしかない。絶望と目を合わせないよう、誰も善悪を断じない。断じる資格が誰にもない。

「大丈夫や。神さまのやることには必ず意味があるんやから」

南実ちゃんが穏やかに言い切った。

「あたしらは罰を受けるんやない。人間がおらんようになったあと、すごくいいことが起きるんや。おっきい隕石で恐竜が絶滅したときも、そのあと哺乳類《ほにゅうるい》が増えて、それがあたしらにつながった。それと同じ。きっとあたしらよりいい『なにか』が生まれるんや。波光教の地区長さんが毎日お話を配信してはって、わたしもお義母さんと一緒に聞かせてもろてんねん」

南実ちゃんは自分のふくらんだお腹に手を当てる。聖母の笑みと言っていい。

「なあ、そうやんな？」

南実ちゃんに問われ、ポチは大きくうなずいた。

「そうや。俺らにはわからん、でっかい意味があるんや」

うなずき合うポチと南実ちゃんは穏やかで幸せそうに見えた。

ああ、そうか。ふたりはこういう『納得の仕方』を選んだのだ。

みんな、なにも言わない。ここまできたら、それぞれが信じたいものを信じ、自分なりの方法でそのときを迎えるしかない。他人から見て納得できる、できないは関係ない。

生き方も、死に方も、それぞれの胸のうちだ。

あたしたちは頻繁にインスタグラムを更新した。
予定しているセットリストに関係なく、その日にやりたい曲を気の向くまま演奏している。インスタグラムには瞬く間にいいねがつき、休憩中にコメントを読んでいく。
［Ｌｏｃｏ、あたし、今、すっごく幸せ。今まで生きてて幸せって思ったことなかった。みんな死ねばいいのにって思ってた。Ｌｏｃｏだけが好き。Ｌｏｃｏの歌を聴きながら死ぬのが夢］
［あんたが死ぬとこ見たいからツアーファイナル行くね］
［なんもすることないから、最後の日はＬｏｃｏのライブに行こうと思う］
［ねえＬｏｃｏ、彼氏が自殺しちゃった。あたしどうすればいい］
すごい数の支離滅裂なコメント。あたし宛のようで、単に気持ちの吐き出し口を求めているだけにも思う。その中で［クジラよりＬｏｃｏが好き］というコメントを見つけた。好きな気持ち

を表現するために、別のなにかを下げる。無意味でしかない比較を見て、久しぶりにクジラを思い出した。こうなる前は、あたしも苦しいほどに比較して意識していたのに。

　クジラはインスタグラムに公式アカウントを持っていて、もっぱらライブ配信に使っている。今もライブ中のマークが出ていたので画面を切り替えた。女性ボーカリストには珍しい、ざらりとした低い声が流れる。相変わらずダサい。けれど腹が立つほど巧い。

　あたしが断念したギターでの弾き語りをなんなくこなしている。イズミの曲も、あたしよりクジラのほうがイメージに近いと思う。悔しい。でも以前のように、灼《や》けた鉄板の上に放り出されたような焦燥は訪れない。それよりも、こんなときでも歌っているのだと嬉しくなった。

　クジラは何曲か歌うと、顔を上げてカメラを見た。驚いた。いつもうっとうしい前髪で目をかくし、前振りもなく何曲か歌い、終わったらぺこりと一礼して配信終了だった。今はしっかりとカメラに目を合わせている。垢抜けないシャツ、分厚い唇、横に平たい魚顔。

『えっと、みんな、生きてますか。あたしは生きてます。あ……見たらわかるか』

　口元を歪めるように笑う。陰気すぎて引いてしまう。

『あの、えー、ライブ見てくれてる人たち、ありがとう。えっと、ああ、今、死にたいってコメント送ってくれた人、このあと新曲やるので、それ聴いてからにしてほしいです』

　そんな最低なトークがあるかと、あたしは愉快にすらなってきた。

『あの、新曲のタイトルを教えてくださいってコメントがきました。タイトルはないです。もうすぐ死ぬので、タイトルつけなくてもいいかなって。ただのあたしの歌です』

クジラはぼそぼそつぶやくと、いきなり新曲を弾き語りした。いい歌だった。なのでいいねを押した。すぐにライブを見ているリスナーから反応があった。
［Ｌｏｃｏがいいねした！］
［ＬｏｃｏもクジラⅡ好きなの？］
あたしはそれらのコメントを見ながら、
［今までは好きじゃなかったけど、これはいい曲］とコメントを送った。そろそろやるでと声がかかり、あたしは立ち上がって練習に戻った。家に帰ってからインスタグラムを開くと、
［あたしも最近のＬｏｃｏの曲は好きです］
クジラからコメントが返ってきていて笑った。
あたしやクジラだけじゃなく、世界中の人たちが配信をしている。歌手、政治家、宗教家、活動家、作家、俳優、エンジニア、アーティスト、そして普通という名前で括《くく》られている、ひとりひとりちがう人たち。ポジティブな励ましだけじゃなく、絶望や呪いも発信されている。昨日はイギリスの有名な俳優が、配信中に口に銃を押し込んでぶっ放した。
あたしはなにも考えずにいいねを押す。もしくは押さない。向こうからもいいねがつく。もしくはつかない。最期の日を待ちながら、あたしたちは繁殖するようにつながっていく。
最期の前日、もうどこもめちゃくちゃだった。ガラの悪さで守っていたこの町も、やけっぱちで襲ってくる連中に押し切られ、放火で半分が焼け落ち、ライフラインが切れた。そんな中、村

上のおっちゃんが死んだ。隣の家の子供がお気に入りのぬいぐるみを残してきたと泣き、燃える家の中に飛び込んだのだ。村上のおっちゃんは、最後にぬいぐるみを盗むのに失敗した。

今日はみんなで会場の準備をした。町内の会合に使う公民館で、五十人も入ればいっぱいになる古い建物だ。電気が通っていないので、卓兄が現場で使う発電機を総動員してくれた。公民館にも災害時用の発電機がある。マイクやアンプをつなぐという最低限の設営をしながら、あたしとポチは公民館の二階から建物前の庭に集まっている人たちを眺めた。

「すごい人数きてもうたな」

「ライブに関係ない人らがほとんどやけどな」

少し前から、町にどんどん人が集まってきた。自警団のおっちゃんたちが問うと、みなLｏｃｏのライブにきたと答える。しかしどうもそうは見えない老人や中年層が多い。みんな家を焼け出されたり、身内がいなかったり、どこにも行き場がなく、なんでもいいから誰かと寄り集まっていたくて、聞きつけたライブにやってきたのだ。知らない者同士が公民館の周りで小さな単位を作って煮炊きをしている。あたしが横を通っても誰も見ない。

設営準備を終えて帰る途中、

「おい、姉ちゃん」

と声をかけられた。中年の男女と高校生くらいの男女。よくいる家族連れというには、おっさんがやばすぎた。着ているダークスーツは沁み込んだ血が乾いたのか、てらてらと奇妙に光っていて、中のシャツもべったりと赤く染まっている。隣にいるおばさんもぱっと見は普通だが、目つきにバイオレンスな気配が漂っている。

「あの、Ｌｏｃｏのライブ会場はこの道でいいんですか」

バイオレンスな両親の後ろから、女の子がおずおずと訊いてきた。

「というか、もしかしてＬｏｃｏさんですか？」

長い黒髪の少女だ。平和なときならかなりの美少女なのだろうが、風呂に入れないので全体的に薄汚れている。あたしを含めてみんなそうだ。町は悪臭で満ちていて、人間も動く生ゴミと化している。少女は大きな瞳を見開いてあたしを見ている。以前はうんざりするほど浴びてきた好奇心と憧れが入り混じった視線が今は新鮮だった。そやで、とあたしは胸を張る。

「やっぱり。ずっとファンでした。ツアーのチケットやっと取れて楽しみにしてたんです」

顔を赤らめる少女の後ろで、弟らしき男の子が物珍しそうにあたしを見ている。

「わたし、ハワイのホテルでＬｏｃｏさんに会ったことがあるんです」

「へえ、そうなん」

「夜、水槽の前でした。海に面してるホテルで、すぐそこに広い海があるのに、こんな箱に閉じ込められてかわいそうだねってＬｏｃｏさんが言ったの覚えてます」

ぶわっと頬に熱が集まった。そんなポエムをあたしが？

「悪いけど、今すぐ忘れて。そんときのあたしはあたしやなかってん」

とりあえず公民館までの道を教え、じゃあライブで会おうねと行こうとすると、

「おい、姉ちゃん、コンサートでアレはやるのか」

ヤクザなお父ちゃんに引き止められた。

「アレって」

「こないだインスタってやつに出てたやつ。昔のバンドの、ほらアレだよ」

ヤクザがメロディをくちずさむ。結構いい声をしている。

「『ハード・ラック・ウーマン』」

それだとヤクザがうなずく。やっぱりそう聞こえるのかとあたしは肩をすくめた。

「やるよ。けどアレはあたしの彼氏のオリジナル曲やから」

「パクりじゃねえか」

「うっさいわ」

「じゃあ代わりにポイズンでもいいぞ」

「『トーク・ダーティ・トゥ・ミー』やるで。あとハノイの『モーターベイティン』、モトリーの『テイク・ミー・トゥ・ザ・トップ』も」

モトリーはあたしの声質に合っているから特に好きだ。

「いいな。ちょっとはマシな気分で死ねそうだ」

ヤクザが歯を見せて笑う。隣のおばさんは苦笑いをしている。

「ふたりとも、よかったね」

姉弟が両親を振り返って笑いかける。あたしたちのライブを楽しみにしている人たちが、少なくとも一家族はいるのだ。あたしは嬉しくなった。

「ええお父ちゃんとお母ちゃんやな」

そう言うと、姉弟があたしに向き直った。

「最後に、子供の好きなとこに連れてきてくれるんやから」

わずかな間のあと、はい、とふたりはいい笑顔でうなずいた。


いい天気だった。カーテンを開けると、鋭いほどの陽光が射し込んでくる。

振り向いたリビングにはお父ちゃん、お母ちゃん、卓兄と奥さんと子供たち、麻子、みんながひとつに固まって眠っている。最後の夜、あたしたちは家族で寄り集まって眠った。

みんなが起きだし、何度も使って濁った水で顔だけ洗い、バサバサになった歯ブラシで歯をこすり、残った食料をみんなで分け合って食べ、家を出た。

公民館に行く途中、卓兄の奥さんが突然叫びだした。卓兄はしゃがみ込んでしまった奥さんを黙って背負う。母親の様子に怯えておしっこを洩らした卓兄の子供を、お父ちゃんとお母ちゃんがそれぞれ抱き上げる。あたしがおぶうよとお母ちゃんに言ったけれど、

「あんたは体力残しとき。大仕事が待っとるんやから」

と返された。あたしはうなずいて公民館へと向かった。

公民館の二階、前庭に面した壁は取り払われている。会場に入りきれない人数が集まってきたときに、どうしたらみんなに観てもらえるか話し合い、卓兄たちが二階の外壁を壊して落としてくれたのだ。壁一面開放された二階をステージにすればみんなに見える。

小惑星が衝突するのは午後三時。

午後一時四十五分、ライブがはじまる前にあたし、ポチ、ナオ、ヨーチン、それぞれの家族で円陣を組んだ。最後までやるで。それだけ。それしか言えることがない。あたしは脂《あぶら》っぽく重たい髪を高く結い、この日のためにお母ちゃんが縫ってくれたドレスを着た。

公民館の二階をぶち抜いたステージに出ると、三割の力強い拍手と、七割の無気力な空気に迎えられた。青い空、眼下に広がる庭にはぼろぼろの人たちがいる。

——疲れた。もうどうでもいい。

——終わるなら、早く終わらせてくれ。

やる気を削ぐことはなはだしい視線に、桜庭美咲時代がよみがえった。大型モールの吹き抜け中央で、パンツを見せながら踊っていた。ファンなんて誰もいなかった。たまたま通りかかった買い物客たちの憐れみを含んだ視線。家に居場所がない老人たちが、座り心地のよくないプラスチックの横長のベンチに、杖を支えにして座っていたことを思い出す。

ポチとナオが何音か弾く。ヨーチンが何発か鳴らす。あたしは振り返り、ステージと呼んでいるただの公民館のフロアを見渡す。横手ではそれぞれの家族があたしたちを見守っている。あたしは左側のポチ、右側のナオと視線を交わし合い、最後にヨーチンに向かってうなずいた。

——ほな、行こか。
一、二、三、四、ヨーチンがオープンハイハットとチャイナシンバルをぶっ叩く。一曲目からフルスイング。終わりの始まりにふさわしい派手なカウントだった。

数少ないＬｏｃｏのファンが真っ先にジャンプをしはじめた。その中に、昨日会った姉弟を見つけた。飛び跳ねながら、唇が触れ合いそうな距離で笑い合っている。

――あれ、もしかして姉弟ちゃうんか？

ヤクザなお父ちゃんは子供たちの後ろであぐらをかき、どこから調達してきたのかグラスで瓶ビールを飲んでいる。隣でお母ちゃんがちまちまとつまみを用意している。

――花見ちゃうっちゅうねん。

あたしは嬉しくなり、思い切り声を張った。昔から声がでかいのが取り柄だった。質の悪いマイクやアンプでも、この世の果てまで届くんじゃないかと錯覚する。

避難民のほうが多いのでライブ独特の盛り上がりは皆無だが、局地的に盛り上がっているところもある。インスタグラムを見た往年のハードロックファンも混じっているようで、懐かしい曲をやるといい歳のおっさんが立ち上がって拳を突き上げる。

あたしは気分がいい。ポチもナオもヨーチンも汗まみれで笑っている。

午後三時、爆発音が響き、巨大な光が生まれた。縁だけがうっすら赤みを帯びた光の塊が青空をゆっくりと横切っていく。悲鳴が上がる中、小さな火の玉がいくつも現れた。

「ひとつちゃうんかい」

マイクを持ったままつぶやいてしまった。演奏も止まっている。

大小の美しい光が落下してくる。いつの間にか悲鳴は止んで、恐怖か絶望か、もしくは他のなにかに支配されて世界は静まり返った。あたしはただ見とれている。輝きながら、燃えながら落ちてくる大小の光。壮大で華麗な舞台装置。今まで浴びたどんなスポットライトも敵《かな》わない。

どんな恐ろしい最期が待っていようと、と思い決めていた。

でもこれはそんなんじゃない。最高に美しいあたしのためのステージだ。

——あたし、歌わな。

左を見るとポチが、右を見るとナオが、振り返るとヨーチンが、それぞれ家族としっかり抱き合っていた。あたしの家族もぎゅっと固まっている。お母ちゃんと目が合った。必死な表情のお母ちゃんに向かって、まかしとき、と大きくひとつうなずいた。

深く息を吸い込み、あたしは最初の一音を喉から絞り出した。

アカペラで歌いながら、めちゃくちゃに記憶が流れていく。ミニスカートで下着を見せて踊るあたし。ピアニカを機嫌よく吹いているあたし。深紅の湯船に沈む裸のイズミ。初めてのドームライブ。ポチたちと出場したバンドの全国大会。フルートグラスの底から立ち上るシャンパンの金色の泡。便器に渦を巻いて吸い込まれていく吐瀉物。楽しかった。死にたかった。いろんな記憶や感情がすごい速さで混じり合って、弾けて、あたしの喉から声になって迸《ほとばし》る。

明日死ねたら楽なのにと夢見ていた。

その明日がついにやってきた。

なのに今になって、もう少し生きてみてもよかったと思っている。

後悔じゃない、もっとやわらかい眩しい気持ちだ。

これを希望と呼ぶのはおかしいだろうか。

降ってくる光をにらみつけ、あたしは声を張り上げる。もうすぐ海のほうから立ち上がるなにかが、あたしたちを飲み込もうとやってくる。それは今まで散々にあたしを照らし、めちゃくちゃにした神さまにも悪魔にも思える。逃れようのないそれに怯えながら、どうしようもなく愛していたことに気づく。だから、あたしは、それに向かってすべてを開け放つ。

オープンハイハットとチャイナシンバルの音が響く。

ベースとギターが続けて追ってくる。

幕開けなのか、幕引きなのか、幻聴かもしれない音楽をあたしは従える。

そうして遠からず訪れる最期のときまで、ただ、命を謳《うた》うのだ。

装画　榎本マリコ
装幀　bookwall

この小説は書き下ろしです。

凪良ゆう

滋賀県生まれ。2006年、「小説花丸」に「恋するエゴイスト」が掲載されデビュー。以降、各社でBL作品を刊行。17年、非BL作品である『神さまのビオトープ』を刊行し高い支持を得る。20年『流浪の月』が本屋大賞グランプリを獲得。本作が受賞後第一作となる。


滅《ほろ》びの前《まえ》のシャングリラ

2020年10月10日　初版発行
2020年10月15日　再版発行

著　者　凪良《なぎら》ゆう
発行者　松田陽三
発行所　中央公論新社
〒100-8152　東京都千代田区大手町1-7-1
電話　販売 03-5299-1730　編集 03-5299-1740
URL http://www.chuko.co.jp/

DTP　ハンズ・ミケ
印　刷　大日本印刷
製　本　小泉製本




Published by CHUOKORON-SHINSHA, INC.
Printed in Japan　ISBN978-4-12-005340-5 C0093

中央公論新社の本

# 52ヘルツのクジラたち

町田そのこ

自分の人生を家族に搾取されてきた女性・貴瑚と、母に虐待され「ムシ」と呼ばれていた少年。孤独ゆえ愛を欲し、裏切られてきた彼らが出会い、新たな魂の物語が生まれる――。

単行本

死にがいを求めて生きているの

朝井リョウ

植物状態のまま眠る青年と見守る友人。美しい繋がりに見える二人の〝歪な真実〟とは？　平坦で争いのない「平成」の日常を、朝井リョウが現代の闇と祈りを込めて描く傑作長篇。

単行本

シーソーモンスター

伊坂幸太郎

昭和後期、平凡な家庭を襲った家庭平和の危機。二〇五〇年、一人の手紙配達人を巻き込んだ世界平和の危機。物語は時空を超えて加速する――。時代をまたいで疾走する、エンターテインメント小説。

単行本